Kurt Vonnegut

Suche Traum, biete mich

VERSTREUTE
KURZGESCHICHTEN

Aus dem
Amerikanischen von
Harry Rowohlt

Carl Hanser Verlag

Die amerikanische Originalausgabe erschien erstmals 1999 unter dem Titel *Bagombo Snuff Box* bei Putnam's in New York.
Die deutsche Ausgabe ist mit Genehmigung des Autors leicht gekürzt.

1 2 3 4 5 05 04 03 02 01

ISBN 3-446-20062-2

Satz: Satz für Satz. Barbara Reischmann, Leutkirch
Druck und Bindung: Clausen & Bosse, Leck
Printed in Germany

Meinen ersten Agenten,
Kenneth Littauer
und Max Wilkinson,
zum Gedenken,
die mir beigebracht haben,
wie man schreibt

Genau wie in meinen anderen belletristischen Werken:

Alle Personen, lebende wie tote, sind rein zufällig und sollten nicht analysiert werden. Es wurden keinerlei Namen geändert, um die Unschuldigen zu schützen. Die Unschuldigen werden bereits von Engeln geschützt. Das geschieht im Himmel ganz routinemäßig.

Einführung

Mein langjähriger Freund und Kritiker Professor Peter Reed von der englischen Fakultät der University of Minnesota hat es sich zur Aufgabe gemacht, diese Geschichten aus meiner längst vergangenen Vergangenheit zu finden. Sonst hätten sie vielleicht nie wieder das Tageslicht erblickt. Ich selber hatte keinen einzigen Papierschnipsel aus jenem Lebensabschnitt aufbewahrt. Ich hatte nie gedacht, daß aus mir viel werden würde. Alles, was ich wollte, war, eine Familie ernähren.

Peters Suche war die Suche eines Gelehrten. Trotzdem habe ich ihn gebeten, mir noch einen Gefallen zu tun und ein zwangloses Vorwort zu etwas zu schreiben, was eher seine als meine Sammlung ist.

Gott segne Sie, Dr. Reed, glaube ich jedenfalls.

Diese Geschichten – und dreiundzwanzig Geschichten ähnlicher Qualität in der vorher erschienenen gebundenen Ausgabe *Welcome to the Monkey House* – wurden ganz am Ende eines goldenen Zeitalters der Zeitschriften-Belletristik in den USA geschrieben. Etwa fünfzig Jahre lang, bis, sagen wir, 1953 waren solche Geschichten eine harmlose, aber beliebte Art der Unterhaltung in Millionen von Haushalten, meinen eigenen eingeschlossen.

Es muß die Hoffnung dieses alten Mannes sein, daß manche seiner frühesten Erzählungen und Flunkereien bei all ihrer Harmlosigkeit und Unschuld und Schwerfälligkeit auch in diesen rauhen Zeiten noch unterhalten mögen.

Sie würden jetzt nicht nachgedruckt, hätten nicht Romane, die ich in derselben Zeit geschrieben habe, besser spät als nie, die Aufmerksamkeit der Kritik erregt. Meine Kinder waren damals bereits erwachsen, und ich war in mittlerem Alter. Diese Geschichten, in Zeitschriften abgedruckt, von denen die meisten inzwischen eingegangen sind und die damals fett waren von Prosa und Werbung, sollten um die Lebenden etwa so lange sein wie persönliche Glühwürmchen.

Daß überhaupt noch etwas, was ich geschrieben habe, heute noch lieferbar ist, ist den Bemühungen eines Verlegers zu danken, den Bemühungen von Seymour »Sam« Lawrence (1927–1994). Als ich 1965 pleite war und am Writers' Workshop der University of Iowa unterrichtete, ganz allein, total vergriffen, von meiner Familie in Cape Cod getrennt, um sie zu ernähren, hat Sam Verlegern, die mich längst aufgegeben hatten, fürn Appel undn Ei die Rechte an meinen Büchern abgekauft, gebundene Ausgaben und Taschenbücher. Sam drückte meine Bücher der Öffentlichkeit ein zweites Mal aufs kurzsichtige Auge.

KB und HM! Künstliche Beatmung und Herzmassage für diesen so gut wie toten Autor!

Dergestalt ermutigt, schrieb dieser Lazarus *Schlachthof 5* für Sam. Dieser Roman machte mich berühmt. Ich bin Freidenker und deshalb nicht dazu berechtigt, für mich oder sonstwen mit einem Leben nach dem Tode zu rechnen. Aber bei Seymour Lawrence' Gedenkgottesdienst vor fünf Jahren im New Yorker Harvard Club habe ich von ganzem Herzen dies gesagt: »Sam ist jetzt im Himmel.«

Ich bin übrigens am 7. Oktober 1998 nach Dresden, an den Originalschauplatz von *Schlachthof 5*, zurückgekehrt. Ich wurde in den Keller geführt, in dem etwa hundert andere amerikanische Kriegsgefangene und ich einen Feuersturm überlebt hatten, der etwa 135 000 andere Menschenwesen erstickte oder einäscherte. Er reduzierte das »Elbflorenz« auf eine zerklüftete Mondlandschaft.

Als ich wieder in diesem Keller war, kam mir dieser Gedanke: »Weil ich so lang gelebt habe, bin ich einer der wenigen Menschen auf Erden, die ein Atlantis erblickten, bevor es für immer unter den Wellen verschwand.«

Kurzgeschichten können, bei aller gebotenen Kürze, Größe haben. Einige haben mich von den Socken gehauen, als ich noch auf der High School war. »Das kurze glückliche Leben des Francis Macomber« von Ernest Hemingway und »Das offene Fenster« von Saki und »Das Geschenk der Weisen« von O. Henry und »Eine Begebenheit an der Owl-Creek-Brücke« von Ambrose Bierce kommen einem sofort in den Sinn. Aber in dieser oder in meiner anderen Sammlung ist keinerlei Größe zu finden, und das war auch gar nicht beabsichtigt.

Meine eigenen Geschichten mögen trotzdem als Überbleibsel aus einer Zeit interessant sein, bevor es Fernsehen gab, als ein Autor eine Familie noch durch das Schreiben von Geschichten ernähren konnte, die unkritische Zeitschriftenleser zufriedenstellten, wodurch er genug Freizeit bekam, um ernsthafte Romane zu schreiben. Als ich im Jahre 1950 Ganztagsfreiberufler wurde, erwartete ich, diese Tätigkeit bis an mein Lebensende auszuüben.

Mit solchen Aussichten war ich in guter Gesellschaft. Hemingway hatte für *Esquire* geschrieben, F. Scott Fitzgerald für die *Saturday Evening Post*, William Faulkner für *Collier's*, John Steinbeck für *The Woman's Home Companion*!

Sie können über mich sagen, was Sie wollen, aber ich habe noch nie für eine Zeitschrift namens *The Woman's Home Companion* geschrieben, obwohl es eine Zeit gab, zu der ich das liebend gern getan hätte. Und ich füge noch diesen Gedanken an: Nur weil eine Frau zu Hause festsitzt, mit dem Ehemann auf Arbeit und den Kindern in der Schule, bedeutet das nicht, daß sie schwachsinnig ist.

Aus Anlaß der Veröffentlichung dieses Buches möchte ich über die eigentümliche und zuträgliche Wirkung sprechen, die eine Kurzgeschichte auf uns haben kann, wodurch sie sich von einem Roman oder Film oder Theaterstück oder Fernsehbeitrag unterscheidet.

Wenn ich mich verständlich machen soll, müssen Sie sich jedoch erst mit mir eine Szene im Zuhause meiner Kindheit und Jugend in Indianapolis vorstellen, mitten in der damaligen Großen Depression. Die damalige Große Depression dauerte vom Börsenkrach am 24. Oktober 1929 bis zum 7. Dezember 1941, als die Japaner uns den Gefallen taten, aus Jux und Dollerei unsere komatöse Kriegsflotte in Pearl Harbor zu bombardieren. Die kleinen gelben Sauhunde, wie wir sie zu nennen pflegten, hatten sich mit der Großen Depression dumm und krumm gelangweilt. Wir uns auch.

Stellen Sie sich vor, es ist wieder 1938. Ich bin wieder sechzehn. Ich komme von einem wieder mal lausigen Tag in der Shortridge High School nach Hause. Mutter, die nicht außer Haus arbeitet, sagt, auf dem Couchtisch liegt eine neue *Saturday Evening Post*. Draußen regnet es, und ich bin unbeliebt. Aber ich kann eine Zeitschrift nicht anknipsen wie einen Fernsehapparat. Ich muß sie in die Hand nehmen, sonst bleibt sie da liegen, mausetot. Eine Zeitschrift hat ohne fremde Hilfe keinerlei Elan.

Nachdem ich sie in die Hand genommen habe, muß ich die gesamten hundertsechzig Pfund heranwachsenden männlichen Fleischs samt Knochen bequem auf einem Sessel unterbringen. Dann muß ich die Zeitschrift mit den Fingerspitzen durchblättern, damit meine Augen schaufensterbummeln können, bis sie eine Geschichte mit anregendem Titel und neugierig machender Illustration gefunden haben.

Die Illustratoren bekamen während des goldenen Zeitalters der amerikanischen Zeitschriftenliteratur soviel Geld wie die Autoren, deren Geschichten sie illustrierten. Sie waren oft genauso berühmt wie die Autoren oder sogar noch berühmter. Norman Rockwell war ihr Michelangelo.

Während ich mich nach einer passenden Geschichte umsehe, sehen meine Augen auch Anzeigen für Automobile und Zigaretten und Handkrems und so weiter. Es sind die Anzeigenkunden, nicht die Leser, welche die wahren Kosten einer so üppigen Veröffentlichung tragen. Und Gott segne sie dafür. Aber bedenken Sie das Unglaubliche, was von mir als Gegenleistung erwartet wird. Ich knipse mein Gehirn an!

Das ist noch nicht mal die Hälfte. Mit voll angeworfenem Gehirn vollbringe ich das fast Unmögliche, was Sie jetzt auch gerade vollbringen, lieber Leser. Ich bringe einen Sinn in idiosynkratische Anordnungen von nur sechsundzwanzig phonetischen Symbolen, zehn arabischen Ziffern und vielleicht acht Satzzeichen in waagerechten Zeilen auf einem Blatt gebleichten und geglätteten Holzbreis!

Aber jetzt kommt's: Während ich lese, verlangsamen sich Puls und Atmung. Mein Ärger über die Schule fällt von mir ab. Ich befinde mich in einem angenehmen Zustand, irgendwo zwischen Schlaf und Erholung.

Okay?

Und dann, nach der Zeit, die es braucht, eine Kurzgeschichte zu lesen, nach, sagen wir, zehn Minuten springe ich vom Sessel auf. Ich lege die *Saturday Evening Post* zurück auf den Couchtisch für jemand anders.

Okay?

Also dann kommt mein Vater, der Architekt, von der Arbeit nach Hause, oder eher von keiner Arbeit nach Hause, weil die kleinen gelben Sauhunde Pearl Harbor noch nicht bombardiert haben. Ich sage ihm, ich hätte eine Geschichte gelesen, an der er vielleicht Spaß hat. Ich sage ihm, er soll sich auf den bequemen Sessel setzen, dessen Kissen immer noch von meinem minderjährigen Hintern eingedellt und angewärmt ist.

Vater setzt sich. Ich nehme die Zeitschrift und schlage die Geschichte auf. Vater ist müde und deprimiert. Vater fängt an zu lesen. Sein Puls und seine Atmung verlangsamen sich. Sein Ärger fällt von ihm ab, und so weiter.

Ja! Und unser kleines häusliches Dramolett, in den dreißiger Jahren aus dem Leben gegriffen, lieber Leser, beweist genau was? Es beweist, daß eine Kurzgeschichte wegen ihrer physiologischen und psychologischen Wirkung auf den Menschen den buddhistischen Meditationsformen näher verwandt ist als jede andere Form erzählerischer Unterhaltung.

Was Sie also in diesem Band – und in jeder anderen Sammlung von Kurzgeschichten – haben, ist ein ganzer Packen buddhistischer Nickerchen.

Einen Roman zu lesen, *Krieg und Frieden* zum Beispiel, ist kein Nickerchen. Weil ein Roman so lang ist, ist die Lektüre eines Romans, als wäre man für alle Zeiten mit jemandem verheiratet, den sonst niemand kennt oder mag. Eindeutig nicht erfrischend!

Na klar, wir hatten Radios, bevor wir Fernsehen hatten. Aber Radios können unsere Aufmerksamkeit nicht an sich fesseln, können nicht die Kontrolle über unsere Gefühle gewinnen, außer in Zeiten des Krieges. Radios können nicht machen, daß wir stillsitzen. Im Gegensatz zu Gedrucktem und Theaterstücken und Filmen und der Glotze geben Radios uns nichts zu tun für unsere rastlosen Augen.

Hören Sie zu: Nachdem ich aus dem Zweiten Weltkrieg nach Hause gekommen war, Stabsunteroffizier, zweiundzwanzig Jahre alt, wollte ich gar kein belletristischer Schriftsteller werden. Ich heiratete meinen Kindheitsschwarm Jane Marie Cox, ebenfalls aus Indianapolis, inzwischen im Himmel, und ließ mich am anthropologischen Fachbereich der Universität von Chicago immatrikulieren. Aber Anthropologe wollte ich auch nicht werden. Ich hoffte nur, mehr über Menschenwesen herauszufinden. Journalist wollte ich werden!

Zu diesem Zweck nahm ich außerdem noch einen Job als Polizeireporter beim Chicago News Bureau an. Das News Bureau wurde damals von allen vier Chicagoer Tageszeitungen unterstützt, als Sensor für Mitteilungen, der die Stadt bei Tag und Nacht durchstreifte, und als Übungsgelände. Wenn man einen Job in einer dieser Zeitungen kriegen wollte und keine Beziehungen hatte, mußte man zuerst den Drill im News Bureau über sich ergehen lassen.

Aber es wurde bald klar, daß es mehrere Jahre lang in Chicago oder sonstwo keine freien Stellen bei einer Zeitung geben würde. Reporter waren aus dem Krieg zurückgekommen und verlangten ihren alten Job, und die Frauen, die sie ersetzt hatten, wollten nicht kündigen. Die Frauen waren ganz toll. Es wäre blöd gewesen, wenn sie gekündigt hätten.

Und dann wies der anthropologische Fachbereich meine Magisterarbeit zurück, in welcher bewiesen wurde, daß die Ähnlichkeiten zwischen den kubistischen Malern im Paris von 1907 und den Anführern der Aufstände eingeborener Amerikaner – oder Intsches – im ausgehenden neunzehnten Jahrhundert nicht ignoriert werden konnten. Der Fachbereich sagte, die Magisterarbeit sei unprofessionell.

Langsam, aber sicher begann nun das Schicksal, welches mich in Dresden verschont hatte, mich zu einem belletristischen Autor und Versager zu formen, bis ich gottverdammte siebenundvierzig Jahre alt war! Aber erst mußte ich noch Werbefiffi bei General Electric in Schenectady (New York) werden.

Während ich bei GE Pressemitteilungen schrieb, hatte ich einen Boß namens George. George pappte außen an seine Bürotür immer Cartoons, von denen er fand, daß sie etwas mit der Firma oder unserer Arbeit zu tun hatten. Auf einem Cartoon sah man zwei Typen im Büro einer Kutscherpeitschenfabrik. Eine Schautafel an der Wand zeigte, daß ihre Umsätze auf Null gesunken waren. Der eine Typ sagte zum anderen: »An der Qualität unseres Produkts kann es nicht liegen, wir machen die besten Kutscherpeitschen der Welt.« George hatte dieses Cartoon angepappt, um zu feiern, wie GE mit seinen wunderbaren neuen Produkten vielen anderen Firmen das Gefühl vermittelte, sie versuchten, Kutscherpeitschen zu verkaufen.

Ein verkrachter Filmschauspieler namens Ronald Reagan arbeitete ebenfalls für die Firma. Er war die ganze Zeit auf der Piste und hielt vor Handelskammern und Kraftwerksbetreibern und so weiter Vorträge über die Übel des Sozialismus. Wir sind uns nie begegnet, deshalb bin ich immer noch Sozialist.

Während 1950 mein zukünftiger zweimaliger Präsident mit seinem Geplapper das Pappnasenpublikum unterhielt, begann ich nachts und an Wochenenden mit dem Schreiben von Kurzgeschichten. Jane und ich hatten inzwischen zwei Kinder. Ich brauchte mehr Geld, als GE mir zu zahlen bereit war. Außerdem wollte ich, falls möglich, mehr Selbstachtung.

Damals, 1950, konnten die Anbieter von Kurzgeschichten jeden Preis verlangen. Es gab vier Wochenzeitschriften, die in jeder Ausgabe drei oder mehr von den Dingern veröffentlichten. Dasselbe galt für die sechs Monatszeitschriften.

Ich besorgte mir einen Agenten. Wenn ich ihm eine Geschichte schickte, die nicht ganz funktionierte, die den Leser nicht ganz zufriedenstellte, sagte er mir, wie ich sie richtig hinkriegen konnte. Damals konnten Agenten und Lektoren einem Autor noch sagen, wie man bei einer Geschichte die Feineinstellung vornimmt, als wären sie Boxenmechaniker und die Geschichte wäre ein Rennwagen. Mit dieser Art von Hilfe verkaufte ich eine, dann zwei, dann drei Geschichten und verdiente mehr Geld als in einem ganzen Jahr bei GE.

Ich kündigte bei GE und begann meinen ersten Roman, *Das höllische System*. Er ist eine Schmähschrift gegen GE. Ich biß die Hand, die mich gefüttert hatte. Das Buch sagte voraus, daß eines Tages – ist tatsächlich längst passiert –

Maschinen, weil sie so verläßlich und tüchtig und unermüdlich sind und ständig billiger werden, den Menschen die halbwegs anständigen Jobs wegnehmen.

Ich zog mit unserer vierköpfigen Familie nach Cape Cod, zuerst nach Provincetown. Dort lernte ich Norman Mailer kennen. Er war so alt wie ich. Er war wie ich Infanterierekrut mit College-Ausbildung gewesen, und wegen seines großen Kriegsromans *Die Nackten und die Toten* war er bereits weltberühmt. Ich habe ihn damals bewundert, und ich bewundere ihn immer noch. Er ist majestätisch. Er hat etwas Königliches. So was hatte Jacqueline Onassis auch. Auch Joe Di Maggio. Auch Muhammad Ali. Auch Arthur Miller.

Wir zogen von Provincetown nach Osterville, immer noch auf Cape Cod. Aber erst drei Jahre nachdem ich Schenectady verlassen hatte, begannen die Anzeigenkunden, keine Anzeigen mehr in Zeitschriften zu schalten. Die buddhistischen Nickerchen, die aus meiner Schreibmaschine kamen, wurden so überflüssig wie Kutscherpeitschen.

Eine Monatszeitschrift, die mehrere meiner Geschichten gekauft hatte, *Cosmopolitan*, hat als quälend explizites Sex-Handbuch überlebt.

1953, im selben Jahr, erschien *Fahrenheit 451* von Ray Bradbury. Der Titel bezeichnet die Temperatur, bei der Papier anfängt zu brennen. So stark muß man ein Buch oder Periodikum erhitzen, bis es in Flammen aufgeht. Die männliche Hauptperson verdient ihren Lebensunterhalt mit Verbrennen von Gedrucktem. Niemand liest mehr. Viele normale, billige Häuser wie das von Ray und mir haben ein Zimmer mit Fernsehschirm vom Fußboden bis an die Decke an allen vier Wänden und einem Stuhl in der Mitte.

Die Schauspieler und Schauspielerinnen auf allen vier Fernsehwänden haben einen Text, der ihnen vorschreibt, daß sie den Menschen, der auf dem Stuhl in der Mitte sitzt, selbst wenn niemand auf dem Stuhl in der Mitte sitzt, als Freund oder Verwandten ansprechen, der genau da ist, wo sich alles abspielt. Die Frau des Mannes, der Papier verbrennt, ist unglücklich. Er kann sich nur drei Fernsehschirme leisten. Seine Frau findet es unerträglich, daß sie nicht weiß, was auf dem fehlenden vierten Fernsehschirm passiert, weil die Fernsehschauspieler und -schauspielerinnen die einzigen Menschen sind, die sie liebt, die einzigen überhaupt, die ihr nicht piepegal sind.

Fahrenheit 451 kam heraus, bevor wir und die meisten unserer Nachbarn in Osterville überhaupt einen Fernseher hatten. Vielleicht hatte Ray Bradbury selber keinen. Vielleicht hat er immer noch keinen. Bis heute kann Ray nicht Auto fahren und haßt Flugreisen.

Auf jeden Fall war Ray ganz schön hellsichtig. Genau wie Menschen, deren Nieren nicht richtig funktionieren, heutzutage im Krankenhaus perfekte Nieren verpaßt kriegen, bekommen Amerikaner, deren gesellschaftliches Leben nicht richtig funktioniert, wie die Frau in Rays Buch perfekte Freunde und Verwandte aus dem Fernsehapparat. Und das rund um die Uhr!

Ray hatte sich allerdings verpeilt, was die Anzahl der für eine erfolgreiche Menschentransplantation erforderlichen Fernsehschirme betrifft. Ein einziger kleiner mickriger Sony schafft das schon, bei Tag und Nacht. Darüber hinaus braucht man nur noch Schauspieler und Schauspielerinnen, die die Nachrichten erzählen und Kram verkaufen, in Seifenopern oder sonstwo, die jeden, der gerade kuckt, selbst wenn gerade niemand kuckt, wie ein Familienmitglied behandeln.

»Die Hölle, das sind die anderen«, hat Jean-Paul Sartre gesagt. »Die Hölle, das sind andere echte Menschen«, hätte er sagen sollen.

Man kann den Fortschritt nicht bekämpfen. Man kann ihn bestenfalls ignorieren, bis er einen schließlich um Lebensunterhalt und Selbstachtung gebracht hat. General Electric war selbst eine Zeitlang dazu gezwungen, sich wie eine Kutscherpeitschenfabrik vorzukommen, als die Bell-Laboratorien und andere sich das Monopol auf Transistoren und deren Verwendung sicherten, während GE immer noch Elektronen in Vakuumröhren hin und her schubste.

GE war jedoch im Gegensatz zu mir zu groß zum Scheitern und erholte sich so weit, daß die Firma Tausende entlassen und den Hudson River mit polychlorierten Biphenylen vergiften konnte.

1953 hatten Jane und ich dann drei Kinder. Also unterrichtete ich Englisch in einem Internat, ebenfalls auf Cape Cod. Dann schrieb ich Anzeigentexte für eine Industrie-Werbeagentur in Boston. Ich schrieb zwei Romane, die gleich als Taschenbuch erschienen, *Die Sirenen des Titan* und *Mutter Nacht*. Sie wurden nie rezensiert. Für jeden Roman bekam ich soviel wie vorher für eine Kurzgeschichte.

Ich versuchte, einige der ersten Saab-Autos zu verkaufen, die in die USA kamen. Bei Fahrtwind gingen die Türen auf. Hinter dem Kühlergrill war eine Rolljalousie, die man mittels einer Kette unter dem Armaturenbrett betätigen konnte. Die sollte einem im Winter den Motor warm halten. Man mußte bei diesen frühen Saabs jedesmal, wenn man tankte, Öl mit dem Benzin mischen. Wenn man das auch nur einmal vergaß, verwandelte sich der Motor zurück in Erz. Ein Motor, den ich mit Hammer und Meißel von einem Saab-Chassis hackte, sah aus wie ein Meteor!

Wenn man einen Saab länger als einen Tag geparkt stehenließ, sammelte sich das Öl wie Ahornsirup am Boden des Benzintanks. Wenn man ihn dann anließ, hüllten die Abgase den ganzen Stadtteil in Schwarz. Einmal habe ich auf diese Weise Woods Hole eingeschwärzt. Ich hustete wie alle anderen und konnte mir gar nicht vorstellen, wo der ganze Rauch hergekommen war.

Dann begann ich, Kreatives Schreiben zu lehren, erst in Iowa, dann in Harvard und dann am City College in New York. Joseph Heller, der Autor von *Catch-22*, lehrte ebenfalls am City College. Er sagte mir, wenn der Krieg nicht gewesen wäre, hätte er jetzt eine chemische Reinigung. Ich sagte ihm, wenn der Krieg nicht gewesen wäre, würde ich jetzt das Garten-Ressort beim *Indianapolis Star* betreuen.

Jetzt darf ich um Gehör bitten. Hier kommt Kurs 101, Kreatives Schreiben:

1. Gehen Sie mit der Zeit eines wildfremden Menschen so um, daß er nicht das Gefühl hat, die Zeit verplempert zu haben.

2. Geben Sie dem Leser mindestens eine Figur, der er die Daumen drücken kann.

3. Jede Figur sollte irgendwas wollen, und sei es nur ein Glas Wasser.

4. Jeder Satz muß eins von zwei Dingen tun: Charaktereigenschaften enthüllen oder die Handlung vorantreiben.

5. Fangen Sie so nah am Schluß an wie möglich.

6. Seien Sie Sadist. Egal, wie süß und unschuldig Ihre Hauptpersonen sind – lassen Sie ihnen schreckliche Dinge zustoßen, damit der Leser sehen kann, wie sie beschaffen sind.

7. Schreiben Sie so, daß es nur einem einzigen Menschen gefällt. Wenn Sie ein Fenster aufreißen und es mit der ganzen Welt treiben, sozusagen, zieht sich Ihre Geschichte eine Lungenentzündung zu.

8. Geben Sie Ihren Lesern so bald wie möglich soviel Information wie möglich. Soll die Spannung doch sehen, wo sie bleibt. Die Leser sollten so umfassend darüber Bescheid wissen, was wo und warum vorgeht, daß sie die Geschichte selbst zu Ende führen könnten, falls Kakerlaken die letzten paar Seiten gefressen haben sollten.

Der Mensch, der in meiner Generation die besten amerikanischen Kurzgeschichten schrieb, war Flannery O'Connor (1925–1964). Sie hat praktisch bis auf die erste jede meiner Regeln verletzt. Große Schriftsteller neigen zu so was.

Vielleicht hat Ms. O'Connor meine siebte Regel – »Schreiben Sie so, daß es nur einem einzigen Menschen gefällt« – verletzt, vielleicht aber auch nicht. Wir werden es nie mit letzter Sicherheit erfahren, es sei denn natürlich, es gäbe doch einen Himmel, und sie wäre da, und wir kämen auch alle in den Himmel und könnten sie fragen.

Ich bin fast sicher, daß sie Regel sieben nicht verletzt hat. Der verstorbene amerikanische Psychiater Dr. Edmund Bergler, der behauptete, er habe mehr professionelle Schriftsteller behandelt als jeder andere Klapsrat, schrieb in seinem Buch *The Writer and Psychoanalysis*, die meisten Schriftsteller schrieben, seiner Erfahrung nach, um einem einzigen Menschen zu gefallen, den sie gut kannten, selbst wenn ihnen das nicht bewußt war. Es war kein Trick der Belletristenzunft. Es war einfach etwas natürlich Menschliches, ob dadurch eine Geschichte besser wird oder nicht.

Dr. Bergler meint, normalerweise bedürfe es der Psychoanalyse, bevor seine Patienten wüßten, für wen sie geschrieben hätten. Aber sobald ich sein Buch fertiggelesen und nur wenige Minuten lang nachgedacht hatte, wußte ich, daß ich für meine Schwester Allie geschrieben hatte. Sie ist der Mensch, für den die Geschichten in diesem Buch geschrieben wurden. Alles, von dem ich wußte, daß es Allie nicht gefallen würde, habe ich durchgestrichen. Alles, von dem ich wußte, daß sie es toll finden würde, habe ich stehengelassen.

Allie ist jetzt im Himmel, zusammen mit meiner ersten Frau Jane und Sam Lawrence und Flannery O'Connor und Dr. Bergler, aber ich schreibe immer noch, um ihr zu gefallen. Im wirklichen Leben war Allie sehr komisch. Das gibt mir die Erlaubnis, ebenfalls komisch zu sein. Allie und ich standen uns sehr nahe.

Meiner Meinung nach gefällt eine Geschichte, die nur für einen Menschen geschrieben wurde, dem Leser, lieber Leser, weil sie den Leser oder die Leserin an der Handlung teilhaben läßt. Dadurch fühlt sich der Leser, auch wenn er das nicht weiß, als belauschte er die faszinierende Konversation zweier Menschen am Nebentisch in einem, sagen wir mal, Restaurant.

Vermute ich mal wohlfundiert.

Noch eine fundierte Vermutung: Ein Leser mag eine Geschichte, die nur für einen Menschen geschrieben wurde, weil er spüren kann, wieder ohne es zu wissen, daß die Geschichte Begrenzungen hat wie ein Spielfeld. Die Geschichte kann nicht so einfach abhauen. Dies, meine ich, lädt den Leser ein, den Spielfeldrand zu verlassen, um zusammen mit dem Autor ins Spiel einzugreifen. Wohin geht die Geschichte als nächstes? Wohin sollte sie gehen? Schiebung! Hoffnungslose Situation! Und Tooor!

Erinnern Sie sich an meine Regel Nr. acht? »Geben Sie Ihren Lesern so bald wie möglich soviel Information wie möglich«? Das ist, damit sie mitspielen können. Wo, außerhalb der akademischen Haine, kann jemand eine Geschichte leiden, in welcher soviel Information zurückgehalten wird oder die so obskur ist, daß es den Lesern schier unmöglich ist mitzuspielen?

Die Begrenzungen der Spielfelder, auf denen sich meine Kurzgeschichten und Romane abspielen, waren einst die Begrenzungen der Seele meiner einzigen Schwester. So lebt sie weiter.

Amen.

Kurt Vonnegut

Eselsbrücken

Alfred Moorhead ließ den Bericht in den »Erledigt«-Korb fallen. Er lächelte, wenn er daran dachte, daß es ihm gelungen war, einen Vorgang auf Fakten zu überprüfen, ohne Unterlagen und Notizen zu Rate zu ziehen. Vor sechs Wochen hätte er das noch nicht gekonnt. Jetzt, nachdem er an dem zweiwöchigen Gedächtnistraining der Firma teilgenommen hatte, hafteten Namen, Fakten und Zahlen an seinem Gedächtnis wie Kletten an einem Airedale-Terrier. Das Training hatte tatsächlich so gut wie jedes Problem in seinem unkomplizierten Leben gelöst, nur das eine nicht: seine Unfähigkeit, bei Ellen, seiner Sekretärin, die er nun schon seit zwei Jahren heimlich anhimmelte, das Eis zu brechen ...

»Die Mnemonik, Mnemotechnik oder schlicht Eselsbrücke bezeichnet die Kunst, das Gedächtnis zu verbessern«, hatte der Leiter des Lehrgangs begonnen. »Sie macht sich zwei elementare psychologische Fakten zunutze: Man erinnert sich an Dinge, für die man sich interessiert, länger als an Dinge, für die man sich nicht interessiert; und: Bilder bleiben besser im Gedächtnis haften als isolierte Fakten. Ich werde Ihnen zeigen, was ich meine. Wir werden Mr. Moorhead als unser Versuchskaninchen verwenden.«

Alfred war beklommen auf dem Stuhl hin- und hergerutscht, als der Mann eine sinnlose Liste vorlas und ihm sagte, er solle sie sich einprägen: »Rauch, Eiche, Limousine, Flasche, Pirol.« Dann hatte er über etwas anderes gesprochen und schließlich auf Alfred gedeutet. »Mr. Moorhead, die Liste.«

»Rauch, Pirol, äh ...« Alfred hatte die Achseln gezuckt.

»Lassen Sie sich nicht entmutigen. Sie sind vollkommen normal«, hatte der Lehrgangsleiter gesagt. »Aber wir wollen mal sehen, ob wir Ihnen nicht helfen können, es noch ein bißchen besser zu machen. Stellen wir ein Bild zusammen, etwas Angenehmes, etwas, woran wir uns gern erinnern würden. Rauch, Eiche, Limousine ... Ich sehe einen Mann, der es sich unter dem Blätterdach einer Eiche bequem gemacht hat. Er raucht Pfeife, und im Hintergrund steht sein Auto, eine gelbe Limousine. Sehen Sie sie, Mr. Moorhead?«

»M-hm.« Alfred hatte sie tatsächlich vage gesehen.

»Gut. Nun zur Flasche und zum Pirol. Der Mann hat eine schöne Thermosflasche mit Eiskaffee dabei, und auf einem Ast über ihm singt ein Pirol. Jetzt können wir uns mühelos an das fröhliche Bild erinnern, stimmt's?«

»Rauch, Limousine, Flasche, äh ...« Alfred war dem Blick des Lehrgangsleiters ausgewichen.

Als das Gekicher der Klasse abklang, sagte der Lehrgangsleiter konziliant: »Jetzt glauben Sie wahrscheinlich, Mr. Moorhead hätte bewiesen, daß die Kunst der Eselsbrücke schlicht und einfach großer Quatsch ist. Ganz und gar nicht. Er hat mir dabei geholfen, einen weiteren wichtigen Punkt herauszuarbeiten. Die Bilder, die man verwenden kann, um dem Gedächtnis auf die Sprünge zu helfen, variieren von Person zu Person beträchtlich. Mr. Moorheads Persönlichkeit unterscheidet sich deutlich von meiner. Ich hätte ihm meine Bilder und Vorstellungen nicht aufzwingen sollen. Ich werde die Liste wiederholen, Mr. Moorhead, und diesmal möchte ich, daß Sie sich ein eigenes Bild aufbauen.«

Gegen Ende des Unterrichts hatte der Lehrgangsleiter

wieder Alfred aufgerufen. Alfred hatte die Liste heruntergerasselt, als wäre sie das Alphabet.

Die Technik war so gut, überlegte Alfred, daß er sich sein Leben lang an die sinnlose Liste würde erinnern können. Er sah sich immer noch, wie er sich mit Rita Hayworth unter einer riesigen Eiche eine Zigarette teilte. Er schenkte ihr aus einer Flasche einen Spitzenwein ein, und als sie trank, streifte ein Pirol mit dem Flügel seine Wange. Dann küßte Alfred sie. Was die Limousine betraf, so hatte er sie Ali Khan geliehen.

Der Lohn für seine neue Fähigkeit war großartig und rasch gewesen. Die Beförderung hatte er zweifellos seiner aktenschrankartigen Beherrschung geschäftlicher Einzelheiten zu verdanken. Sein Boß, Ralph L. Thriller, hatte gesagt: »Moorhead, ich hätte nie gedacht, daß sich ein Mensch so ändern kann, wie Sie sich in den letzten paar Wochen geändert haben. Wunderbar!«

Sein Glück war ungetrübt, bis auf die melancholische Beziehung zu Ellen, seiner Sekretärin. Während sein Gedächtnis arbeitete wie eine billige Armbanduhr, war er beim Gedanken, der heiteren Brünetten gegenüber Liebe zu erwähnen, wie gelähmt.

Alfred seufzte und griff nach einem Bündel Lieferscheine. Der erste war an die Punktschweißerei Davenport adressiert. Er schloß die Augen, und ein schimmerndes Tableau erschien. Er hatte es zwei Tage zuvor komponiert, als Mr. Thriller ihm spezielle Instruktionen gegeben hatte. Zwei Davenport-Sofas standen einander gegenüber. Lana Turner, die in einem engen Leopardenfell stak, lag auf dem einen. Auf dem anderen lag Jane Russell, in einem Sarong aus Telegrammen. Beide warfen Alfred Kußhändchen zu, welcher sie kurz betrachtete und dann widerstrebend verblassen ließ.

Er kritzelte eine Notiz für Ellen: *Bitte aufpassen, daß die Rechnungen für Punktschweißerei Davenport und Draht & Kabel Davenport nicht verwechselt wurden.* Vor sechs Wochen wäre ihm das bestimmt entgangen. *Ich liebe Sie*, fügte er hinzu, übermalte es aber sorgfältig wieder mit einem langen, schwarzen Rechteck aus Tinte.

In gewisser Hinsicht war sein gutes Gedächtnis ein Fluch. Indem es ihm Stunden des Stöberns in Aktenschränken ersparte, gab es ihm entsprechend mehr Zeit, sich über Ellen Sorgen zu machen. Die lohnendsten Augenblicke in seinem Leben waren – auch schon vor dem Gedächtnistraining – seine Tagträume gewesen. Und in den köstlichsten kam Ellen vor. Gab er ihr die Gelegenheit, ihn abzuweisen, was mit an Sicherheit grenzender Wahrscheinlichkeit geschehen würde, konnte sie nie wieder in seinen Phantasien erscheinen. Dieses Risiko konnte Alfred nicht auf sich nehmen.

Das Telefon klingelte. »Es ist Mr. Thriller«, sagte Ellen.

»Moorhead«, sagte Mr. Thriller, »bei mir hat sich jede Menge Kleinkram angesammelt. Könnten Sie mir etwas davon abnehmen?«

»Sehr gern, Chef. Schießen Sie los.«

»Haben Sie was zu schreiben?«

»Schnickschnack, Chef«, sagte Alfred.

»Nein, im Ernst«, sagte Mr. Thriller unerbittlich. »Mir wäre wohler, wenn Sie's notieren. Es ist furchtbar viel Zeug.«

Alfreds Füller war leer, und um sich einen Bleistift zu holen, hätte er aufstehen müssen, also zuckte er die Achseln und log: »Okay, Chef, hier ist der Kuli. Schießen Sie los.«

»Erstens. Wir bekommen jetzt viele Zulieferverträge für große Verteidigungsprojekte, und dafür werden wir eine neue Serie von Kodenummern verwenden. Jede Nummer, die mit 16A anfängt, kennzeichnet ein solches Projekt. Am besten telegrafieren Sie das unseren sämtlichen Fabriken.«

Vor Alfreds geistigem Auge exekutierte Ava Gardner mit einer Flinte die gefällig gestaltete Bedienungsanleitung für Feuerwaffen. Ihren Pulli schmückte der große Schriftzug 16A. »Alles klar, Chef.«

»Und hier habe ich eine Aktennotiz von ...«

Fünfzehn Minuten später sagte Alfred, der nun üppig transpirierte, zum dreiundvierzigstenmal »Alles klar, Chef« und legte auf. Vor seinem geistigen Auge erstand ein historischer Schinken, der dazu angetan war, die üppigsten Träume eines Cecil B. De Mille schäbig aussehen zu lassen. Um Alfred herum gruppierte sich jeder weibliche Filmstar, den er je gesehen hatte, und jede Dame hantierte mit etwas oder hatte etwas an oder trug etwas geschultert oder saß rittlings auf etwas, wofür Alfred, wenn er es vergaß, gefeuert werden konnte. Es war ein Kolossalgemälde, und die kleinste Störung konnte es zerfetzen. Er mußte an Papier und Bleistift kommen, bevor die Tragödie zuschlug. Er durchquerte das Büro, als pirsche er sich an ein scheues Wild heran, vornübergebeugt, lautlos.

»Mr. Moorhead, geht es Ihnen gut?« sagte Ellen besorgt.

»Mmm. Mmm!« sagte Alfred stirnrunzelnd.

Er erreichte Block und Blei und atmete aus. Das Bild vernebelte sich, aber es war noch da. Alfred betrachtete die Damen, eine nach der anderen, schrieb ihre Botschaften nieder und gestattete ihnen, sich aufzulösen.

Als immer weniger numerierte Damen übrig waren, begann er, ihre Abgänge zu verzögern, um sie zu genießen. Schon schlug ihm Ann Sheridan, die vorletzte in der Warteschlange, aufrecht im Sattel eines Mustangs sitzend, leicht mit einer Glühbirne gegen die Stirn, um ihn an den Namen einer wichtigen Kontaktperson bei General Electric zu erinnern – an Mr. Bronk. Sie errötete unter seinem Blick, saß ab und löste sich auf.

Die letzte stand vor ihm, ein Bündel Papiere fest im Griff. Einen Augenblick lang war Alfred ratlos. Die Papiere schienen der einzige Hinweis zu sein, und sie erinnerten ihn an nichts. Geistesabwesend griff er nach ihr und zog sie an sich. »Na, Baby«, murmelte er, »was hast *du* denn vor?«

»Ach, Mr. Moorhead«, seufzte Ellen.

»Nanu!« sagte Alfred und ließ sie los. »Ellen ... Tut mir leid, ich muß mich völlig vergessen haben.«

»Na, gottlob haben Sie sich endlich an *mich* erinnert.«

Nur ernstgemeinte Zuschriften

Vor ein paar Tagen, kurz bevor ich hierher nach Newport kam, um Urlaub zu machen, obwohl ich eigentlich pleite bin, fiel mir ein, daß es keine Branche gibt – oder Geschäftemacherei oder Gaunerei, egal –, die von ihren Kunden soviel Schläge einsteckt wie der Handel mit Immobilien. Bleibt man stehen, hauen sie einen mit dem Knüppel; rennt man weg, schießen sie.

Vielleicht haben Zahnärzte ein noch gespannteres Verhältnis zu ihren Patienten, aber ich bezweifle das. Geben Sie einem Mann die Wahl, ob er sich von seinen Zähnen oder von einer Maklercourtage trennt, und er entscheidet sich jederzeit für Zange und Novokain.

Nehmen Sie Delahanty. Vor zwei Wochen bat mich Delahanty, für ihn sein Haus zu verkaufen, und wollte zwanzigtausend dafür.

An dem Nachmittag fuhr ich mit einem Interessenten hin, um das Haus zu besichtigen. Der Interessent ging einmal durch, sagte, es gefalle ihm und er nehme es. Am selben Abend machte er den Vertrag perfekt. Mit Delahanty. Hinter meinem Rücken.

Dann schickte ich Delahanty eine Rechnung für meine Courtage – fünf Prozent vom Verkaufspreis, eintausend Dollar.

»Was zum Teufel sind Sie?« wollte er wissen. »Ein vielbeschäftigter Filmstar?«

»Sie haben gewußt, wie hoch meine Courtage sein würde.«

»Klar, habe ich gewußt. Aber Sie haben nur eine Stunde gearbeitet. Eintausend Moppen die Stunde! Vierzigtausend die Woche, zwei Millionen pro Jahr! Habe ich gerade ausgerechnet.«

»In manchen Jahren bringe ich es auf zehn Millionen«, sagte ich.

»Ich arbeite sechs Tage die Woche, fünfzig Wochen im Jahr, und dann soll ich einem jungen Spund wie Ihnen für eine Stunde Lächeln und Gelaber und einen halben Liter Benzin einen Tausender geben. Ich werde meinem Kongreßabgeordneten schreiben. Wenn das legal ist, sollte es das verdammt noch mal nicht sein.«

»Er ist auch mein Kongreßabgeordneter, und Sie haben einen Vertrag unterschrieben. Sie haben ihn doch gelesen, oder?«

Er legte mittendrin auf. Bezahlt hat er immer noch nicht.

Die alte Mrs. Hellbrunner rief direkt nach Delahanty an. *Ihr* Haus steht seit drei Jahren zum Verkauf, und es ist so ziemlich alles, was vom Familienvermögen der Hellbrunners übrig ist. Siebenundzwanzig Zimmer, neun Bäder, Ballsaal, Arbeitszimmer, Studierzimmer, Musikzimmer, Solarium, Mauer- und Ecktürme mit Schießscharten für Armbrustschützen, Zugbrücken-Imitat und Fallgitter sowie ein ausgetrockneter Burggraben. Irgendwo im Keller gibt es, denke ich mal, Folterbänke und Galgen für aufsässige Domestiken.

»Das geht doch nicht mit rechten Dingen zu«, sagte Mrs. Hellbrunner. »Mr. Delahanty hat seine kleine, schreckliche Keksbüchse in einem Tag verkauft, und zwar für viertausend mehr, als er dafür bezahlt hat. Himmel noch mal, dabei verlange ich nur ein Viertel der Instandhaltungskosten für mein Haus.«

»Na ja, wer *Ihr* Haus haben will, muß schon einen ganz besonderen Geschmack haben, Mrs. Hellbrunner«, sagte ich und dachte dabei an einen entlaufenen Irren. »Aber eines Tages wird er kommen. Es heißt doch, es gibt ein Haus für jeden Menschen und einen Menschen für jedes Haus. Bei mir kommt schließlich nicht jeden Tag jemand rein, der sich nach etwas im Hunderttausend-Dollar-Bereich umsieht. Aber früher oder später ...«

»Als Sie Mr. Delahanty als Kunden akzeptierten, haben Sie sich sofort an die Arbeit gemacht und sich Ihre Courtage verdient«, sagte sie vorwurfsvoll. »Warum können Sie das für mich nicht auch tun?«

»Wir müssen nur ein bißchen Geduld haben. Es ist ...«

Auch sie hatte aufgelegt, und dann sah ich den großen grauhaarigen Gentleman in meiner Bürotür stehen. Er hatte etwas an sich – oder ich hatte etwas an mir –, was mir zurief: »Stillgestanden! Bauch einziehen!«

»Ja, Sir?« sagte ich flott.

»Ist das von Ihnen?« sagte er und händigte mir eine aus der Morgenzeitung ausgeschnittene Anzeige aus. Er hielt sie, als gäbe er mir ein beschmutztes Taschentuch zurück, das mir aus der Tasche gefallen war.

»Ja, Sir, das Hurty-Haus. Wird von mir angeboten, stimmt.«

»Hier ist es, Pam«, sagte er, und eine große, düster gekleidete Frau gesellte sich zu ihm. Sie sah mich nicht direkt an, sondern einen imaginären Horizont über meiner linken Schulter, als wäre ich Oberkellner oder sonst ein minderer Funktionsträger.

»Vielleicht wüßten Sie noch gern, wieviel die für das Haus verlangen, bevor wir dort hinausfahren«, sagte ich.

»Der Swimmingpool ist in Ordnung?« sagte die Frau.

»Ja, gnä' Frau. Nur zwei Jahre alt.«

»Und die Stallungen sind brauchbar?« sagte der Mann.

»Jawoll, Sir. Mr. Hurty hat seine Pferde drin stehen. Sie sind sämtlich frisch geweißelt, feuerfest, alles. Er verlangt fünfundzwanzig und will nicht mit sich handeln lassen. Liegt das innerhalb Ihrer Preisvorstellungen, Sir?«

Er schürzte verächtlich die Lippe.

»Das mit den Preisvorstellungen habe ich gesagt, weil manche Menschen . . .«

»Sehen wir aus wie manche Menschen?« sagte die Frau.

»Nein, ganz gewiß nicht.« So sahen sie tatsächlich nicht aus, und mit jeder Sekunde sahen sie mehr wie eine Viertausendzweihundert-Dollar-Courtage aus. »Ich werde Mr. Hurty sofort anrufen.«

»Sagen Sie ihm, Oberst und Mrs. Bradley Peckham interessieren sich für sein Anwesen.«

Die Peckhams waren mit dem Taxi gekommen, also fuhr ich sie zur Hurty-Residenz in meinem alten Zweitürer, für den ich mich entschuldigte, und zwar, wenn man von ihrem Gesichtsausdruck ausging, mit Recht.

Ihr Stadtauto neige, wie sie anklingen ließen, neuerdings zu einem kleinen Quietschen, das einen schier in den Wahnsinn treibe, und befinde sich zur Stunde in den Händen des örtlichen Vertragshändlers, dessen Ruf damit stehe und falle, dem Quietschen den Garaus zu machen.

»Was machen Sie denn so, Herr Oberst?« fragte ich, um etwas oberflächliche Konversation bemüht.

Seine Augenbrauen hoben sich. »Was ich so mache? Nun, alles, was mich belustigt. Oder, in Zeiten der Krise, was dem Wohlergehen meines Landes am ehesten förderlich ist.«

»Im Augenblick saniert er die Vereinigten Walzwerke«, sagte Mrs. Peckham.

»Verfahrene Sache, das«, sagte der Oberst, »aber macht sich, macht sich.«

An der Schwelle des Hurty-Anwesens öffnete Mr. Hurty persönlich die Tür, in Tweed, gestiefelt und gespornt. Seine Familie hielt sich in Europa auf. Sobald ich die förmliche Vorstellung hinter mich gebracht hatte, wurde ich vom Herrn Oberst nebst Gattin ignoriert. Die Peckhams hatten allerdings noch einiges vor sich, wenn sie meinen Stolz im Gegenwert von viertausend Dollar verletzen wollten.

Still wie ein Blindenhund oder eine Reisetasche saß ich dabei und lauschte dem Geplänkel von Menschen, die Fünfundachtzigtausend-Dollar-Anwesen mit weltmännischer Nachlässigkeit kauften und verkauften.

Es wurden keinerlei schäbige Fragen danach gestellt, wieviel die Bude an Heizung oder Instandhaltung kostete, oder an Steuern, oder ob der Keller trocken war. Wo denken Sie hin!

»Ich bin ja so froh, daß auch ein Gewächshaus vorhanden ist«, sagte Mrs. Peckham. »Ich hatte so hochgesteckte Erwartungen mit dem Haus verknüpft, aber in der Anzeige stand nichts von einem Gewächshaus, und ich habe einfach gebetet, daß eins da ist.«

»Man soll die Kraft des Gebetes nie unterschätzen«, sagte ich mir.

»Ja, ich glaube, Sie haben das Haus gut in Schuß gehalten«, sagte der Oberst zu Hurty. »Ich sehe mit Vergnügen, daß Sie ein grundehrliches Schwimmbecken haben, nicht so eine dieser mit Zement ausgekleideten Pfützen.«

»Was Sie vielleicht auch noch interessiert«, sagte Hurty, »ist, daß das Wasser nicht gechlort ist. Es wird ultraviolett antibakteriell bestrahlt.«

»Das will ich doch hoffen«, sagte der Oberst.

»Hm«, sagte Hurty.

»Haben Sie einen Irrgarten?« sagte Mrs. Peckham.

»Wie bitte?« sagte Hurty.

»Ein Labyrinth aus Buchsbaumhecken. Sie sind furchtbar pittoresk.«

»Nein, tut mir leid«, sagte Hurty und zog nervös an seinem Schnurrbart.

»Na, egal«, sagte der Oberst und machte kühn das Beste draus. »Wir können eins anlegen lassen.«

»Ja«, sagte seine Frau. »Meine Güte«, murmelte sie und griff nach ihrem Herzen. Sie rollte die Augen und begann, zu Boden zu sinken.

»Liebling!« Der Oberst fing sie an der Hüfte auf.

»Bitte . . .« keuchte sie.

»Ein Stimulans!« kommandierte der Oberst. »Brandy! Irgendwas!«

Hurty, zermürbt, brachte eine Karaffe und schenkte zwei Fingerbreit ein.

Der Oberst flößte ihr mit sanfter Gewalt ein wenig ein, und das Rosige kehrte auf ihre Wangen zurück.

»Mehr, Liebling?« fragte der Oberst.

»Nur ein Schlückchen«, flüsterte sie.

Als sie ausgetrunken hatte, beschnüffelte der Oberst das leere Glas. »Da soll doch gleich, der hat ja ein allerliebstes Bouquet!« Er hielt Hurty das Glas hin, und Hurty schenkte nach.

»Donnerwetter!« sagte der Oberst und genoß und schnüffelte. »Erstklassig. Mmm. Wissen Sie, die Rasse stirbt aus, die noch die Geduld hat, die wirklich exquisiten Dinge des Lebens zu erkennen. Bei den meisten heißt es doch gluck gluck und weiter im Text, immer in Eile, dem Glück hinterher.«

»Stimmt«, sagte Hurty und stöpselte die Karaffe zu.

»Schon besser, Liebes?« fragte der Oberst seine Frau.

»Viel besser. Du weißt ja, wie es ist. Es kommt und geht.«

»Nun, Mr. Hurty«, sagte der Oberst, nahm ein Buch aus dem Regal, schlug es vorne auf, um zu sehen, ob es eine Erstausgabe war, und stellte es zurück, »nun, ich glaube, man sieht es unseren Augen an, wie sehr wir das Haus mögen. Es gibt natürlich einiges, was wir ändern würden, aber, so im großen und ganzen ...«

Hurty sah mich forschend an.

Ich räusperte mich. »Tja«, log ich, »es interessieren sich, wie Sie sich wohl vorstellen können, eine ganze Reihe von Leuten für dieses Anwesen. Ich glaube, Sie sollten vielleicht so bald wie möglich ein offizielles Angebot machen, wenn es wirklich Ihren Vorstellungen entspricht.«

»Sie werden doch wohl nicht an *irgend jemanden* verkaufen?« sagte der Oberst.

»Bestimmt nicht!« beeilte sich Hurty, der versuchte, etwas von dem Elan zurückzugewinnen, den er während der Labyrinth- und der Brandy-Episode eingebüßt hatte.

»Nun«, sagte der Oberst, »das Juristische kann dann zu gegebener Zeit geregelt werden. Aber zuerst würden wir gern, wenn es Ihnen nichts ausmacht, ein Gefühl für das Haus bekommen, uns in das Neue, Ungewohnte einwohnen.«

»Ja, natürlich, gewiß«, sagte Hurty leicht verwirrt.

»Dann haben Sie auch nichts dagegen, wenn wir ein wenig herumwandern, als gehörte es bereits uns?«

»Nein, eher nicht. Ich meine, natürlich nicht. Wandern Sie. Nur zu.«

Und die Peckhams wanderten, während ich im Salon auf und ab wandelte und Hurty sich in seinem Arbeitszimmer eingeschlossen hatte. Sie machten es sich den ganzen Nachmittag lang gemütlich, fütterten die Pferde mit Mohrrüben, lockerten die Erde um die Wurzeln von Pflanzen im Gewächshaus und dösten beim Schwimmbecken in der Sonne.

Ein- oder zweimal versuchte ich, mich ihnen zu nähern, um sie auf diesen oder jenen Vorzug hinzuweisen, aber sie empfingen mich, als wäre ich ein aufdringlicher Butler, darum ließ ich es wieder.

Um vier baten sie ein Dienstmädchen um Tee und bekamen ihn – mit kleinen Küchlein. Um fünf kam Hurty aus seinem Arbeitszimmer, fand sie immer noch vor, überspielte seine Überraschung bewundernswert und mixte uns allen Cocktails.

Der Oberst sagte, *sein* Butler müsse immer die Innenseiten von Martinigläsern mit Knoblauch ausreiben, und er fragte, ob es irgendwo eine ebene Wiese für Polo gebe.

Mrs. Peckham erörterte die Parkmöglichkeiten für große Partys und fragte, ob etwas in der dortigen Luft liege, was Ölgemälden abträglich sei.

Um sieben kämpfte Hurty mit Gähnanfällen, entschuldigte sich, sagte den Peckhams, sie sollten sich weiter ganz wie zu Hause fühlen, und ging zum Abendessen. Um acht, nachdem die Peckhams auf dem Weg in dieses oder jenes Zimmer mehrmals um den Mann und seine Mahlzeit herumgetrudelt waren, kündigten sie an, sie gingen jetzt.

Mich baten sie, sie beim besten Restaurant der Stadt abzusetzen.

»Demnach sind Sie interessiert?« sagte ich.

»Es ist noch einiges zu bereden«, sagte der Oberst. »Der Preis ist bestimmt kein Hinderungsgrund. Wir werden Sie benachrichtigen.«

»Wie kann ich Sie erreichen, Herr Oberst, Sir?«

»Ich bin hier, um ein wenig auszuspannen. Es wäre mir

lieb, wenn niemand wüßte, wo ich mich aufhalte, wenn Sie nichts dagegen haben. Ich werde Sie anrufen.«

»Gut.«

»Sagen Sie mal«, sagte Mrs. Peckham, »wie ist Mr. Hurty eigentlich zu seinem Geld gekommen?«

»Er ist der größte Gebrauchtwagenhändler in diesem Teil des Bundesstaates.«

»Aha!« sagte der Oberst. »Ich hab's gewußt! Das ganze Haus hat so eine Aura von neuem Geld.«

»Bedeutet das, daß Sie es doch nicht wollen?« fragte ich.

»Nicht unbedingt. Wir müssen einfach ein bißchen mit dem Haus leben, um zu sehen, was sich da machen läßt. Falls sich überhaupt etwas machen läßt.«

»Könnten Sie mir vielleicht im einzelnen aufzählen, was Ihnen nicht gefallen hat?« fragte ich.

»Wenn Sie das nicht sehen können«, sagte Mrs. Peckham, »kann Sie auch niemand darauf hinweisen.«

»Oh.«

»Wir werden Sie benachrichtigen«, sagte der Oberst.

Drei Tage vergingen und brachten das normale Aufkommen von Anrufen seitens Delahanty und Mrs. Hellbrunner, aber es kam kein Lebenszeichen vom Obersten und seiner Dame.

Als ich am Nachmittag des vierten Tages mein Büro dichtmachte, rief Hurty an.

»Wann zum Teufel«, sagte er, »kommen diese Peckhams endlich mal zu Potte?«

»Weiß der Himmel«, sagte ich. »Für mich sind sie völlig unerreichbar. Er hat gesagt, er ruft mich an.«

»Sie können sie zu jeder Tag- und Nachtzeit erreichen.«

»Wie?«

»Rufen Sie einfach bei mir im Hause an. Seit drei Tagen sind sie jetzt hier und wohnen sich in das Neue, Ungewohnte ein. Mich wohnen sie bei der Gelegenheit ganz schön ab. Sind geistige Getränke und Zigarren und Essen bei Ihnen auch mit in der Courtage drin?«

»Falls es je eine Courtage gibt.«

»Sie meinen, das ist noch fraglich? Hier läuft er herum, als hätte er das Geld in der Tasche und wartete nur auf die richtige Gelegenheit, es mir zu geben.«

»Tja, da er mit mir nicht spricht, können statt dessen auch Sie ein bißchen Druck ausüben. Sagen Sie ihm, ich hätte ihnen gerade gesagt, ein pensionierter Brauer aus Toledo habe fünfundsiebzigtausend geboten. Da müßte er in die Gänge kommen.«

»Na schön. Ich muß aber warten, bis sie vom Schwimmen kommen. Und ihre Cocktails einnehmen.«

»Rufen Sie mich zurück, wenn Sie eine Reaktion erzielt haben, und ich haue einen unterschriftsreifen Vertrag raus.«

Zehn Minuten später rief er an. »Nun raten Sie mal, Sie Superhirn.«

»Er hat angebissen?«

»Ich werde mir einen nagelneuen Immobilienmakler besorgen.«

»Ach ja?«

»Allerdings. Nachdem ich auf den Rat meines letzten Immobilienmaklers gehört hatte, sind ein brühheißer Interessent und seine Frau mit hocherhobener Nase abgesprungen.«

»Nein! Warum?«

»Oberst Peckham läßt Ihnen nebst Gattin ausrichten, sie hätten wohl kaum Interesse an irgendwas, was einen pensionierten Brauer aus Toledo anspricht.«

Es war sowieso eine lausige Immobilie, deshalb lachte ich fröhlich und schenkte meine Aufmerksamkeit wesentlicheren Dingen, wie zum Beispiel dem Hellbrunnerschen Anwesen. Ich schaltete eine fettgedruckte Anzeige, welche die Freuden des Lebens in einer Festung schilderte.

Am nächsten Vormittag blickte ich von der Arbeit auf und sah die Anzeige, aus der Zeitung gerissen, in den langen, sauberen Fingern von Oberst Peckham.

»Ist dies von Ihnen?«

»Guten Morgen, Herr Oberst. Jawoll, Sir, ist von mir.«

»Hört sich ganz so an wie *unsere* Art von Haus«, sagte die Stimme von Mrs. Peckham.

Wir überquerten das Zugbrücken-Imitat und schritten unter dem Fallgitter von ihrer Art von Haus hindurch.

Mrs. Hellbrunner mochte die Peckhams auf Anhieb. Das lag wohl, da bin ich ziemlich sicher, unter anderem daran, daß sie seit Generationen die ersten Menschen waren, die das Haus toll fanden. Darüber hinaus ließen sie deutlich erkennen, daß sie es auf der Stelle kaufen wollten.

»Die Instandsetzungsarbeiten würden sich auf etwa eine halbe Million belaufen«, sagte Mrs. Hellbrunner.

»Ja«, sagte der Oberst. »Solche Häuser werden ja heutzutage gar nicht mehr gebaut.«

»Oh!« keuchte Mrs. Peckham, und der Oberst fing sie auf, als sie zu Boden ging.

»Schnell! Brandy! Irgendwas!« schrie Oberst Peckham.

Als ich die Peckhams zurück ins Stadtinnere fuhr, waren sie blendender Laune.

»Warum in aller Welt haben Sie uns das Haus nicht zuerst gezeigt?« sagte der Oberst.

»Ist erst gestern auf den Markt gekommen«, sagte ich, »und zu dem Preis erwarte ich auch nicht, daß es sehr lange auf dem Markt bleiben wird.«

Der Oberst drückte die Hand seiner Frau. »Das erwarte ich auch nicht. Was meinst du, Liebes?«

Mrs. Hellbrunner rief mich auch weiterhin jeden Tag an, aber jetzt klang sie munter und schmeichelhaft. Sie berichtete, die Peckhams tauchten jeden Tag um kurz nach zwölf auf und schienen sich bei jedem Besuch heftiger in das Haus zu verlieben.

»Ich behandle sie einfach, als wären Sie Hellbrunners«, sagte sie schlau.

»So wird's gemacht.«

»Ich habe ihm sogar Zigarren besorgt.«

»Etwas Fettlebe kann nicht schaden. Läßt sich alles von der Steuer absetzen«, frohlockte ich.

Vier Abende später rief sie wieder an, um zu sagen, daß die Peckhams zum Abendessen kämen. »Schauen Sie doch ganz zwanglos danach mal vorbei und haben dann ganz zufällig ein Vertragsformular dabei.«

»Haben sie schon irgendwelche Zahlen erwähnt?«

»Nur daß es schon sehr erstaunlich ist, wieviel man für hunderttausend kriegt.«

Kurz nach dem Abendessen stellte ich meine Aktentasche im Hellbrunnerschen Musikzimmer ab und sagte: »Ich grüße Sie.«

Der Oberst saß auf der Klavierbank und klirrte mit dem Eis in seinem Glase.

»Und wie geht es *Ihnen*, Mrs. Hellbrunner?« sagte ich.

Ein flüchtiger Blick sagte mir, daß es ihr in ihrem ganzen Leben noch nie schlechter gegangen war.

»Mir geht es gut«, sagte sie heiser. »Der Oberst hat gerade so interessant gesprochen. Das Außenministerium will, daß er in Bangkok nach dem Rechten sieht.«

Der Oberst zuckte traurig die Achseln. »Mal wieder zur Fahne eilen, diesmal als Zivilist.«

»Morgen reisen wir ab«, sagte Mrs. Peckham, »um unsere Wohnung in Philadelphia aufzulösen ...«

»... und bei den Vereinigten Walzwerken alles geordnet zu hinterlassen«, sagte der Oberst.

»Und dann ab nach Bangkok«, tremolierte Mrs. Hellbrunner.

»Dem Manne steht die Arbeit an, dem Weibe das Geweine«, sagte Mrs. Peckham tapfer.

»Wohl wahr«, sagte ich.

Am nächsten Morgen klingelte das Telefon, als ich die Tür zu meinem Büro aufschloß.

Es war Mrs. Hellbrunner. Schrill. Sie klang überhaupt nicht nach alter Familie. »Ich *glaube* einfach nicht, daß er nach Bangkok muß«, wütete sie. »Es war der Preis. Er war zu höflich, um zu feilschen.«

»Sie würden auch weniger nehmen?« Bisher hatte sie an der Zahl Einhunderttausend ziemlich festgehalten.

»Weniger?« Ihre Stimme bekam etwas Gebetsmäßiges. »Lieber Gott, ich würde fünfzig nehmen, um das Monster loszuwerden!« Sie verstummte kurz. »Vierzig. Dreißig. Verkaufen Sie es!«

Also schickte ich dem Oberst ein Telegramm, c/o Vereinigte Walzwerke, Philadelphia.

Es kam keine Antwort, und dann versuchte ich es mit dem Telefon.

»Vereinigte Walzwerke«, sagte eine Frau in Philadelphia.

»Bitte Oberst Peckham.«

»Wen?«

»Peckham. Oberst Bradley Peckham. *Den* Peckham.«

»Wir haben einen Peckham, B. C., in der Entwicklungsabteilung.«

»Ist er da Abteilungsleiter?«

»Weiß ich nicht, Sir. Sie können ihn ja fragen.«

Es klickte in meinem Ohr, als sie mich zur Entwicklungsabteilung durchstellte.

»Entwicklungsabteilung«, sagte eine Frau.

Die Telefonistin von vorher schaltete sich ein: »Dieser Herr möchte Mr. Peckham sprechen.«

»*Oberst* Peckham«, präzisierte ich.

»Mr. Melrose«, rief die zweite Frau, »ist Peckham schon wieder zurück?«

»Peckham!« rief Mr. Melrose. »Setzen Sie Ihren Arsch in Bewegung. Telefon!«

Die Hintergrundgeräusche wurden von einer Stimme übertönt, die fragte: »Schönen Urlaub gehabt?«

»Ging so«, sagte eine vage vertraute, weit entfernte Stimme. »Ich glaube, nächstesmal fahren wir nach Newport. Sah vom Bus aus nicht schlecht aus.«

»Wie können Sie sich bei Ihrem Gehalt nur immer solche schicken Urlaubsorte leisten?«

»Man muß es eben können.« Und dann wurde die Stimme laut und entsetzlich vertraut. »Hier Peckham, Entwicklungsabteilung.«

Ich ließ den Hörer auf die Gabel fallen.

Ich war plötzlich furchtbar müde, und mir wurde klar, daß ich seit Kriegsende keinen Urlaub mehr gemacht hatte. Ich mußte einfach mal weg von alledem, oder ich wurde wahnsinnig. Aber Delahanty hatte immer noch nicht gelöhnt, und ich war total pleite.

Und dann begann ich darüber nachzudenken, was Oberst Bradley Peckham über Newport gesagt hatte. Da gab es tatsächlich viele schöne Häuser, alle bestens mit Personal versorgt, möbliert, bevorratet, mit Meerblick und zu verkaufen.

Nehmen Sie zum Beispiel dieses Haus hier, das Van-Tuyl-Anwesen. Da ist praktisch alles dabei: Privatstrand *und* Swimmingpool, Polofeld, zwei Rasenplätze für Tennis, Neun-Löcher-Golfplatz, Stallungen, Pferdekoppeln, französischer Koch, mindestens drei außergewöhnlich attraktive irische Dienstmädchen, englischer Butler, Keller voller erlesener Gewächse ...

Der Irrgarten ist auch eine interessante Einrichtung. Ich verlaufe mich fast jeden Tag drin. Dann kommt der Immobilienmakler, um mich zu suchen, und er verläuft sich, sobald ich den Weg hinaus gefunden habe. Glauben Sie mir, das Anwesen ist jeden Penny der Verhandlungsgrundlage wert. Ich werde auch nicht feilschen, keine Minute lang. Wenn der richtige Zeitpunkt gekommen ist, werde ich es entweder nehmen oder auch nicht.

Ich muß mich nur noch in dem Neuen, Ungewohnten ein bißchen länger einwohnen, bevor ich dem Makler sage, wie ich mich entschieden habe. Unterdessen lasse ich es mir nach Kräften gutgehen. Zu schade, daß Sie nicht auch hier sind.

Das unbegabte Kind

Es war Herbst, und die Blätter um die Lincoln High School nahmen die gleiche rostige Färbung an wie die nackten Ziegelwände im Übungsraum für Kapellen. George M. Helmholtz, oberster Musiklehrer und Dirigent der Kapelle, war von Klappstühlen und Instrumentenkästen umgeben, und auf jedem Stuhl saß ein nervöser, sehr junger Mann, bereit, durch etwas hindurchzupusten oder, im Falle der Schlagzeuger, auf etwas draufzuhauen, sobald Mr. Helmholtz seinen weißen Taktstock senkte.

Mr. Helmholtz, ein Mann von vierzig Jahren, der glaubte, sein Riesenbauch sei ein Anzeichen von Gesundheit, Kraft und Würde, lächelte engelsgleich, als stünde er im Begriff, die erlesensten Töne freizulassen, die je an eines Menschen Ohr gedrungen. Und runter mit dem Taktstock.

»*Bluuuump!*« machten die großen Sousaphone.

»*Blök! Blök!*« echoten die Waldhörner, und der zockelnde, kreischende, nörgelnde Walzer war angestimmt.

Mr. Helmholtz' Gesichtsausdruck blieb unverändert, als sich das Blech verirrte, als die Nerven der Holzbläser nachgaben und die Instrumente verstummten, anstatt ihre Fehler hören zu lassen, als die Schlagwerker in ein Rhythmusmuster rutschten, das zu einem Marsch gehörte, den sie besser kannten und lieber mochten.

»A-a-a-a-ta-ta- a-a-a-a-a-a, ta-ta-ta-ta!« sang Mr. Helmholtz mit lautem Tenor den Part des Ersten Kornetts, als der Erste Kornettist, hochrot und schweißüberströmt, aufgab und auf seinem Stuhl in sich zusammensank, sein Instrument auf dem Schoß.

»Saxophone, ich will euch hören«, rief Mr. Helmholtz. »Gut!«

Dies war die C-Kapelle, und für die C-Kapelle war die Leistung gut; für die fünfte Sitzung des Schuljahrs hätte sie gar nicht brillanter sein können. Die meisten der jungen Leute fingen gerade erst als Musikanten an, und in den Jahren, die vor ihnen lagen, würden sie genug Kunstfertigkeit erlangen, um in die B-Kapelle aufgenommen zu werden, die in der nächsten Stunde zusammentreten sollte. Und ganz zum Schluß würden die Besten von ihnen mit einer Stellung im Stolz der Stadt belohnt werden, der Lincoln High School »10^2« Band.

Die Footballmannschaft verlor die Hälfte ihrer Spiele, und die Basketballmannschaft verlor zwei Drittel, aber die Kapelle war in den zehn Jahren, seit Mr. Helmholtz sie leitete, bis letzten Juni unübertroffen gewesen. Sie war die erste im ganzen Bundesstaat gewesen, die mit Fahnenschwenkern arbeitete, die erste, die sowohl Chor- wie Instrumentalnummern bot, die erste, die extensiv Tripeltriller brachte, die erste, die atemberaubend exakt doppelt so schnell marschierte wie der vorgegebene Takt, die erste, die ihre Pauke von innen erleuchtete. Die Lincoln High School belohnte die Mitglieder ihrer A-Kapelle mit Buchstabenpullis, und den Pullis wurde überall mit großem Respekt begegnet – und das mit vollem Recht. Die Kapelle hatte in den letzten zehn Jahren jede High-School-Kapellen-Ausscheidung gewonnen, jede bis auf die im Juni.

Während die Mitglieder der C-Kapelle aus dem Walzertakt herausfielen, eins nach dem andern, als entströmte der Ventilation Senfgas, fuhr Mr. Helmholtz für die Überlebenden mit Lächeln und Stabwedeln fort, und innerlich brütete er weiter über die Niederlage nach, die seine Kapelle im Juni erlitten hatte, als die Johnstown High School mit einer Geheimwaffe gesiegt hatte, einer Pauke mit einem Durchmesser von zwei Metern zehn. Die Preisrichter, die keine Musiker, sondern Politiker waren, hatten nur Augen und Ohren für dies achte Weltwunder gehabt, und seitdem dachte Mr. Helmholtz kaum noch an etwas anderes. Aber der Schuletat war bereits wegen der Ausgaben für die Kapellen in schwerer Schräglage. Als der Finanzausschuß der Schule ihm das letztemal Mittel bewilligt hatte, um die er so verzweifelt gebettelt hatte – Geld, um die Federbüsche an den Mützen der Musiker für nächtliche Footballspiele mit Draht, Glühbirne und Batterie auszurüsten –, hatte ihn der Ausschuß wie einen Gewohnheitstrinker schwören lassen, dies sei, so wahr ihm Gott helfe, das letzte Mal gewesen.

Nur noch zwei Mitglieder der C-Kapelle spielten jetzt, ein Klarinettist und ein Trommler, beide laut, stolz, zuversichtlich und völlig falsch. Mr. Helmholtz erwachte aus seinem wehmütigen Traum von einer Pauke, die größer war als die, die ihn geschlagen hatte, und versetzte dem Walzer den *coup de grâce*, indem er mit seinem Stock gegen das Notenpult klapperte. »Bravo, schön«, sagte er fröhlich und nickte den beiden, die bis zum bitteren Ende ausgehalten hatten, seine Glückwünsche zu.

Walter Plummer, der Klarinettist, nickte nüchtern zurück, wie ein Konzertsolist, der die Ovation des Dirigenten eines Symphonieorchesters entgegennimmt. Er war klein, hatte aber einen mächtigen Brustkorb, in Sommern entwickelt, die er auf dem Grund von Schwimmbecken zugebracht hatte, und er konnte eine Note länger halten als irgend jemand in der A-Kapelle, viel länger, aber das war auch schon alles. Er zog seine überanstrengten, geröteten Lippen zurück, zeigte zwei große Schneidezähne, die ihm das Aussehen eines Eichhörnchens gaben, setzte sein Instrument ab, lockerte die Finger und erwartete die nächste Herausforderung an seine Virtuosität.

Dies sollte nun Plummers drittes Jahr in der C-Kapelle werden, dachte Mr. Helmholtz mit einer Mischung aus Mitleid und Angst. Nichts konnte offensichtlich Plummers festen Vorsatz erschüttern, sich das Recht auf einen der geheiligten Buchstaben der A-Kapelle zu erwerben, die so weit entfernt waren, so schrecklich weit.

Mr. Helmholtz hatte versucht, Plummer zu sagen, wie fehlgerichtet sein Ehrgeiz war, ihm andere Bereiche für seine tolle Lunge und seine Begeisterung empfohlen, wo Musikalität unwichtig war. Aber Plummer war blind verliebt, nicht in die Musik, sondern in die Buchstabenpullis, und da er so unmusikalisch war wie gekochter Kohl, konnte er an seinem Spiel nichts Entmutigendes entdecken.

»Jetzt denkt dran«, sagte Mr. Helmholtz zur C-Kapelle, »morgen ist Tag der Herausforderung, also gebt euer Bestes. Am Tag der Herausforderung liegt es an euch, zu beweisen, welchen Stuhl ihr verdient habt.« Er wich dem Blick aus Plummers zusammengekniffenen, zuversichtlichen Augen aus, der den Stuhl des Ersten Klarinettisten in Anspruch nahm, ohne zuvor den Sitzplan am Schwarzen Brett konsultiert zu haben. Tag der Herausforderung war alle zwei Wochen, und an diesem Tag konnte jeder jeden, der vor ihm plaziert war, zu einem Wettkampf um die Plazierung herausfordern, wobei Mr. Helmholtz als Richter fungierte.

Plummer hatte die Hand gehoben und schnippte mit den Fingern.

»Ja, Plummer?« sagte Mr. Helmholtz. Inzwischen hatte er wegen Plummer Angst vor den Tagen der Herausforderung, und er dachte an sie als Plummertage. Plummer forderte nie jemanden in der C-Klasse oder meinetwegen in der B-Klasse heraus, sondern er griff das System gleich ganz oben an der Spitze an und forderte, wozu unglücklicherweise alle das Recht hatten, ausschließlich Mitglieder der A-Kapelle heraus. Daß man die kostbare Zeit der A-Kapelle vertrödelte, war schon ärgerlich genug, aber noch unendlich schmerzhafter für Mr. Helmholtz waren Plummers verdutzt ungläubige Blicke, wenn er Mr. Helmholtz' Entscheidung hörte, daß er keinen der Herausgeforderten besiegt hatte.

»Mr. Helmholtz«, sagte Plummer, »ich würde gern an dem Tag bei der Probe der A-Kapelle teilnehmen.«

»Nur zu, wenn du dich fit genug fühlst.« Plummer fühlte sich immer fit genug, und es wäre eine größere Überraschung gewesen, wenn Plummer angekündigt hätte, nicht bei der Probe der A-Kapelle dabeizusein.

»Ich möchte Flammer herausfordern.«

Das Rascheln der Notenblätter und das Klicken von Instrumentenkästen verstummte. Flammer war Erster Klarinettist der A-Kapelle, ein Genie, welches nicht einmal Mitglieder der A-Kapelle herauszufordern die Frechheit besaßen.

Mr. Helmholtz räusperte sich. »Ich bewundere deinen Mut, Plummer, aber ist das nicht ein bißchen sehr ehrgeizig für den ersten Herausforderungstag des Jahres? Vielleicht solltest du erst mal damit anfangen, daß du, sagen wir mal, Ed Delaney herausforderst.« Delaney belegte den letzten Stuhl in der B-Kapelle.

»Sie verstehen mich falsch«, sagte Plummer. »Sie haben gar nicht bemerkt, daß ich eine neue Klarinette habe.«

»Hmm? Ach so, stimmt.«

Plummer strich über das satinschwarze Holz des Instruments, als könne es wie das Schwert des Königs Artus jedem, der es besaß, Zauberkräfte verleihen. »Sie ist so gut wie die von Flammer«, sagte Plummer. »Sogar noch besser.«

Es lag etwas Warnendes in seiner Stimme, etwas, was Mr. Helmholtz sagte, daß die Tage der Diskriminierung vorüber waren, daß niemand, der einigermaßen bei Sinnen war, es wagen würde, sich einem Manne mit einem solchen Instrument in den Weg zu stellen.

»Hmm«, sagte Mr. Helmholtz. »Wir werden sehen, wir werden sehen.«

Nach dem Üben mußte er auf dem überfüllten Korridor wieder Plummers Nähe ertragen. Plummer sprach in düsterem Ton mit einem erstaunt glotzenden Neuzugang.

»Weißt du, warum die Kapelle letzten Juni gegen Johnstown verloren hat?« fragte Plummer, der scheinbar nicht wußte, daß er Rücken an Rücken mit Mr. Helmholtz stand. »Weil die Kapelle nicht mehr nach dem Leistungssystem geleitet wird. Halt am Freitag die Augen offen.«

Mr. George M. Helmholtz lebte in einer Welt der Musik, und sogar das Pochen seiner Kopfschmerzen teilte sich ihm, wenngleich peinigend, so doch musikalisch als das kehlige Dröhnen einer fahrbaren Pauke von zwei Metern zehn Durchmesser mit. Es war am späten Nachmittag des ersten Herausforderungstages im neuen Schuljahr. Er saß in seinem Wohnzimmer, die Augen bedeckt, und erwartete eine andere Sorte von dumpfem Schlag, den Aufprall der Abendzeitung, von Walter Plummer gegen die Holzschindeln der Hausfront geschleudert.

Gerade dachte Mr. Helmholtz noch, an Herausforderungstagen würde er gern auf seine Zeitung verzichten, da sie ohne Plummer nicht zu haben war, als die Zeitung mit einem Knall geliefert wurde.

»Plummer!« rief er.

»Ja, Sir?« sagte Plummer vom Bürgersteig her.

Mr. Helmholtz schlurfte in Pantoffeln zur Tür. »Bitte, mein Junge«, sagte er, »können wir nicht Freunde sein?«

»Klar, warum nicht?« sagte Plummer. »Man soll die Vergangenheit ruhen lassen, sage ich immer.« Bitter imitierte er ein liebenswürdiges kleines Lachen. »Schnee von gestern. Ist ja immerhin auch schon fast zwei Stunden her, daß Sie mir das Messer bis zum Heft in die Brust gestoßen haben.«

Mr. Helmholtz seufzte. »Hast du einen Augenblick Zeit? Wir müssen mal miteinander reden, mein Junge.«

Plummer versteckte seine Zeitungen unter Buschwerk und ging ins Haus. Mr. Helmholtz deutete auf den bequemsten Sessel des Zimmers, den, auf dem er gesessen hatte, aber Plummer zog es vor, sich auf die Kante eines harten Stuhls mit senkrechter Lehne zu setzen.

»Mein Junge«, sagte Mr. Helmholtz, »Gott hat die verschiedensten Arten von Menschen erschaffen: Manche können schnell laufen, manche können wunderbare Geschichten schreiben, andere können Bilder malen, manche können einem alles verkaufen, manche können schöne Musik machen. Aber Er hat niemanden erschaffen, der alles gut kann. Zum Prozeß des Erwachsenwerdens gehört es, herauszufinden, was wir gut können und was wir nicht gut können.« Er klopfte Plummer sanft auf die Schulter. »Der letzte Teil, herauszufinden, was wir nicht können, das ist es, was beim Erwachsenwerden am meisten schmerzt. Aber das muß jeder durchmachen, und danach beginnt die Suche nach dem wahren Ich.«

Plummer ließ den Kopf immer tiefer hängen, und Mr. Helmholtz wies hastig auf einen Hoffnungsschimmer hin. »Zum Beispiel könnte Flammer nie so ein Geschäft wie deine Zeitungsstrecke betreiben, mit Buchführung und Erweiterung des Kundenstamms. So etwas liegt ihm nicht, und wenn sein Leben davon abhinge, er könnte so was nicht.«

»Da haben Sie recht«, sagte Plummer und sah plötzlich unerwartet strahlend drein. »Man muß schon schrecklich einseitig sein, um eine einzelne Sache so gut zu können wie Flammer. Ich glaube, es ist lohnender, wenn man versucht, ein wenig vielseitiger zu sein. Nein, Flammer hat mich heute voll und ganz besiegt, und ich möchte nicht, daß Sie mich für einen schlechten Verlierer halten. Das ist es auch gar nicht, was mich so mitnimmt.«

»Das zeugt von großer sittlicher Reife«, sagte Mr. Helmholtz. »Was ich dir aber vermitteln wollte, war, daß wir alle unsere Schwächen haben, und –«

Plummer gebot ihm mit einer Handbewegung Schweigen. »Das brauchen Sie mir nicht zu erklären, Mr. Helmholtz. Bei so einem großen Aufgabenbereich wäre es ein Wunder, wenn Sie alles richtig machten.«

»Augenblick mal, Plummer!«

»Ich bitte Sie doch nur darum, es auch mal aus meiner Sicht zu betrachten«, sagte Plummer. »Kaum hatte ich einen von der A-Kapelle herausgefordert, kaum hatte ich das letzte gegeben, da haben Sie schon diese Bälger von der C-Kapelle auf mich losgelassen. Wir beide wußten doch, daß wir denen lediglich mal zeigen wollten, wie so ein Herausforderungstag läuft, und daß ich vom Spielen völlig erschöpft war. Aber haben Sie es denen gesagt? Nein, zum Kuckuck, das haben Sie nicht, Mr. Helmholtz, und jetzt glauben diese ganzen Kinder, sie könnten besser spielen als ich. Deshalb bin ich so sauer, Mr. Helmholtz. Die glauben jetzt, es bedeutet was, daß ich auf dem letzten Stuhl der C-Kapelle sitze.«

»Plummer«, sagte Mr. Helmholtz, um Gelassenheit bemüht, »ich habe versucht, dir etwas so freundlich wie möglich zu sagen, aber offensichtlich kapierst du nur Sachen, die man dir ganz direkt ins Gesicht sagt.«

»Nur zu, unterdrücken Sie jede Kritik«, sagte Plummer und stand auf.

»Unterdrücken?«

»Unterdrücken«, sagte Plummer mit Bestimmtheit. Er ging zur Tür. »Ich verderbe mir wahrscheinlich die Chancen, jemals in die A-Kapelle aufgenommen zu werden, wenn ich so einfach meine Meinung sage, Mr. Helmholtz, aber, ganz ehrlich: Solche Vorfälle sind es, wie das, was mir heute passiert ist, die dazu geführt haben, daß Sie letzten Juni den Kapellenwettkampf verloren haben.«

»Es war eine Pauke von zwei Metern zehn!«

»Dann besorgen Sie doch eine für Lincoln und sehen, wie Sie dann abschneiden.«

»Ich würde meinen rechten Arm für eine geben!« sagte Mr. Helmholtz, vergaß das aktuelle Thema und erinnerte sich an seinen allesverzehrenden Traum.

Plummer hielt auf der Schwelle inne. »Eine, wie sie die Ritter von Kandahar auf ihren Paraden benutzen?«

»Famoses Gerät!« Mr. Helmholtz stellte sich die große Pauke der Ritter von Kandahar vor, das Schmuckstück jeder Parade der Stadt. Er versuchte, sie sich vorzustellen, wie sie, mit dem schwarzen Panter der Lincoln High School bemalt, aussehen würde. »O ja!« Als er auf die Erde zurückkehrte, saß Plummer auf seinem Fahrrad.

Mr. Helmholtz begann, hinter Plummer herzurufen, um ihn zurückzuholen und ihm unverblümt zu sagen, daß er auch nicht die entfernteste Chance hatte, je die C-Kapelle zu verlassen, daß er nie einsehen würde, daß die Mission einer Kapelle nicht nur darin bestand, Geräusche abzusondern, sondern darin, ganz bestimmte Geräusche abzusondern. Aber Plummer war auf und davon.

Bis zum nächsten Herausforderungstag um eine Sorge ärmer, setzte sich Mr. Helmholtz hin, um seine Zeitung zu genießen. Aus der Zeitung erfuhr er, daß der Schatzmeister der Ritter von Kandahar, ein geachteter Mitbürger, mit den gesamten Geldern des Ordens verschwunden war und nur unbezahlte Ritterrechnungen aus den letzten anderthalb Jahren hinterlassen hatte. »Wir werden notfalls Kredite zu hundert Prozent aufnehmen, wenn wir nur nicht den Heiligen Amtsstab veräußern müssen«, wurde der Erhabene Großkämmerer des Inneren Schreins zitiert.

Mr. Helmholtz kannte keinen der Beteiligten; er gähnte und wandte sich den Comics zu. Plötzlich stutzte er, blätterte zurück zur ersten Seite, sah eine Nummer im Telefonbuch nach und wählte fieberhaft.

»Sammsammsammsamm«, machte das Besetztzeichen in seinem Ohr. Er knallte den Hörer auf die Gabel. Hunderte von Menschen, überlegte er, mußten in diesem Augenblick versuchen, mit dem Erhabenen Großkämmerer des Innersten Schreins der Ritter von Kandahar in Verbindung zu treten. Er blickte in stummem Gebet zur abblätternden Zimmerdecke empor. Aber keiner, betete er, in Zusammenhang mit einem Schnäppchen, das eine fahrbare Pauke betraf.

Immer wieder wählte er, immer bekam er das Besetztzeichen, und er trat auf die Veranda, um ein bißchen von der inneren Spannung loszuwerden. Er würde der erste sein, der ein Angebot für die Pauke machte, sagte er sich, und er würde von sich aus einen Preis sagen können. Guter Gott! Wenn er fünfzig bot, konnte er sie wahrscheinlich kriegen! Er würde den Betrag aus eigener Tasche auslegen, und die Schule konnte ihn ihm in drei Jahren zurückzahlen, wenn die Mützenpuschel mit der elektrischen Beleuchtung voll abgezahlt waren.

Er lachte angesichts dieses ungeheuren Glücksfalls wie ein Warenhaus-Weihnachtsmann. Als sein Blick vom Himmel herab auf seinen Rasen fiel und er Plummers nichtzugestellte Zeitungen unter dem Buschwerk liegen sah.

Er ging ins Haus und versuchte wieder vergeblich den Erhabenen Großkämmerer zu erreichen. Damit die Zeit verging und um eine gute christliche Tat zu tun, rief er bei Plummer zu Hause an, um Bescheid zu sagen, wo er die Zeitungen vergessen hatte. Aber bei Plummer war ebenfalls besetzt.

Fünfzehn Minuten lang wählte er abwechselnd die Nummer der Plummers und die Nummer des Erhabenen Großkämmerers, bevor er ein Freizeichen bekam.

»Ja?« sagte Mrs. Plummer.

»Hier ist Mr. Helmholtz, Mrs. Plummer. Ist Walter da?«

»Vor einer Minute war er noch da und hat telefoniert, aber eben gerade ist er aus dem Haus geschossen.«

»Hat er seine Zeitungen gesucht? Er hat sie unter meinem Liguster liegengelassen.«

»Tatsächlich? Himmel, ich habe keine Ahnung, wo er hin ist. Seine Zeitungen hat er gar nicht erwähnt, aber ich glaube, ich habe so halb was gehört, daß er seine Klarinette verkaufen wollte.« Sie seufzte und lachte dann. »Wenn Sie erst mal ihr eigenes Geld haben, werden sie schrecklich unabhängig. Nie sagt er mir was.«

»Na ja, Sie können ihm ausrichten, vielleicht ist es nur zu seinem Besten, wenn er die Klarinette verkauft. Und sagen Sie ihm, wo die Zeitungen sind.«

Es war eine unerwartet gute Nachricht, daß Plummer endlich, was seine musikalische Karriere anging, eine Erleuchtung gehabt hatte, und um weitere frohe Botschaft zu hören, wählte Mr. Helmholtz erneut die Nummer des Erhabenen Großkämmerers. Diesmal kam er durch, mußte aber zu seiner Enttäuschung erfahren, daß der Mann soeben in Logen-Angelegenheiten das Haus verlassen hatte.

Jahrelang war es Mr. Helmholtz gelungen, während der Übungsstunden der C-Kapelle zu lächeln und nicht den Verstand zu verlieren. Aber einen Tag nach seinen fruchtlosen Bemühungen, etwas über die Pauke der Ritter von Kandahar in Erfahrung zu bringen, vergaß er seine Zurückhaltung, und die giftige Musik drang bis zu den Wurzeln seiner Seele durch.

»Nein, nein, nein!« rief er schmerzerfüllt und warf seinen weißen Taktstock gegen die Ziegelwand. Der federnde Stock prallte von den Ziegeln ab und fiel auf einen leeren Klappstuhl hinter den Holzbläsern – auf Plummers leeren Stuhl.

Als Mr. Helmholtz den Taktstock holen ging, fühlte er sich plötzlich vom Symbol des leeren Klappstuhls unerwartet angerührt. Kein anderer, wurde ihm klar, egal, wie unbegabt, konnte je den letzten Stuhl in der Organisation so gut ausfüllen, wie Plummer es gekonnt hatte. Er sah auf und merkte, daß viele der Musiker mit ihm den Stuhl betrachteten, als spürten auch sie, daß etwas auf phantastische Weise Großartiges verschwunden war und daß das Leben deshalb ein gutes Stück langweiliger sein würde.

Während der zehn Minuten zwischen den Übungsstunden der C-Kapelle und denen der B-Kapelle eilte Mr. Helmholtz in sein Büro, versuchte wieder, mit dem Erhabenen Großkämmerer der Ritter von Kandahar Verbindung aufzunehmen. Vergebens. »Gott weiß, wohin er jetzt ist. Er war nur ganz kurz da und ist sofort wieder gegangen. Ich habe ihm Ihren Namen genannt, ich nehme also an, daß er Sie anruft, sobald er eine freie Minute hat. Sie waren doch der Herr mit der Pauke, stimmt's?«

»Genau – der Herr mit der Pauke.«

Auf dem Flur ertönten die Summer, eine neue Schulstunde begann. Mr. Helmholtz wollte beim Telefon bleiben, bis er den Erhabenen Großkämmerer erwischt und den Handel perfekt gemacht hatte, aber die B-Kapelle wartete, und danach wartete die A-Kapelle.

Ihm kam eine Eingebung. Er rief bei Western Union an und schickte dem Mann ein Telegramm, in welchem er fünfzig Dollar für die Pauke bot und um telegrafische Antwort/Gebühr zahlt Empfänger bat.

Aber während der Übungsstunde mit der B-Kapelle kam keine Antwort. Und als die Probe mit der A-Kapelle schon halb vorüber war, lag noch immer keine Antwort vor. Die Musiker, ein sensibler, quecksilbriger Haufen, merkten sofort, daß bei ihrem Dirigenten wegen irgendwas die Nerven blank lagen, und die Probe verlief schlecht. Die Pauke machte Mr. Helmholtz so nervös, daß er einen Marsch mittendrin unterbrach, weil von den großen Flügeltüren am Ende des Saales ein leises Geräusch kam, wo sich draußen offenbar jemand an der Klinke zu schaffen machte.

»Also gut, also gut, warten wir, daß der Krach sich legt, damit wir uns selbst wieder hören können«, sagte er.

Da überreichte ihm ein Schüler, der den Boten machte, ein Telegramm. Mr. Helmholtz strahlte, riß den Umschlag auf und las:

PAUKE VERKAUFT STOP BIETE STATT DESSEN AUSGESTOPFTES KAMEL AUF RÄDERN STOP

Die hölzernen Türen öffneten sich mit einem Quietschen der rostigen Scharniere, und eine flotte Herbstbö überschüttete die Kapelle mit Blättern. Plummer stand in der großen Türöffnung, außer Atem und verschwitzt, vor einer Pauke auf Rädern gespannt, so groß wie ein Herbstmond.

»Ich weiß, daß heute nicht Tag der Herausforderung ist«, sagte Plummer, »aber ich dachte, vielleicht machen Sie in meinem Fall eine Ausnahme.«

Er schritt mit herrlicher Würde herein, und hinter ihm rumpelte der gewaltige Apparat.

Mr. Helmholtz stürzte ihm entgegen und zerquetschte mit beiden Händen Plummers Rechte. »Plummer! Junge! Du hast sie für uns besorgt. Guter Junge! Ich zahle dir, wieviel du für sie ausgelegt hast, egal, wieviel«, rief er und fügte in seiner Freude unbesonnen hinzu: »Plus ein hübsches Sümmchen obendrein. Guter Junge!«

»Ich soll sie verkaufen?« sagte Plummer. »Das fehlte noch, schenken werde ich Sie Ihnen, wenn ich abgehe. Ich will sie doch nur in der A-Kapelle spielen, solange ich hier bin.«

»Aber Plummer«, sagte Mr. Helmholtz beklommen, »du verstehst doch gar nichts von Pauken.«

»Ich werde fleißig üben«, sagte Plummer. Er begann, sein Instrument in eine Gasse zwischen Tubas und Posaunen zurückzusetzen, bis er die Schlaginstrumente erreicht hatte, wo die erstaunten Musiker hastig Platz machten.

»Augenblickchen mal«, sagte Helmholtz und lachte leise, als machte Plummer Witze, was er, wie er genau wußte, nicht tat. »Es gehört mehr zum Paukenspiel, als dem Ding immer ordentlich einen überzuziehen, wenn einem danach ist, weißt du. Man braucht Jahre, um Paukist zu werden.«

»Tja«, sagte Plummer, »je schneller ich damit anfange, desto schneller werde ich gut.«

»Ich wollte damit sagen, daß du noch ein kleines Weilchen lang nicht gut genug für die A-Kapelle sein wirst.«

Plummer hielt mit Rangieren inne. »Wie lange?« fragte er.

»Och, irgendwann in der Oberprima vielleicht. Unterdessen könntest du die Pauke der Kapelle überlassen, damit sie sie benutzen kann, bis du soweit bist.«

Mr. Helmholtz' Haut begann überall zu jucken, während Plummer ihn kalt anstarrte. »Bis zum Sankt Nimmerleinstag?« sagte Plummer schließlich.

Mr. Helmholtz seufzte. »Ja, ich fürchte, das kommt so etwa hin.« Er schüttelte den Kopf. »Das habe ich dir doch gestern nachmittag versucht zu erklären: Niemand kann alles gut, und wir müssen alle mit unseren Grenzen fertig werden. Du bist ein prima Junge, aber du wirst nie Musiker werden – in einer Million Jahre nicht. Da kann man nur machen, was wir alle hin und wieder machen müssen: lächeln, die Achseln zucken und sagen: ›Das ist so was, wofür ich mich nicht eigne.‹«

Tränen bildeten sich an Plummers Augenrändern. Langsam ging er zum Ausgang, die Pauke im Schlepptau. Bei der Tür blieb er noch einmal stehen, um einen letzten sehnsüchtigen Blick auf die A-Kapelle zu werfen, die nie einen Stuhl für ihn haben würde. Er lächelte schwach und zuckte die Achseln. »Manche Menschen haben zwei Meter vierzig große Pauken«, sagte er, »und andere nicht, und so ist nun mal das Leben. Sie sind ein prima Mann, Mr. Helmholtz, aber diese Pauke werden Sie in einer Million Jahre nicht kriegen, weil ich sie nämlich meiner Mutter als Couchtisch schenken werde.«

»Plummer!« schrie Mr. Helmholtz. Seine klägliche Stimme wurde vom Gerumpel und Geratter der großen Pauke übertönt, die ihrem kleinen Herrn über die betonierte Schuleinfahrt folgte.

Mr. Helmholtz rannte hinter ihm her. Plummer und seine Pauke waren an einer Kreuzung stehengeblieben, um auf Grün zu warten, und dort holte Mr. Helmholtz ihn ein und packte ihn am Arm. »Wir müssen diese Pauke haben«, keuchte er. »Wieviel willst du dafür?«

»Lächeln«, sagte Plummer. »Die Achseln zucken! Genau das hab ich getan.« Plummer tat es noch mal. »Sehen Sie? Komm ich nicht in die A-Kapelle, kriegen Sie die Pauke nicht. Na und? Gehört alles zum Prozeß des Erwachsenwerdens.«

»Das kann man doch nicht vergleichen!« sagte Mr. Helmholtz. »Das kann man doch nie und nimmer vergleichen!«

»Sie haben recht«, sagte Plummer. »Ich werde erwachsen, und Sie nicht.«

Die Ampel sprang auf Grün, und Plummer ließ Mr. Helmholtz fassungslos an der Ecke stehen.

Wieder mußte Mr. Helmholtz ihm nachsetzen. »Plummer«, sagte er honigsüß, »du wirst nie dazu in der Lage sein, sie gut zu spielen.«

»Reiben Sie's mir ruhig weiter unter die Nase«, sagte Plummer.

»Aber du ziehst sie so schön«, sagte Mr. Helmholtz.

»Reiben Sie's mir ruhig unter die Nase«, wiederholte Plummer.

»Nein, nein, nein«, sagte Mr. Helmholz. »Ganz und gar nicht. Wenn die Schule diese Pauke bekommt, dann wird der, der sie ziehen darf, ein genauso wichtiges und respektiertes Mitglied der A-Kapelle wie der Erste Klarinettist. Denn was wäre, wenn das Ding umfiele?«

»Würde er einen Pulli mit Aufdruck kriegen, wenn es nicht umfiele?« fragte Plummer.

Und Mr. Helmholtz sprach die folgenden Worte: »Ich wüßte nicht, warum nicht.«

Arme kleine reiche Stadt

Newell Cady hatte den Schliff, den Wohlstand, den Einfluß und das seinen mittleren Jahren angemessene gute Aussehen eines idealisierten Julius Cäsar. In erster Linie jedoch besaß Cady Sachkenntnis – Sachkenntnis von unschätzbarem Wert, die große Konzerne dazu brachten, einander zu überbieten, um in den Genuß seiner Dienste zu gelangen, wie sterbende Sultane, die ihr halbes Reich für ein Heilmittel bieten.

Cady konnte durch eine Fabrik schlendern, die seit einer Generation Geld verlor, einen Blick auf die Bücher werfen, gähnen und dem Geschäftsführer sagen, wie er eine halbe Million an Material einsparen, das Personal um ein Drittel verringern, den Ausstoß verdreifachen und den Kram, den er bisher als Abfall weggeschmissen hatte, für mehr verkaufen konnte, als es kostete, eine Klimaanlage und permanente Musikbeschallung einzubauen. Und die Klimaanlage und die Musik würden die Produktivität jedes einzelnen Mitarbeiters um gut zehn Prozent erhöhen und gewerkschaftliches Genörgel um ein Fünftel senken.

Die letzte Firma, die ihn eingestellt hatte, war die Allianz Apparate & Armaturen, die ihm den Rang des Vizepräsidenten verliehen und ihn nach Ilium (New York) geschickt hatte, wo er dafür sorgen sollte, daß das neue Firmenhauptquartier von allem Anfang an angemessen errichtet wurde. Wenn die Gebäude standen, sollten Hunderte der leitenden

Firmenangestellten mit ihren Büros von New York City nach Ilium ziehen, einer Stadt, die praktisch gestorben war, als ihre Webereien nach dem Zweiten Weltkrieg nach Süden gezogen waren.

Es herrschte Jubel in Ilium, als die dicken, soliden Fundamente für das neue Hauptquartier den Betonmischmaschinen entflossen, aber am heftigsten war das Frohlocken möglicherweise in dem Dorf Spruce Falls, neun Meilen von Ilium entfernt, denn dort war es, wo Newell Cady sich, mit einer Kaufoption, eine der Villen gemietet hatte, welche die schattige Hauptstraße säumten.

Spruce Falls war eine Ansammlung von kleinen Geschäften und einer Grundschule und einem Postamt und einer Polizeiwache und einer Feuerwache, welche die umgebenden milchviehhaltenden Bauernhöfe bedienten. Während des zweiten Jahrzehnts des Jahrhunderts hatte es einen Immobilienboom erlebt. Fünfzehn Villen waren damals gebaut worden, weil man glaubte, daß die Gegend wegen ihrer warmen Mineralquellen Badeort für reiche Invaliden und Hypochonder und Pferdenarren werden würde, genau wie das nicht weit entfernte Saratoga.

1922 wurde jedoch festgestellt, daß das Baden in den Wassern der Quelle, obschon eher unschädlich, trotzdem für mehrere Fälle von Ausschlag verantwortlich zu machen sei, den ein Dermatologe in Manhattan, ungeachtet der Immobilienpreise im Staate New York, »Spruce-Falls-Krankheit« nannte.

In null Komma nichts waren die Villen und ihre Stallungen so leer wie die verlassenen Paläste und Tempel von Angkor Thom in Kambodscha. Soweit Hypotheken auf den Villen lagen, wurden sie von den Banken gekündigt. Alles andere fiel an Stelle unbezahlter Steuern der Stadt zu. Niemand kam von außerhalb, um auch nur das geringste

Gebot zu machen, als wäre die Bruce-Falls-Krankheit Lepra oder Cholera oder Beulenpest.

Schließlich kauften Einheimische den Banken oder der Stadt neun Anwesen ab, weil sie der Gelegenheit, so viel für so wenig zu kriegen, nicht widerstehen konnten. Maximal sechs Zimmer wurden pro Haus bewohnt, während Hausschwamm und Termiten und Mäuse und Ratten und Eichhörnchen und Kinder den übrigen Besitz verwüsteten.

»Wenn wir Newell Cady dazu bringen können, von den Freuden des Dorflebens zu kosten«, sagte Feuerwehrhauptmann Stanley Atkins, der an einem Samstag nachmittag vor einer außerordentlichen Versammlung der Freiwilligen Feuerwehr sprach, »wird er diese Kaufoption *nutzen*, und Spruce Falls wird *die* vornehme Adresse für die Führungsetage der Allianz Apparate & Armaturen. Ohne weiteres Aufhebens«, sagte Spritzenmeister Atkins mitteilsam, »beantrage ich, daß Newell Cady zum Vollmitglied der Feuerwehr gewählt und zum obersten Juror der alljährlichen Hobby-Ausstellung ernannt wird.«

»Audaces fortuna iuvat!« sagte Upton Beaton, ein großer, kühn wirkender Fünfundsechzigjähriger. Er war der letzte der einst ersten Familie von Spruce Falls. »Das Glück«, übersetzte er nach einer Pause, »hilft den Kühnen, wohl wahr. Aber, meine Herren ...« und wieder hielt er dramatisch inne, während Feuerwehrhauptmann Atkins besorgt dreinsah und die anderen Mitglieder der Feuerwehr auf ihren Klappstühlen hin- und herrutschten. Wie seine Vorfahren hatte Beaton in Harvard eine schmückende Erziehung genossen, und wie sie lebte er in Spruce Falls, weil es dort für einen Beaton mit wenig Anstrengung verbunden war, sich seinen Nachbarn überlegen zu fühlen. Er überlebte von dem Geld, das seine Familie während des kurzlebigen Booms verdient hatte.

»Aber«, sagte Beaton wieder und erhob sich, »ist dies das Glück, das wir wollen? Man bittet uns, in Mr. Cadys Fall den Passus, der besagt, daß man mindestens seit drei Jahren hier ansässig sein muß, um die Vollmitgliedschaft bei der Feuerwehr zu erlangen, einfach abzutun, wodurch der Wert unserer Mitgliedschaft herabgesetzt wird. Wenn ich so sagen darf, stellt das Amt des Richters der Hobby-Ausstellung weit mehr dar, als sich dies einem Außenstehenden erschließen mag. In unserem kleinen Dorf haben wir nur kleine Möglichkeiten, unsere Großen zu ehren, aber wir haben uns – nun schon seit Generationen – immer Mühe gegeben, diese kleinen Ehren denen vorzubehalten, denen es gelungen ist, in den Augen eines Dorfes Größe zu erlangen. Ich beeile mich hinzuzufügen, daß solcherlei Ehrungen, wie ich sie erfahren habe, Zeichen des Respekts für meine Familie und mein Alter, nicht für mich, und Ausnahmen sind, die wohl auch Ausnahmen bleiben sollten.«

Er seufzte. »Wenn wir diese stolze Tradition abtun, und dann jene, und dann noch eine, und das alles für Geld, werden wir bald nichts mehr haben, was wir schwenken können, als die weiße Fahne einer erbärmlichen Aufgabe all dessen, was uns lieb und teuer ist!« Er setzte sich, verschränkte die Arme und starrte den Fußboden an.

Feuerwehrchef Aktins' Gesicht hatte sich während der Rede gerötet, und er vermied es, Beaton anzusehen. »Die Immobilienfritzen schwören«, murmelte er, »daß sich die Grundstückspreise in Spruce Falls vervierfachen, wenn Cady bleibt.«

»Was hülfe es dem Dorf, so es einen Immobilienboom gewönne und nähme doch Schaden an seiner Seele?« fragte Beaton.

Feuerwehrhauptmann Atkins räusperte sich. »Uns liegt ein Antrag vor«, sagte er. »Wer stimmt dafür?«

»Dafür«, sagte jemand, der den Kopf gesenkt hielt.

»Stimmen alle dafür?« sagte Atkins.

Es wurde mit Stuhlbeinen geschurrt, und leise waren Stimmen zu hören, wie Lärm, der von einem weit entfernten Spielplatz herüberdringt.

»Gegenstimmen?«

Beaton blieb stumm. Die Beaton-Dynastie von Spruce Falls hatte ein Ende gefunden. Ihre väterliche Führung, vier Generationen lang nicht in Frage gestellt, war soeben überstimmt und abgewählt worden.

»Angenommen«, sagte Atkins. Er wollte noch etwas sagen, gebot dann Stille: »Pssst!« Das Postamt war neben dem Versammlungssaal, im selben Gebäude, und auf der anderen Seite der dünnen Trennwand fragte Mr. Newell Cady nach seiner Post.

»Wäre das dann alles, Mrs. Dickie?« sagte Cady zur Posthalterin.

»Das ist mehr, als die meisten hier in einem Jahr kriegen«, sagte Mrs. Dickie. »Ich habe noch ein paar Drucksachen. Vielleicht ist da auch etwas für Sie dabei.«

»Mmm«, sagte Cady. »So bringt die Regierung ihren Leuten das Sortieren bei?«

»Die und mir was beibringen?« sagte Mrs. Dickie. »Den möchte ich erleben, der mir darüber noch was beibringen will. Ich bin jetzt seit fünfundzwanzig Jahren Posthalterin, seitdem mein Mann entschlafen ist.«

»Hmm«, sagte Cady. »Äh … Hätten Sie was dagegen, wenn ich selbst nach hinten gehe und einen kleinen Blick auf die Drucksachen werfe?«

»Tut mir leid; die Vorschriften, wissen Sie«, sagte Mrs. Dickie.

Aber die Tür zu Mrs. Dickies Kabine quietschte trotzdem. »Danke«, sagte Cady. »Nun mal angenommen, Sie hielten diese Kuverts nicht so, wie Sie sie halten, sondern Sie nähmen sie so und, äh, öh, zögen sich diese Gummitülle über den Daumen anstatt über den Zeigefinger...«

»Heilandszeiten!« rief Mrs. Dickie. »Sie legen ja ein Tempo vor!«

»Es ginge sogar noch schneller«, sagte Cady, »wenn diese Reihe Postsortierfächer nicht auf dem Fußboden stünde. Stellen Sie sie doch hier herüber, in Augenhöhe, sehen Sie? Und was soll bloß dieser Tisch dahinten?«

»Für meine Kinder«, sagte Mrs. Dickie.

»Ihre Kinder spielen hier drin?«

»Keine richtigen Kinder«, sagte Mrs. Dickie. »So nenne ich die Pflanzen auf dem Tisch... das kluge kleine Alpenveilchen, die verspielte kleine Krüppelkiefer, die temperamentvolle kleine Liliazee, der –«

»Ist Ihnen eigentlich klar«, sagte Cady, »daß Sie zwanzig Minuten Arbeitszeit sowie nur der Himmel weiß wie viele Kilopond pro Tag aufbringen müssen, nur um diesem Tisch auszuweichen?«

»Tja«, sagte Mrs. Dickie, »es ist furchtbar nett von Ihnen, daß Sie sich da solche Sorgen machen, aber ich würde mir irgendwie verloren vorkommen, hätte ich nicht meine kleinen –«

»Ich kann nicht anders; ich muß mir Sorgen machen«, sagte Cady. »Es bereitet mir nämlich echte physische Schmerzen, wenn ich sehe, wie Dinge falsch gemacht werden, wo es doch so leicht wäre, sie richtig zu machen. Hoppla! Da waren Sie schon wieder mit dem Daumen genau da, wo er, wie ich Ihnen gerade gesagt habe, nichts zu suchen hat!«

»Herr Feuerwehrchef«, flüsterte Upton Beaton im Versammlungssaal.

»Hä?« machte Atkins.

»Kratzen Sie sich doch nicht *so* am Kopf«, sagte Beaton. »Spreizen Sie die Finger, *so*, sehen Sie? Und dann los. Damit beharken Sie doppelt soviel Kopfhaut in der halben Zeit.«

»Mit allem schuldigen Respekt, Sir«, sagte Atkins, »könnte dies Dorf durchaus ein bißchen Fortschritt und Aufmöbelung vertragen.«

»Ich wäre der letzte, der dem im Wege stehen wollte«, sagte Beaton. »›Schlecht geht's dem Land, rasch wird's des Elends Beute, wo schnell sich Reichtum häuft und mürbe macht die Leute.‹«

»Cady steht auf der anderen Straßenseite und sieht sich das Feuerwehrauto an«, sagte Ed Newcomb, der der Feuerwehr zwanzig Jahre lang als Sekretär gedient hatte. Der Immobilienmakler aus Ilium, der alle Augen außer Beatons zum Funkeln gebracht hatte, hatte Newcomb versichert, sein georgianischer Kolonialbau mit den sechsundzwanzig Zimmern würde, mit etwas Anstrich und Tapete, jedem der leitenden Herrn zu fünfzigtausend Dollar so günstig vorkommen wie gestohlen. »Sagen wir ihm die gute Nachricht!« Newcombs Vater hatte den Kasten bei einer Zwangsversteigerung gekauft. Er war der einzige Bieter gewesen.

Die Feuerwehr gesellte sich zu ihrem neuen Mitglied um den Löschzug herum und gratulierte ihm zu seiner Wahl.

»Danke«, sagte Cady und befummelte die Vorrichtungen, die seitlich an das große rote Auto geschnallt waren. »Wahnsinn, wieviel Chrom an so einem Ding dran ist«, sagte er.

»Warten Sie, bis Sie das neue sehen!« sagte Ed Newcomb.

»Diese verdammten Dinger werden so dekorativ hergestellt wie Karussells«, sagte Cady. »Man könnte meinen, sie wären Spielsachen. Himmel! Was allein schon diese Verchromung und der ganze Tand zusätzlich kostet! Das neue, haben Sie gesagt?«

»Klar«, sagte Newcomb. »Wir haben noch nicht darüber abgestimmt, aber es wird bestimmt bewilligt.« Die Freude über diese Aussicht spiegelte sich auf jedem Gesicht.

»Fünftausendsechshundertsiebzig Liter pro Minute!« sagte ein Feuerwehrmann.

»Zwei Flutlichtscheinwerfer!« sagte ein anderer.

»Überdachtes Führerhaus!«

»Sechs Meter lange Leitern!«

»Kohlendioxidtank!«

»Und zieladjustierbare Drehgelenkdüse im integrierten Spritzenaufbau!« wurden sie alle von Atkins übertönt.

Nach der Stille, die auf die leidenschaftliche Hymne an das neue Feuerwehrauto folgte, sprach Cady. »Grotesk«, sagte er. »Das ist doch ein vollkommen funktionstüchtiges, angemessenes Gerät.«

»Mr. Cady hat völlig recht«, sagte Upton Beaton. »Es ist ein vernünftiges, robustes Gerät, das noch viele Jahre verläßlichen Einsatzes vor sich hat. Es war töricht von uns, die Feuerwehr für die nächsten zwanzig Jahre in Schulden zu stürzen, nur damit die hiesige Feuerwehrmannschaft ein teures Spielzeug hat. Mr. Cady hat genau den Kern der Sache getroffen.«

»Genau das habe ich in der Industrie mein halbes Leben lang bekämpft«, sagte Cady. »Männer, die sich in den Showeffekt verlieben anstatt in die zu bewältigende Aufgabe. Der einzige Zweck einer Feuerwehr sollte es sein, Feuer zu löschen, und dies so wirtschaftlich wie möglich zu tun.«

Beaton klapste Feuerwehrhauptmann Atkins auf den Arm. »Man lernt jeden Tag dazu, stimmt's, Chef?«

Atkins lächelte süßlich, als hätte er gerade einen Bauchschuß kassiert.

Die alljährliche Hobby-Ausstellung von Spruce Falls fand drei Wochen nach Newell Cadys Wahl zum Feuerwehrmitglied im Keller der Schule statt. Während der dazwischenliegenden einundzwanzig Tage hatte Hal Brayton, Gemischtwarenhändler, damit aufgehört, seine Rechnungen auf Papiertüten zu addieren. Statt dessen verwendete er nun eine Rechenmaschine, und er hatte seine Ladentische verschoben, um den Kundenraum aus einer verrammelten Kartonschlucht in eine Rennbahn zu verwandeln. Mrs. Dickie, die Posthalterin, hatte ihre vielblättrigen und -nadligen Kinder und deren Tisch aus ihrem Käfig entfernt und die unterste Reihe von Postfächern auf Augenhöhe anheben lassen. Die Feuerwehr hatte gegen die Ausstattung ihrer Kapelle mit scharlachrot-blauen Capes als für die Brandbekämpfung unerheblich gestimmt. Und bei einem Elternabend waren alarmierende Zahlen genannt worden, welche zweifelsfrei bewiesen, daß es sieben Dollar, neunundzwanzig Cent und sechs weitere Webereien pro Schüler pro Jahr kosten würde, die Grundschule von Spruce Falls beizubehalten, anstatt die Kinder zur großen, effizienten Gesamtschule nach Ilium zu transportieren.

Die ganze Bevölkerung sah aus, als hätte sie ein starkes Aufputschmittel geschluckt. Die Menschen gingen und fuhren schneller, brachten ihre Geschäfte schneller zum Abschluß, und jedes Auge schien größer und strahlender – sogar ein wenig wahnsinnig. Und stolz durch diese schöne neue Welt bewegten sich die beiden Männer, die sie formten, nach Dienstschluß neuerdings unzertrennlich. Newell Cady und Upton Beaton. Beatons Funktion bestand darin, Cady mit den Fakten und Zahlen zu versehen, die hinter den Aktivitäten des Dorfes standen, und dann Cadys realistischen Reformvorschlägen schamlos beizupflichten, welche den Fakten und Zahlen folgten wie die Nacht dem Tage.

Die Preisrichter der Hobby-Ausstellung waren Newell Cady, Upton Beaton und Feuerwehrchef Stanley Atkins, und sie schritten langsam durch die große Ansammlung von Tischen, auf denen die Einreichungen ausgestellt waren. Atkins, der schlank und lustlos geworden war, seitdem die fundierte öffentliche Meinung sich gegen das neue Feuerwehrauto gewandt hatte, trug einen Schuhkarton mit säuberlich gestapelten blauen Bändern für die Preisverleihung.

»Wir werden doch aber all diese Bänder nicht brauchen«, sagte Cady.

»Besser, als wenn sie knapp werden«, sagte Atkins. »Einmal sind sie uns ausgegangen, und da war gleich die Hölle los.«

»Es gibt so viele verschiedene Sparten«, erklärte Beaton, »und in jeder Sparte einen ersten Preis.« Er hielt die Hand auf und sagte zu Atkins: »Ein Band mit Nadel, bitte, Chef.« Er heftete ein Band an eine schmutziggraue Kugel von einem Meter zwanzig Durchmesser.

»Augenblick mal«, sagte Cady. »Wollen wir das nicht erst mal besprechen? Ich meine, wir können doch nicht so einfach heiter unserer Wege ziehen und nach Lust und Laune blaue Bänder verteilen, wie? Himmel, da verleihen Sie einen ersten Preis an dieses schreckliche Dingsbums, und ich weiß nicht einmal, was es ist.«

»Bindfaden«, sagte Atkins. »Das ist Ted Batsfords Bindfaden. Ist das wohl zu glauben? Das allererste Stück Bindfaden, das er zu sammeln begann, hier mitten im Zentrum der Kugel, hat er während Grover Clevelands zweiter Amtszeit aufgehoben.«

»Hm«, sagte Cady. »Und in diesem Jahr hat er beschlossen, sie für die Ausstellung einzureichen.«

»Sie war auf jeder Ausstellung, seit ich denken kann«, sagte Beaton. »Ich kannte das Ding schon, als es noch nicht größer war als eine Bowlingkugel.«

»Wir sollten ihm also, meinen Sie, für reines, tierisches Beharrungsvermögen endlich einen ersten Preis zuerkennen?«

»Endlich?« sagte Beaton. »In der Sparte Bindfädensparen hat er immer den ersten Preis gekriegt.«

Cady wollte gerade etwas Ätzendes dazu sagen, als seine Aufmerksamkeit abgelenkt wurde. »Lieber Gott im Himmel!« sagte er. »Was ist denn das für ein unordentlicher Haufen Müll, dem Sie jetzt den ersten Preis verleihen?«

Atkins blickte verblüfft. »Na, das ist aber doch natürlich Mrs. Dickies Blumenarrangement.«

»*Dieses* Durcheinander ist ein Blumenarrangement?« sagte Cady. »Das könnte ich ja mit einem rostigen Eimer und einer Handvoll Kartoffelboviste besser. Und so was kriegt von Ihnen den ersten Preis. Wo sind die anderen Beiträge?«

»Niemand reicht etwas in der Sparte von jemand anderem ein«, sagte Beaton und drapierte ein blaues Band über das Heck eines halbfertigen Schiffsmodells.

Cady griff sich rasch das Band. »Halt! Jeder kriegt einen Preis? Habe ich das richtig verstanden?«

»Ja, wieso? Jeder oder jede in seiner oder ihrer Sparte«, sagte Beaton.

»Und was ist dann der Sinn dieser Ausstellung?« wollte Cady wissen.

»Sinn?« sagte Beaton. »Es ist eine Ausstellung, fertig. Muß so was einen Sinn haben?«

»Ja, verdammt noch mal«, sagte Cady. »Eine Ausstellung, finde ich, sollte doch eine Art Mission haben – Interesse an Kunst und Handwerk fördern oder so. Oder Fertigkeiten schulen und Geschmack verfeinern.« Er wedelte in Richtung Exponate. »Schund, jedes einzelne Stück ist Schund – und jahrelang haben diese fehlgeleiteten Menschen dafür die höchsten Ehren eingeheimst, als gäbe es für sie nicht mehr die kleinste Kleinigkeit zu lernen, oder als genügte es, um in dieser Welt Anerkennung zu erlangen, daß man die Geduld besitzt, seit Clevelands zweiter Amtsperiode Bindfaden angehäuft zu haben.«

Atkins wirkte schockiert und verletzt.

»Tja«, sagte Beaton, »Sie sind der Jury-Vorsitzende. Machen wir's auf Ihre Weise.«

»Hören Sie, Mr. Cady, Sir«, sagte Atkins hohl, »wir können doch nicht einfach etwas nicht verleihen, was ...«

»Sie stehen dem Fortschritt im Wege«, sagte Beaton.

»Nun denn, so, wie ich es sehe«, sagte Cady, »befindet sich in diesem gesamten Saal nur ein einziges Stück, das auch nur den mindesten Schimmer echter Kreativität und Ambition aufweist.«

Es waren wenige Lichter in Spruce Falls, die in der Nacht nach der Eröffnung der Hobby-Ausstellung vor Mitternacht ausgingen, obwohl das Dorf gewöhnlich gegen zehn dunkel war. Die wenigen Nichtteilnehmer, die in der Kirche vorbeischauten, um sich die Ausstellungsstücke anzusehen, und nichts von der Preisvergabe gehört hatten, waren erstaunt, als sie ein einsames Objekt zur allgemeinen Betrachtung vorfanden, die Kopie der Titelseite einer Frauenzeitschrift in Petit-point-Stickerei. An die Stickerei geheftet war das einzige an jenem Tag verliehene blaue Band. Die anderen Aussteller hatten ihre zurückgewiesenen Gaben ärgerlich nach Hause gekarrt, und die einzige Siegerin erschien spät am Abend, peinlich berührt und heimlich, um ihren Beitrag heimzuholen, wobei sie das blaue Band zurückließ.

Nur Newell Cady und Upton Beaton schliefen in jener Nacht friedvoll, hatten sie doch das Gefühl, solide, lohnende Arbeit geleistet zu haben. Aber als wieder Montag wurde, war die Stadt von einer beharrlichen Heiterkeit erfüllt, denn am Sonntag, als wolle er die totale Vernichtung der Hobby-Ausstellung wettmachen, war der Immobilienmann dagewesen. Er hatte den leitenden Allianz-Apparate-&-Armaturen-Herren in New York geschrieben und ihnen von den Anwesen in Spruce Falls berichtet, die man den schlichtgestrickten Eingeborenen praktisch stehlen könne und die nur einen Steinwurf entfernt vom zukünftigen Heim ihres geschätzten Kollegen Mr. Newell Cady lägen. Was der Immobilienmann am Sonntag vorzuweisen hatte, waren Briefe von leitenden Herren, die ihm glaubten.

Gegen Spätnachmittag waren am Montag die letzten bitteren Worte über die Hobby-Ausstellung gesprochen, und die Gespräche kreisten um die Schätzung von Kapitalertragssteuer, die rücksichtslose Bekämpfung profitorientierten Denkens seitens der Bundesstaats- und der Bundesregierung, die empörend hohen Kosten für den Bau kleiner Häuser...

»Aber ich sage euch«, sagte Feuerwehrchef Atkins, »unter diesem neuen Gesetz braucht ihr *gar* keine Steuer auf den Gewinn zu zahlen, den ihr beim Verkauf eures Hauses macht. Dieser ganze Gewinn ist nur ein Papiergewinn, einfach schlichte, normale Inflation, und so was wird nicht besteuert, weil das nicht fair wäre.« Er und Upton Beaton und Ed Newcomb unterhielten sich auf dem Postamt, während Mrs. Dickie die Spätnachmittagspost sortierte.

»Tut mir leid«, sagte Beaton, »aber man muß für genausoviel oder mehr, als man für sein altes Haus bekommen hat, ein neues kaufen, damit man unter das Gesetz fällt.«

»Was soll ich denn wohl mit einem Fünfzigtausend-Dollar-Haus?« sagte Newcomb mit ehrfürchtiger Scheu.

»Dafür kannst du meins kriegen, Ed«, sagte Atkins. »Dann brauchst du gar keine Steuern zu zahlen.« Er bewohnte drei Zimmer einer Achtzehn-Zimmer-Investitionsruine, die sein eigener Vater einst spottbillig erworben hatte.

»Und zweimal so viele Termiten und viermal soviel Hausschwamm zu bekämpfen haben wie jetzt«, sagte Newcomb.

Atkins lächelte nicht. Statt dessen versetzte er der sperrangelweit offenen Tür des Postamts einen Tritt, und sie knallte zu. »Du Riesenroß! Man weiß doch nie, wer da gerade draußen vorbeigegangen ist und gehört hat, was du über mein Haus gesagt hast.«

Beaton trat dazwischen. »Beruhigen Sie sich, meine Herren! Da draußen ist nur der alte Dave Mansfield, und der hört nichts mehr, seit sein Boiler in die Luft geflogen ist. Gott, wenn das bißchen Fortschritt, das wir bisher genossen haben, alle so schreckhaft macht, wie wird es erst sein, wenn in jedem großen Haus ein Cady wohnt?«

»Er ist ein feiner Herr«, sagte Atkins.

Mrs. Dickie schnaubte und fluchte still in ihrem Käfig. »Fünfundzwanzig Jahre lang habe ich mich nun gereckt und geduckt und gereckt und geduckt, um an die Fächer auf dem Fußboden zu kommen, und jetzt sind sie nicht mehr da, und ich kann es mir nicht abgewöhnen. Huch!« Das Postgut entglitt ihren Händen und fiel zu Boden. »Sehen Sie, was passiert, wenn ich meinen Daumen dahin tue, wohin er mir gesagt hat?«

»Egal«, sagte Beaton. »Tun Sie ihn dahin, wohin er Ihnen gesagt hat, denn da kommt er schon.«

Cadys schwarzer Mercedes hielt vor dem Postamt.

»Schönes Wetter heute, Mr. Cady, Sir«, sagte Atkins.

»Hmmm? O ja, wahrscheinlich. Ich hatte gerade an was anderes gedacht.« Cady ging zu Mrs. Dickies Käfig, um seine Post abzuholen, sprach aber weiter über die Schulter mit dem Grüppchen und würdigte Mrs. Dickie keines Blickes. »Ich habe gerade ausgerechnet, daß ich jeden Tag einen Umweg von einer Vierfünftelmeile mache, um meine Post zu holen.«

»Guter Vorwand, um mal ein bißchen vor die Tür und unter Menschen zu kommen«, sagte Newcomb.

»Und das macht zweihundertneunundvierzig Komma sechs Meilen pro Jahr, grob gerechnet«, fuhr Cady ernst fort, »was sich bei acht Cent pro Meile auf neunzehn Dollar siebenundneunzig Cent pro Jahr beläuft.«

»Freut mich zu hören, daß man sich für neunzehn Dollar siebenundneunzig Cent immer noch was Ordentliches kaufen kann«, sagte Beaton.

Cady befand sich in einem Zustand schöpferischer Entrückung und achtete der Spannung nicht, die sich in dem kleinen Raum entwickelte. »Und es muß noch mindestens hundert andere geben, die zur Post fahren, wodurch sich das jährlich verhundertfacht, was dann eintausendneunhundertsiebenundneunzig Dollar macht, die Verschwendung von Arbeitskraft gar nicht mitgerechnet.«

»Hä«, sagte Beaton, während Atkins und Newcomb mit den Füßen scharrten, begierig, aufzubrechen. »Gar nicht dran denken, wieviel wir für Rasierkrem ausgeben.« Er nahm Cady am Arm. »Würden Sie auf einen Sprung mit zu mir nach Hause kommen? Ich habe da etwas, was Sie vielleicht ...«

Cady blieb unverrückbar vor Mrs. Dickies Käfig stehen. »Mit Rasierkrem kann man das überhaupt nicht vergleichen«, sagte er. »Männer müssen sich rasieren, und Rasierkrem ist das Beste, um den Bart loszuwerden, was es gibt. Und natürlich müssen wir unsere Post kriegen, klar, aber ich habe etwas herausgefunden, was hier offenbar niemand weiß.«

»Kommen Sie mit zu mir«, sagte Beaton, »und wir reden drüber.«

»Es liegt so klar auf der Hand, daß man gar nicht darüber reden muß«, sagte Cady. »Ich habe herausgefunden, daß Spruce Falls kostenfreie Landzustellung bekommen kann. Wir brauchen lediglich in Ilium beim dortigen Postamt Bescheid zu sagen und vor unseren Häusern Briefkästen aufzustellen, wie das jedes andere Dorf in dieser Gegend auch macht. Und zwar nun schon seit vielen Jahren!« Er lächelte und warf geistesabwesend einen schnellen Blick auf Mrs. Dickies Hände. »Ah, ah, ah!« schalt er. »Sind wir wieder in unsere alten Angewohnheiten zurückgefallen, Mrs. Dickie?«

Atkins und Newcomb hielten die Tür auf, wie zwei Wächter am Eingang zu einer Hinrichtungskammer, während Upton Beaton Cady ins Freie drängte.

»Es ist ein großer Vorteil, wenn man, wie ich, von außen kommt«, sagte Cady. »Die Menschen innen sind wie geblendet von Gewohnheit. Da unterhaltet ihr Leute ein Postamt, wo ihr doch für einen Bruchteil der Kosten und des Aufwands viel besseren Service geboten bekommen könntet.« Er kicherte bescheiden, als Atkins hinter ihm die

Tür zum Postamt schloß. »Der Einäugige im Land der Blinden, könnte man sagen.«

»Ein Einäugiger könnte genausogut auch blind sein«, gab Upton Beaton bekannt, »wenn er nicht den Gesichtsausdruck von Menschen sieht und die Sinne, die den Blinden noch verblieben sind, nicht zur Kenntnis nimmt.«

»Worüber reden Sie eigentlich in drei Teufels Namen?« sagte Cady.

»Wenn Sie Mrs. Dickie ins Gesicht gesehen hätten, anstatt zu beobachten, wie sie ihre Arbeit macht, hätten Sie gesehen, daß sie weinte«, sagte Beaton. »Ihr Mann ist bei einem Brand umgekommen, als er einige der Menschen hier aus dem Dorf rettete, die Sie als blind bezeichnen. Sie sprechen doch dauernd über Zeitverschwendung, Mr. Cady: wenn Sie mal wirklich im großen Stil Zeit verplempern wollen, machen Sie irgendwann mal einen Spaziergang durch das Dorf und versuchen Sie, jemanden zu finden, der nicht weiß, daß er sich die Post jederzeit an die Haustür bringen lassen kann.«

Die zweite außerordentliche Mitgliederversammlung der Freiwilligen Feuerwehr innerhalb eines Monats fand ihren Abschluß, und sämtliche Mitglieder – bis auf eines, welches nicht eingeladen worden war – schienen zum erstenmal seit Wochen richtig entspannt und zufrieden zu sein. Die Tagesordnung war flott abgehandelt worden, indem Upton Beaton, der Patriarch von Spruce Falls, Vorschläge einbrachte, die von den Mitgliedern im Chor gutgeheißen wurden. Nun warteten sie darauf, daß das eine abwesende Mitglied, Newell Cady, auf der anderen Seite der dünnen Wand im Postamt auftauchte, um seine Samstagnachmittagspost abzuholen.

»Da ist er«, flüsterte Ed Newcomb, der am Fenster Wache geschoben hatte.

Einen Augenblick später drang die volltönende Stimme durch die Wand. »Ja, Grundgütiger, Sie haben ja wieder sämtliche Pflanzen hier drin!«

»Mir war halt einsam«, sagte Mrs. Dickie.

»Aber meine liebe Mrs. Dickie«, sagte Cady, »denken Sie doch nur mal an ...«

»Damit ist der Antrag angenommen«, sagte Feuerwehrchef Atkins mit lauter Stimme. »Mr. Beaton wird zum Ein-Mann-Komitee ernannt, welches Mr. Cady davon zu unterrichten hat, daß seine Feuerwehrmitgliedschaft unglücklicherweise gegen die Verordnungen verstößt, welche eine dreijährige Wohndauer am Orte vorsehen, bevor eine Anwartschaft geltend gemacht werden kann.«

»Ich werde ihm klarmachen«, sagte Beaton ebenfalls sehr laut, »daß dies in keiner Weise einen persönlichen Affront darstellt, sondern daß wir lediglich bestrebt sind, den Verordnungen, die seit Jahren in Kraft sind, Genüge zu tun.«

»Er soll aber auch kapieren, daß wir ihn alle mögen«, sagte Ed Newcomb, »und daß wir stolz darauf sind, daß so ein wichtiger Mensch wie er vielleicht hierherziehen möchte.«

»Das wird er«, sagte Beaton. »Er ist ein brillanter Mann, und ich bin sicher, daß er den Sinn der Wohndauerverordnung einsieht. Ein Dorf ist nicht wie eine Fabrik, wo man einfach reingeht, auf einen Blick sieht, was los ist, sich dann die Bücher ansieht und weiß, ob es ein gutes oder schlechtes Unternehmen ist. Wir fabrizieren oder verkaufen nichts. Wir versuchen, miteinander zu leben. Darin muß jeder sein eigener Experte werden, und das dauert Jahre.«

Man vertagte sich.

Der Immobilienmann aus Ilium war aufgebracht, denn keiner, mit dem er in Spruce Falls sprechen wollte, war zu Hause. Er stand in Hal Braytons Gemischtwarenladen, betrachtete die menschenleere Straße und spielte mit seinem Füllfederhalter.

»Sie sind *alle* bei dem Vertreter für Feuerwehrautos?« fragte er.

»Sie alle werden das Feuerwehrauto die nächsten zwanzig Jahre lang bezahlen«, sagte Upton Beaton. Er kümmerte sich um Braytons Laden, während Brayton eine Probefahrt mit dem Feuerwehrauto machte.

»In einer Woche kommen siedendheiße Interessenten her, und alles unternimmt eine, äh, Spritztour«, sagte der Immobilienmann bitter. Er öffnete den Kühlschrank für Erfrischungsgetränke und knallte den Deckel wieder zu. »Was ist denn los? Ist das Ding kaputt? Ist ja alles warm.«

»Nein, Brayton ist nur noch nicht dazu gekommen, es wieder einzustöpseln, seitdem er alles wieder an seinen alten Platz geschoben hat.«

»Sie haben gesagt, er ist der, der sein Haus nicht verkaufen will?«

»Einer von denen, die ihr Haus nicht verkaufen wollen«, sagte Beaton.

»Wer denn noch?«

»Alle.«

»Na kommen Sie!«

»Wirklich«, sagte Beaton. »Wir haben beschlossen, abzuwarten, wie Mr. Cady sich einlebt, bevor wir irgendwas anderes auf den Markt werfen. Im Augenblick geht es ihm nicht so besonders, aber er hat ein gutes Herz, und wir drücken ihm alle die Daumen.«

Andenken

Joe Bane war Pfandleiher, ein dicker, fauler Glatzkopf, dessen Gesichtszüge nach links verzerrt zu sein schienen, weil er die Welt ein Leben lang durch eine Juwelierslupe betrachtet hatte. Er war ein einsamer Mann ohne Talente, und er hätte wohl nicht weiterleben wollen, wenn man ihn daran gehindert hätte, jeden Tag außer Sonntag das eine Spiel zu spielen, das er so brillant beherrschte – das Erwerben von Objekten für sehr wenig und deren Veräußerung für sehr viel mehr. Er war von dem Spiel besessen, der einzigen Chance, die ihm das Leben bot, seine Mitmenschen auszustechen. Es ging um das Spiel; das Geld war zweitrangig, es zeigte nur den Spielstand an.

Als Joe Bane seinen Laden am Montag morgen aufmachte, hatte sich in der Talsenke eine schwarze Decke aus Regenwolken festgesetzt, welche die Stadt in einer dunklen Tasche aus toter, feuchter Luft gefangenhielt. Herbstdonner grollte über die dunstigen Hügel. Kaum hatte Bane Mantel und Hut und Schirm aufgehängt, die Gummiüberschuhe ausgezogen, die Lichter angeknipst und seine massige Gestalt auf einem Hocker hinter einem Ladentisch angeordnet, als ein magerer junger Mann im Arbeitsanzug, scheu und dunkel wie ein Indianer, eindeutig arm und von der großen Stadt eingeschüchtert, eintrat und ihm eine phantastische Taschenuhr für fünfhundert Dollar anbot.

»Nein, Sir«, sagte der junge Farmer höflich. »Ich möchte die Uhr nicht versetzen. Ich will sie verkaufen, wenn ich genug Geld dafür kriegen kann.« Er schien sie Bane nur widerwillig aushändigen zu wollen, und er barg sie noch einen Augenblick lang zärtlich in seinen rauhen Händen, bevor er sie auf ein Quadrat aus schwarzem Samt legte. »Irgendwie hatte ich gehofft, sie behalten und an meinen Ältesten vererben zu können, aber zur Zeit brauchen wir das Geld sehr viel dringender.«

»Fünfhundert Dollar sind viel Geld«, sagte Bane wie ein Mensch, der schon zu oft durch seine Freundlichkeit zum Opfer geworden ist. Er prüfte die Juwelen, mit denen die Uhr besetzt war, ohne sich etwas von seinem Erstaunen anmerken zu lassen. Er drehte und wendete die Uhr, die das Licht der Deckenlampe in vier Diamanten auffing, welche für drei, sechs, neun und zwölf Uhr standen, sowie in einem Rubin, der das Aufziehrädchen krönte. Allein schon die Steine, überlegte Bane, waren mindestens viermal soviel wert, wie der Farmer verlangte.

»Ich habe hier nicht viel Nachfrage für so eine Uhr«, sagte Bane. »Wenn ich fünfhundert Dollar in so was anlege, habe ich es vielleicht jahrelang am Hals, bevor der Richtige kommt.« Er beobachtete das sonnenverbrannte Gesicht des Farmers und dachte, er könne in dem Gesicht lesen, daß die Uhr um einiges weniger zu haben war.

»Im ganzen Landkreis gibt es eine solche Uhr nicht noch mal«, sagte der Farmer, der sich unbeholfen als Verkaufsstratege versuchte.

»Sag ich ja«, sagte Bane. »Wer will schon so eine Uhr?« Bane zum Beispiel wollte sie, und er betrachtete sie bereits als sein Eigentum. Er drückte auf einen Knopf an der Seite des Gehäuses und lauschte dem Sirren des winzigen Mechanismus, der die nächstliegende volle Stunde mit süßem, klarem Geläut anschlug.

»Wollen Sie sie oder nicht?« sagte der Farmer.

»Sachte, sachte«, sagte Bane, »das ist kein Handel, den man so ruckzuck abschließt. Ich müßte erst mal mehr über diese Uhr erfahren, bevor ich sie kaufe.« Er ließ den hinteren Deckel aufspringen und bemerkte auf der Innenseite eine gravierte Inschrift in einer fremden Sprache. »Was heißt das? Haben Sie eine Ahnung?«

»Ich hab sie zu Hause einer Lehrerin gezeigt«, sagte der junge Mann, »und die hat gesagt, es sieht stark nach Deutsch aus.«

Bane legte ein Blatt Seidenpapier über die Inschrift und rubbelte mit einem Bleistift darüber, bis er eine leserliche Kopie hatte. Er gab die Kopie und ein Zehncentstück einem Schuhputzerjungen, der vor der Tür herumlungerte, und schickte ihn eine Straße weiter: er solle den Besitzer eines deutschen Restaurants um eine Übersetzung bitten.

Die ersten Regentropfen spritzten saubere Streifen auf das rußige Schaufenster, als Bane beiläufig zu dem Farmer sagte: »Die Polizei interessiert sich ziemlich genau für alles, was hier so reinkommt.«

Der Farmer wurde rot. »Die Uhr gehört mir, soviel ist schon mal klar. Ich hab sie aus dem Krieg«, sagte er.

»Soso. Und haben Sie Zoll dafür bezahlt?«

»Zoll?«

»Gewiß. Sie können doch keinen Schmuck ins Land bringen, ohne Steuern zu zahlen. Das nennt man Schmuggel.«

»Ich hab sie einfach in meinen Tornister gestopft und mit nach Hause gebracht, wie jeder andere auch«, sagte der Farmer. Er war so besorgt, wie Bane gehofft hatte.

»Konterbande«, sagte Bane. »Praktisch dasselbe wie Diebesgut.« Er hob beschwichtigend die Hände. »Ich will damit nicht sagen, daß ich sie nicht kaufen kann, ich möchte Sie nur darauf hinweisen, daß es heikel ist, sich mit so was zu befassen. Wenn Sie willens wären, sich für, äh, sagen wir mal, hundert Dollar von ihr zu trennen, würde ich es vielleicht riskieren, um Ihnen weiterzuhelfen. Bei Kriegsteilnehmern helfe ich immer, wo ich kann.«

»Hundert Dollar! Ist das alles?«

»Mehr ist sie nicht wert, und ich bin wahrscheinlich ein Trottel, daß ich soviel biete«, sagte Bane. »Ach, was soll's, Hauptsache, Sie kriegen Ihre leichtverdienten hundert Dollar, stimmt's? Was haben Sie gemacht – sie einem deutschen Kriegsgefangenen abgeknöpft, oder lag sie irgendwo in den Ruinen herum?«

»Nein, Sir«, sagte der Farmer, »ein bißchen schwieriger war es schon.«

Bane, der einen feinen Sinn für solche Dinge hatte, merkte, daß der Farmer, während er zu erzählen begann, wie er die Uhr bekommen hatte, das störrische Selbstvertrauen wiedererlangte, das er eingebüßt hatte, als er von seiner kleinen Farm in die Stadt gekommen war, um die Uhr zu verkaufen.

»Mein bester Kumpel Buzzer und ich«, sagte der Farmer, »waren zusammen als Kriegsgefangene in irgendwelchen Hügeln in Deutschland; im Sudetenland war das, hat jemand gesagt. Eines Morgens weckte mich Buzzer und sagte, der Krieg ist aus, die Bewacher sind weg, die Tore sind offen.«

Zuerst machte es Joe Bane ungeduldig, daß er der Geschichte zuhören mußte. Aber die Geschichte wurde gut und voller Stolz erzählt, und da Bane schon seit langem aus Mangel an eigenen Abenteuern ein Fan von Abenteuern anderer Leute war, begann er neidisch zu sehen, wie die beiden Soldaten durch die offenen Tore ihres Gefangenenlagers und dann eine Landstraße in den Hügeln entlangwandelten, frühmorgens, bei schönem Wetter, im Jahre 1945, an dem Tag, an dem in Europa der Zweite Weltkrieg zu Ende ging.

Der junge Farmer, der Eddie hieß, und sein bester Kumpel Buzzer gingen mager, abgerissen, schmutzig und hungrig in den Frieden hinaus, trugen aber niemandem etwas nach. Sie waren aus Stolz in den Krieg gezogen, nicht aus Bitterkeit. Jetzt war der Krieg vorbei, der Job erledigt, und sie wollten nur nach Hause. Sie waren ein Jahr auseinander, aber sie waren einander so ähnlich wie zwei Pappeln an einer windgeschützten Stelle.

Sie hatten vor, die Gegend rings um das Lager kurz zu besichtigen, dann zurückzukommen und mit den anderen Gefangenen auf die Ankunft irgendwelcher offizieller Befreier zu warten. Aber der Plan zerschlug sich, als zwei kanadische Gefangene die Kumpels dazu einluden, mit einer Flasche Weinbrand, die sie auf einem ausgebrannten Laster gefunden hatten, auf den Sieg anzustoßen.

Ihre geschrumpften Bäuche waren herrlich heiß und kribbelig, die Köpfe leicht und voll Vertrauen und Liebe zur ganzen Menschheit, und Eddie und Buzzer fanden sich plötzlich in einer rempelnden, jammernden Parade deutscher Flüchtlinge wieder, welche die Hauptstraße blockierte, die durch die Hügel führte, Flüchtlinge, die vor den russischen Panzern flohen, die eintönig und unbehindert im Tal hinter und unter ihnen brummten. Die Panzer kamen, um dieses letzte bißchen unverteidigten deutschen Bodens in Besitz zu nehmen.

»Wovor rennen wir eigentlich weg?« sagte Buzzer. »Der Krieg ist doch vorbei, oder?«

»Alle rennen«, sagte Eddie, »da rennen wir vielleicht lieber auch.«

»Ich weiß nicht mal, wo wir sind«, sagte Buzzer.

»Diese Kanadier haben gesagt, es heißt Sudetenland.«

»Wo ist denn das?«

»Wo wir gerade sind«, sagte Eddie. »Klasse Jungs, diese Kanadier.«

»Das werde ich der ganzen Welt berichten! Mann«, sagte Buzzer. »Heute liebe ich alle Menschen. Juhuuuuu! Jetzt hätte ich gern eine Flasche von diesem Brandy, dann würde ich einen Schnuller draufmachen und mich eine Woche damit ins Bett hauen.«

Eddie berührte einen großen, besorgt aussehenden Mann mit kurzgeschnittenem schwarzen Haar, der einen viel zu kleinen Zivilanzug trug, am Ellbogen. »Wohin rennen wir eigentlich, Sir? Ist der Krieg nicht vorbei?«

Der Mann starrte ihn haßerfüllt an, grunzte etwas und drängelte sich rüde vorbei.

»Er versteht kein Englisch«, sagte Eddie.

»Ja, warum beim Geier, Mann«, sagte Buzzer, »sprichst du dann mit diesen guten Leuten nicht in ihrer Muttersprache? Stell doch dein Licht nicht unter den Scheffel. Laß mal bei dem Mann da vorne ein bißchen Specken Sie Dutsch erklingen.«

Sie waren zu einem kleinen, tiefgelegten, schwarzen Rennkabrio gelangt, welches am Straßenrand stand und nicht ansprang. Ein muskelbepackter junger Mann mit quadratischem Gesicht bastelte an dem mausetoten Motor herum. Auf dem lederbezogenen Vordersitz saß ein älterer Mann, dessen Gesicht mit Staub und einem mehrere Tage alten schwarzen Bart bedeckt und von der Krempe eines in die Stirn gezogenen Hutes beschattet war.

Eddie und Buzzer blieben stehen. »Also gut«, sagte Eddie. »Jetzt hör zu: Wie geht's?« sagte er zu dem blonden Mann und brauchte damit sein gesamtes Deutsch auf.

»Gut, gut«, murmelte der junge Deutsche. Dann wurde ihm klar, wie absurd diese automatische Replik auf den Gruß gewesen war, und er erwiderte mit schrecklicher Bitterkeit: »Ganz hervorragend!«

»Er sagt, es läuft alles ganz prima«, sagte Eddie.

»Du sprichst ja richtig fließend«, sagte Buzzer.

»Ja, ich habe ausgedehnte Reisen unternommen, könnte man sagen«, sagte Eddie.

Der ältere Mann wurde munter und schnauzte den Mann an, der den Motor bearbeitete, schrill und bedrohlich.

Der Blonde schien Angst zu haben. Mit verdoppelter Verzweiflung machte er sich am Motor zu schaffen.

Die Augen des älteren Mannes, eben noch trübe, erhellten sich und waren weit aufgerissen. Mehrere Flüchtlinge drehten sich im Vorüberhasten um und starrten ihn an.

Der ältere Mann blickte herausfordernd von einem zum andern, und er holte Luft, um sie anzuschreien. Aber er besann sich anders, seufzte statt dessen, und dann verließ ihn der Mut. Er barg das Gesicht in Händen.

»Was hat er gesagt?« sagte Buzzer.

»Er spricht nicht meinen speziellen Dialekt«, sagte Eddie.

»Er spricht nur Unterschicht-Deutsch, was?« sagte Buzzer. »Ich gehe jedenfalls keinen Schritt weiter, bevor wir jemand finden, der uns sagen kann, was hier los ist. Wir sind Amerikaner, Junge. Unsere Seite hat gewonnen, stimmt's? Was haben wir überhaupt bei all diesen Krauts zu suchen?«

»Ihr – ihr Amerikaner«, sagte der Blonde, erstaunlicherweise auf englisch. »Jetzt müßt ihr gegen sie kämpfen.«

»Da spricht ja einer Englisch!« sagte Buzzer.

»Und sogar ziemlich gut«, sagte Eddie.

»Sogar gar nicht mal schlecht, gar nicht mal schlecht«, sagte Buzzer. »Gegen wen müssen wir kämpfen?«

»Gegen die Russen«, sagte der junge Deutsche, der diese Vorstellung zu genießen schien. »Euch werden sie auch umbringen, wenn sie euch schnappen. Die bringen jeden um, der ihnen in die Quere kommt.«

»Teufel noch mal, Mann«, sagte Buzzer, »wir sind mit denen doch verbündet.«

»Wie lange noch? Lauft, Jungs, lauft.« Der Blonde fluchte und schleuderte seinen Schraubenschlüssel auf den Motor. Er richtete das Wort an den alten Mann, schien sich auf den Tod vor ihm zu fürchten.

Der ältere Mann ließ eine Serie deutscher Verwünschungen los, wurde dessen rasch überdrüssig, stieg aus dem Wagen und knallte die Tür hinter sich zu. Die beiden sahen besorgt in die Richtung, aus der die Panzer erwartet wurden, und begannen, ihre Flucht zu Fuß fortzusetzen.

»Wo wollt ihr hin?« sagte Eddie.

»Nach Prag. Die Amerikaner sind in Prag.«

Eddie und Buzzer schlossen sich ihnen an. »Heute kriegen wir ein bißchen viel Erdkunde ab, was, Eddie?« sagte Buzzer. Er stolperte, und Eddie fing ihn auf. »Uha, Eddie, dieser Schnaps ist mir zu Kopfe geschlichen.«

»Ja«, sagte Eddie, dessen Sinne sich ebenfalls umwölkten. »Ich sage: Zur Hölle mit Prag. Entweder wir fahren hin, oder wir lassen es ganz, und damit basta.«

»Klar. Wir suchen uns einfach ein schattiges Plätzchen, und da setzen wir uns hin und warten auf die Russen. Wir zeigen ihnen einfach unsere Hundemarke«, sagte Buzzer. »Und wenn sie sie sehen, bereiten sie uns ein großes Bankett.« Er steckte sich einen Finger zwischen Hals und Kragen und zog die Kette mit den Blechmarken hervor.

»O ja«, sagte der blonde Deutsche, der aufmerksam zugehört hatte, »ganz bestimmt werden sie euch ein wunderbares großes Bankett bereiten.«

Der Flüchtlingstreck war immer langsamer geworden, da immer mehr Menschen dazugestoßen waren. Jetzt kam er murrend ganz zum Stillstand.

»Ganz vorne muß eine Frau sein, die versucht, die Straßenkarte zu lesen«, sagte Buzzer.

Ganz weit vom anderen Ende der Straße drangen Rufe herüber, die sich anhörten wie entfernte Brandung. Nach wenigen unruhigen, angsterfüllten Augenblicken wurde der Grund des Aufenthaltes klar: Der Treck war auf einen zweiten Treck gestoßen, der voller Schrecken aus der anderen Richtung floh. Die Russen hatten das Gebiet eingekreist. Jetzt vermischten sich die beiden Trecks zu einem ziellosen Strudel im Herzen eines kleinen Dorfs, wichen in kleine Seitengassen aus und schwappten zu beiden Seiten die Abhänge hoch.

»Ich kenn sowieso niemand in Prag«, sagte Buzzer, wanderte von der Straße weg und setzte sich ans Tor eines mit Mauern umfriedeten Bauernhofs.

Eddie folgte seinem Beispiel. »Herrgott noch mal«, sagte er, »vielleicht sollten wir einfach hierbleiben und einen Waffenladen aufmachen, Buzzer.« Er holte weit aus und deutete auf all die weggeschmissenen Gewehre und Pistolen, die ringsum verstreut im Grase lagen. »Einschließlich Kugeln.«

»Prima Ort zur Eröffnung eines Waffenladens, Europa«, sagte Buzzer. »Hier sind sie ganz verrückt nach Knarren.«

Trotz der wachsenden Panik der herumwuselnden Menschen fiel Buzzer in ein weinbrandbedingtes Nickerchen. Auch Eddie hatte Schwierigkeiten, die Augen offenzuhalten.

»Aha!« sagte eine Stimme von der Straße her. »Da sind ja unsere amerikanischen Freunde.«

Eddie blickte auf und sah die beiden Deutschen, den

stämmigen jungen Mann und den aufbrausenden älteren, die auf sie herabgrinsten.

»Hallo«, sagte Eddie. Die Jubelstimmung, die der Weinbrand bewirkt hatte, begann einer leichten Übelkeit zu weichen.

Der junge Deutsche stieß das Tor zum Bauernhof auf. »Würden Sie bitte mit hereinkommen?« befahl er Eddie. »Wir haben Ihnen etwas Wichtiges zu sagen.«

»Sagen Sie es hier«, sagte Eddie.

Der Blonde bückte sich. »Wir sind gekommen, um vor Ihnen zu kapitulieren.«

»Sie sind wozu gekommen?«

»Wir ergeben uns«, sagte der Blonde. »Wir sind Ihre Gefangenen – Kriegsgefangene der Armee der Vereinigten Staaten.«

Eddie lachte.

»Im Ernst?!«

»Buzzer!« Eddie stupste seinen Kumpel mit der Stiefelspitze an. »Hey, Buzzer, das mußt du dir anhören.«

»Hmmmm?«

»Wir haben gerade Gefangene gemacht.«

Buzzer öffnete die Augen und plierte das Paar an. »Du bist ja besoffener als ich, bei Gott, Eddie. Da läuft er herum und verhaftet Leute«, sagte er schließlich. »Du verdammter Narr – der Krieg ist aus.« Er wedelte großmütig mit der Hand. »Setze sie auf freien Fuß.«

»Bringen Sie uns durch die russischen Linien bis nach Prag als amerikanische Kriegsgefangene, und Sie werden Helden sein«, sagte der Blonde. Er senkte die Stimme. »Dies ist ein berühmter deutscher General. Denken Sie mal drüber nach. Sie können ihn als Gefangenen anbringen!«

»Ist er wirklich General?« sagte Buzzer. »Heil Hitler, Alterchen.«

Der ältere Mann hob den Arm zum verkürzten Gruß.

»Ein bißchen Bouillon hat er ja immer noch in den Knochen«, sagte Buzzer.

»Ich habe das so verstanden«, sagte Eddie, »daß ich und Buzzer Helden sind, wenn wir es durch die russischen Linien schaffen, und erst recht, wenn wir einen deutschen General anschleppen.«

Der Lärm eines Trupps Panzer der Roten Armee wurde lauter.

»Na gut, na gut«, sagte der Blonde, »dann verkaufen Sie uns eben Ihre Uniformen. Sie haben immer noch Ihre Hundemarken, und Sie können unsere Zivilkleidung kriegen.«

»Ich bin lieber arm als tot«, sagte Eddie. »Du auch, Buzzer?«

»Augenblick noch«, sagte Buzzer, »geht ganz schnell. Was würden wir dafür kriegen?«

»Kommen Sie mit auf den Bauernhof. Hier können wir es Ihnen nicht zeigen«, sagte der Blonde.

»Ich hab sogar gehört, daß es hierherum noch ein paar Nazis gibt«, sagte Buzzer. »Na los, zeigen Sie, was Sie haben.«

»Wer ist denn jetzt ein verdammter Narr?« sagte Eddie.

»Will nur meinen Enkeln erzählen können, was ich verpaßt habe«, sagte Buzzer.

Der Blonde wühlte in seinen Taschen. Er zog eine dicke Rolle deutscher Geldscheine hervor.

»Südstaatengeld!« sagte Buzzer. »Was haben Sie denn sonst noch?«

Da zeigte der alte Mann ihnen seine Taschenuhr, vier Diamanten, ein Rubin und Gold. Und dort, mitten in einem Getümmel aus jeder vorstellbaren Sorte von Flüchtlingen, sagte der Blonde zu Buzzer und Eddie, sie könnten die Uhr haben, wenn sie sich hinter eine Mauer begäben und ihre zerlumpten amerikanischen Uniformen gegen die Zivilkleidung der Deutschen tauschten. Sie mußten Amerikaner für ganz schön dämlich halten!

All dies war so komisch und verrückt! Eddie und Buzzer waren so betrunken! Was für eine Geschichte hatten sie zu erzählen, wenn sie nach Hause kamen! Sie wollten die Uhr nicht. Sie wollten lebendig nach Hause. Dort, mitten in einem Getümmel aus jeder vorstellbaren Sorte von Flüchtlingen, zeigte der Blonde ihnen eine kleine Pistole, als könnten sie die auch haben, zusammen mit der Uhr.

Aber nun konnte niemand mehr etwas Komisches sagen, denn es wäre nicht mehr zu hören gewesen. Die Erde bebte, und die Luft wurde in Streifen gerissen, als gepanzerte Fahrzeuge aus der siegreichen Sowjetunion, donnernd und fehlzündend, auf der Landstraße herankamen. Wer konnte, brachte sich vor den Ungetümen in Sicherheit. Manche konnten es nicht. Sie wurden plattgewalzt. Sie wurden zerquetscht.

Eddie und Buzzer und der Alte und der Blonde fanden sich hinter der Mauer wieder, wo, hatte der Blonde gesagt, die Amerikaner ihre Uniformen gegen eine Uhr und Zivilkleidung eintauschen konnten. In dem Tumult, während dessen jeder alles tun konnte und es niemanden scherte, was sonst jemand tat, schoß der Blonde Buzzer in den Kopf. Er zielte mit seiner Pistole auf Eddie. Er feuerte. Er schoß daneben.

Das war offenbar von Anfang an der Plan gewesen: Eddie und Buzzer umzubringen. Aber wie standen die Chancen des Alten, der kein Englisch sprach, bei seiner Gefangennahme als Amerikaner durchzugehen? Ganz schlecht. Der Blonde hatte das vor. Und sie standen beide kurz vor der Gefangennahme. Dem Alten blieb nur Selbstmord.

Eddie kletterte über die Mauer zurück, brachte sie zwischen sich und den Blonden. Aber dem Blonden war es egal, was aus ihm wurde. Alles, was der Blonde brauchte, befand sich an Buzzers Leiche. Als Eddie über die Mauer spähte, um zu sehen, ob Buzzer noch lebte, zog der Blonde den Leichnam aus. Jetzt hatte der Alte die Pistole. Er steckte sich die Mündung in den Mund und jagte sich eine Kugel durch den Kopf.

Der Blonde ging mit Buzzers Klamotten und Hundemarken davon. Buzzer lag tot da, in seiner GI-Unterwäsche und ohne Erkennungsmarken. Auf dem Boden, zwischen dem Alten und Buzzer, fand Eddie die Uhr. Sie ging. Sie zeigte die richtige Zeit an. Eddie hob sie auf und steckte sie sich in die Tasche.

Draußen, vor Joe Banes Pfandleihe, hatte der Regen aufgehört. »Als ich nach Hause kam«, sagte Eddie, »habe ich Buzzers Leuten geschrieben. Ich habe ihnen geschrieben, daß Buzzer bei einem Kampf mit einem Deutschen ums Leben kam, obwohl der Krieg zu Ende war. Der Army habe ich dasselbe erzählt. Ich wußte nicht, wie der Ort heißt, wo er gestorben ist, also konnten sie seine Leiche nicht suchen und ihn anständig begraben. Ich mußte ihn da zurücklassen. Wer ihn auch beerdigt hat – wenn er nicht wußte, wie GI-Unterwäsche aussieht, konnte er nicht ahnen, daß Buzzer Amerikaner war. Er hätte auch Deutscher sein können. Er hätte alles sein können.«

Eddie schnappte dem Pfandleiher die Uhr vor der Nase weg. »Danke, daß Sie mir gezeigt haben, wieviel sie wert ist«, sagte er. »Hat mehr Sinn, sie als Andenken zu behalten.«

»Fünfhundert«, sagte Bane, aber Eddie war bereits zur Tür hinaus.

Zehn Minuten später kam der Schuhputzerjunge mit einer Übersetzung der Inschrift auf dem Uhrendeckel zurück. Die Übersetzung lautete folgendermaßen: »Für Generaloberst Heinz Guderian, Chef des Generalstabs des Heeres, der nicht ruhen wird, bevor der letzte feindliche Soldat von der heiligen Scholle des Dritten Deutschen Reichs vertrieben ist. ADOLF HITLER.«

Die Kreuzfahrt der Jolly Roger

Während der Großen Depression war Nathan Durant obdachlos, bis ihm die Armee der Vereinigten Staaten ein Zuhause bot. Er verbrachte siebzehn Jahre in der Army, betrachtete die Erde als Gelände, die Hügel und Täler als etwas, was man unter Dauerbeschuß nehmen oder wo man bei Dauerbeschuß in Stellung gehen konnte, den Horizont sah er als etwas, vor dem sich ein Mann nie klar als Silhouette abzeichnen sollte, die Häuser und Wälder und Dickichte sah er als Deckung. Es war ein gutes Leben, und wenn er es satt hatte, kriegsmäßig zu denken, besorgte er sich ein Mädchen und eine Flasche, und am nächsten Morgen konnte er dann wieder kriegsmäßig ein bißchen weiterdenken.

Als er sechsunddreißig war, fiel ein feindliches Projektil auf einen dick grün getarnten Kommandoposten in einer Stellung in Korea und pustete Major Durant, seine Landkarten und seine militärische Karriere sauber durch die Leinwand seines Zelts.

Er war immer davon ausgegangen, daß er jung und schneidig sterben würde. Er starb aber nicht. Der Tod war noch weit, weit weg, und Durant standen fremdartige und furchteinflößende Bataillone von Friedensjahren bevor.

Im Lazarett sprach der Mann im Nachbarbett beständig von dem Boot, das er besitzen würde, sobald er wieder ganz war. Aus Mangel an eigenen erregenden Friedensträumen, aus Mangel an Zuhause oder Familie oder befreundeten Zivilisten lieh sich Durant den Traum seines Nachbarn aus.

Mit einer tiefen Narbe quer über die Wange, mit einem fehlenden rechten Ohrläppchen und einem steifen Bein hinkte er zu einer Werft in New London, dem Hafen, der vom Lazarett aus am schnellsten zu erreichen war, und kaufte ein gebrauchtes Kajütboot. Im dortigen Hafen lernte er, wie man damit fährt, taufte das Boot auf Anregung einiger Kinder, die sich auf der Werft herumtrieben, auf den Namen *Jolly Roger* und stach aufs Geratewohl in Richtung Martha's Vineyard in See.

Er blieb nur einen Tag lang auf der Insel, deprimiert von der Stille und Dauerhaftigkeit, vom Gefühl tiefer, ruhiger Seen aus Zeit, von Männern und Frauen, die so im Einklang mit dem Frieden des Ortes waren, daß sie mit einem alten Soldaten nicht mehr auszutauschen hatten als ein paar Worte über das Wetter.

Durant floh nach Chatham, am Ellbogen von Cape Cod, und dort stand er plötzlich neben einer schönen Frau zu Füßen eines Leuchtturms. Hätte er seine alte Uniform angehabt und hätte er so ausgesehen – und in früherer Zeit hatte er gern so ausgesehen –, als müsse er bald zu einer gefährlichen Mission aufbrechen, wären er und die Frau vielleicht zusammen davongeschlendert. Frauen hatten ihn einst wie einen kleinen Jungen behandelt, der eine Sondererlaubnis hatte, den Zuckerguß von der Torte zu polken. Aber die Frau hatte ohne Interesse woandershin geschaut. Er war niemand und nichts. Der Funke war verglommen.

Seine alte Verwegenheit kehrte für ein bis zwei Stunden zurück, als es kurz von den Dünen an der Ostküste von Cape Code herüberblies, es war aber niemand an Bord, der davon hätte Notiz nehmen können. Als er den geschützten Hafen von Provincetown erreichte und an Land ging, war er wieder ein ausgehöhlter Mann, der zu keiner Zeit nirgendwo sein mußte, dessen Leben vollständig hinter ihm lag.

»Sehen Sie bitte mal hoch«, befahl ein knallig gekleideter junger Mann mit einer Kamera in Händen und einem Mädchen am Arm.

Erstaunt sah Durant hoch, und der Verschluß der Kamera klickte. »Danke«, sagte der junge Mann strahlend.

»Sind Sie Maler?« fragte sein Mädchen.

»Maler?« sagte Durant. »Nein – pensionierter Offizier.«

Das Pärchen verbarg seine Enttäuschung, vermochte aber nicht zu überzeugen.

»Tut mir leid«, sagte Durant, und er fühlte sich stumpf und verärgert.

»Oh!« sagte das Mädchen. »Da drüben sind ein paar echte Maler.«

Durant warf einen Blick auf die Künstler, drei Männer und eine Frau, wahrscheinlich Ende Zwanzig, die auf dem Kai saßen, vor einem Pfahl aus silbrig splitterndem Holz, und Skizzen machten. Die Frau, eine sonnengebräunte Brünette, sah Durant direkt ins Gesicht.

»Hätten Sie was dagegen, skizziert zu werden?« sagte sie.

»Nein, nein, ich glaube nicht«, sagte Durant täppisch. Er erstarrte in seiner Pose und fragte sich, woran er wohl gedacht haben mochte, daß er interessant genug zum Gezeichnetwerden war. Ihm wurde klar, daß er ans Mittagessen gedacht hatte, an die winzige Kombüse an Bord der *Jolly Roger*, an die vier runzligen Wiener Würstchen, das halbe Pfund Käse und an den faden Rest Bier in der 1,2-Liter-Flasche, die ihn dort erwarteten.

»Da«, sagte die Frau, »sehen Sie?« Sie zeigte ihm ihre Skizze.

Durant sah einen großen, zernarbten, hungrigen Mann, vorgebeugt und untröstlich wie ein verlorengegangenes Kind. »Sehe ich wirklich so schlimm aus?« sagte er, und es gelang ihm zu lachen.

»Fühlen Sie sich wirklich so schrecklich?«

»Ich habe ans Mittagessen gedacht. Mittagessen können ziemlich übel sein.«

»Wo wir essen gehen, nicht«, sagte sie. »Kommen Sie doch mit.«

Major Durant ging mit, mit den drei Männern, Ed, Teddy und Lou, die durch ein Leben tanzten, welches voller komischer Geheimnisse zu sein schien, und mit dem Mädchen, Marion. Er merkte, wie erleichtert er darüber war, wieder mit anderen zusammenzusein, selbst mit diesen anderen, und flott schritt er auf dem Bürgersteig aus.

Beim Mittagessen sprachen die vier über Malerei, Ballett und Theater. Durant hatte es bald satt, Interesse vorzutäuschen, aber er blieb dran.

»Ist das Essen nicht gut hier?« sagte Marion mit einem beiläufigen und höflichen Beiseite.

»Hrm«, sagte Durant. »Aber die Garnelensauce ist ein bißchen fad. Braucht einen Spritzer ...« Er gab auf. Die vier ließen sich wieder von einem fröhlichen Wirbelwind aus Gerede davonwehen.

»Sind Sie gerade erst hierhergefahren?« sagte Teddy, als er sah, wie Durant ihn mißbilligend anstarrte.

»Nein«, sagte Durant. »Ich bin mit dem Boot gekommen.«

»Mit dem Boot!« echoten sie aufgeregt, und Durant stand plötzlich mitten auf der Bühne.

»Welche Sorte?« fragte Marion.

»Kajütboot«, sagte Durant.

Die Gesichter wurden lang. »Och«, sagte Marion, »so eine schwimmende Touristenkabine mit Motor dran.«

»Na ja«, sagte Durant, versucht, ihnen von der steifen Brise zu berichten, die er abgewettert hatte, »es ist auf jeden Fall kein Picknick, wenn –«

»Wie heißt es?« sagte Lou.

»*Jolly Roger*«, sagte Durant.

Die vier sahen sich an und brachen dann in Gelächter aus, wobei sie zu Durants Bestürzung und Verwunderung den Namen des Boots wiederholten.

»Wenn Sie einen Hund hätten«, sagte Marion, »würden Sie ihn, möchte ich wetten, Spot nennen.«

»Hört sich doch wie ein ganz prima Name für einen Hund an«, sagte Durant errötend.

Marion griff über den Tisch und tätschelte ihm die Hand. »Aaaaaah, Sie Lämmchen, lassen Sie sich doch von uns nicht veräppeln.« Marion war ein geradezu verantwortungslos liebevoller Mensch und schien keine Ahnung zu haben, wie tief ihre Berührung bei allem Groll den einsamen Durant bewegte. »Da plappern wir hier drauflos und lassen Sie gar nicht zu Wort kommen«, sagte sie. »Was machen Sie denn Schönes in der Army?«

Durant schrak auf. Er hatte die Army nicht erwähnt, und es gab keine Abzeichen auf seinen ausgeblichenen Khakisachen. »Tja, ich war eine Zeitlang in Korea«, sagte er, »und jetzt bin ich wegen Verwundungen aus der Army ausgeschieden.«

Die vier waren beeindruckt und respektvoll. »Macht es Ihnen was aus, drüber zu reden?« fragte Ed.

Durant seufzte. Es machte ihm allerdings etwas aus, mit Ed, Teddy und Lou darüber zu reden, aber er wollte unbedingt, daß Marion etwas darüber hörte, wollte ihr zeigen, daß er, obwohl er ihre Sprache nicht sprechen konnte, sehr wohl eine eigene Sprache beherrschte, die mit Leben erfüllt war. »Nein«, sagte er, »es gibt zwar manches, was besser ungesagt bleibt, aber über das meiste kann man getrost sprechen.« Er lehnte sich zurück, zündete sich eine Zigarette an und spähte mit zusammengekniffenen Lidern durch die Vergangenheit wie durch dünnes Strauchwerk auf einem vorgeschobenen Beobachtungsposten.

»Also«, sagte er, »wir waren an der Ostküste und ...« Er hatte nie zuvor versucht, die Geschichte zu erzählen, und nun, eifrig bestrebt, gewandt und weltläufig zu sein, verstrickte er sich in Einzelheiten, große und kleine, wie sie ihm in den Sinn kamen, bis seine Geschichte gar keine Geschichte mehr war, sondern eine formlose, ungelenke Beschreibung des Krieges, wie er wirklich schien: ein sinnloses, verzwicktes Durcheinander, welches, erzählt, erstklassiger Realismus, aber lausige Unterhaltung war.

Er hatte jetzt zwanzig Minuten lang gesprochen, sein Publikum war mit Kaffee und Nachtisch und zwei Zigaretten pro Person fertig, und die Kellnerin wurde allmählich aufsässig wegen der Rechnung. Durant, schwülstig und über sich selbst verärgert, versuchte, eine Besetzung von Tausenden, über die dreiundneunzigtausendsechshundert Quadratkilometer von Süd-Korea verteilt, zu dirigieren. Sein Publikum hörte mit glasigen Augen zu, lebte bei jedem Anzeichen dafür auf, daß die Teile der Geschichte zu einem großen Ganzen zusammengefügt und auf die Weise zu einem Ende gebracht würden. Doch die Zeichen waren stets trügerisch, und zum Schluß, als Marion ihr drittes Gähnen verschluckte, sprengte Durant sich selbst in seiner Geschichte durch die Zeltwand und verstummte.

»Tjaaaa«, sagte Teddy, »das ist für uns, die wir es nicht gesehen haben, schwer vorstellbar.«

»Wörter können es kaum vermitteln«, sagte Marion. Wieder tätschelte sie Durants Hand. »Sie haben soviel durchgemacht und sind dabei so bescheiden.«

»Ach, war doch nichts Besonderes«, sagte Durant.

Nach einem Augenblick des Schweigens stand Marion auf. »Das war ja wirklich angenehm und interessant, Herr Major«, sagte sie, »und wir wünschen Ihnen alle *bon voyage* auf der *Jolly Roger*.«

Und so endete das.

Wieder an Bord der *Jolly Roger*, leerte Durant den abgestandenen Rest Bier und sagte sich, daß er bereit war aufzugeben – das Boot zu verkaufen, zurück ins Lazarett zu gehen, einen Bademantel anzuziehen und bis zum Jüngsten Tag Karten zu spielen und in Zeitschriften zu blättern.

Verdrossen studierte er seine Seekarten, um einen Kurs zurück nach New London zu finden. Plötzlich merkte er, daß er nur ein paar Meilen vom Heimatdorf eines Freundes entfernt war, der im Zweiten Weltkrieg umgekommen war. Es kam ihm auf bitter ironische Weise ganz passend vor, auf dem Rückweg ein Gespenst zu besuchen.

Er erreichte das Dorf durch einen Frühnebel, einen Tag vor dem Volkstrauertag, und fühlte sich selbst einigermaßen gespenstisch. Er landete mit einem Bums, der die Pier des Dorfes erschütterte, und vertäute die *Jolly Roger* mit einem unbeholfenen Knoten.

Dann gelangte er auf die Hauptstraße, die still, aber mit Fahnen gesäumt war. Nur zwei Menschen waren draußen, um einen Blick auf den mürrischen Fremden zu werfen.

Er ging aufs Postamt und richtete das Wort an eine muntere alte Frau, die in einer hinfälligen Kabine Post sortierte.

»Entschuldigen Sie«, sagte Durant, »ich suche die Familie Pefko.«

»Pefko? Pefko?« sagte die Posthalterin. »Das klingt gar

nicht nach einem hiesigen Namen. Pefko? Sind sie nur im Sommer da?«

»Nein, ich glaube nicht. Bestimmt nicht. Kann sein, daß sie bereits vor geraumer Zeit weggezogen sind.«

»Na ja, wenn sie hier gewohnt haben, sollte man doch meinen, daß ich sie kenne. Müssen ja alle hierherkommen, um ihre Post abzuholen. Das ganze Jahr über sind wir hier nur vierhundert, und von einem Pefko habe ich noch nie gehört.«

Die Sekretärin aus der Anwaltskanzlei auf der anderen Straßenseite kam herein, kniete neben Durant nieder und bearbeitete das Kombinationsschloß ihres Postfachs.

»Annie«, sagte die Posthalterin, »kennst du hier in der Gegend irgend jemanden, der Pefko heißt?«

»Nein«, sagte Annie, »es sei denn, die hatten eine der Sommerhütten draußen in den Dünen. Da weiß man nie, wer gerade drin wohnt. Das wechselt ständig.«

Sie stand auf, und Durant sah, daß sie auf entschieden praktische Weise anziehend war, ohne Schliche und Schnörkel. Aber Durant war jetzt von seiner eigenen Langweiligkeit so überzeugt, daß er sich ihr gegenüber keinerlei Mühe gab.

»Sehen Sie«, sagte er, »ich heiße Durant, Major Nathan Durant, und einer meiner besten Freunde in der Army war von hier. George Pefko. Ich weiß, daß er von hier war. Er hat es gesagt, und es steht überall in seinen Akten. Da bin ich ganz sicher.«

»Ooooooh«, sagte Annie. »Jetzt warten Sie, warten Sie. Das stimmt, natürlich. Jetzt fällt es mir wieder ein.«

»Sie kannten ihn?« sagte Durant.

»Ich *wußte* von ihm«, sagte Annie. »Jetzt, wo Sie's sagen, weiß ich's wieder. Der, der im Krieg umgekommen ist.«

»Ich war mit ihm zusammen«, sagte Durant.

»Ich kann immer noch nicht sagen, daß ich mich an ihn erinnere«, sagte die Posthalterin.

»Wahrscheinlich erinnerst du dich nicht an ihn, sondern an die Familie«, sagte Annie. »Und die haben tatsächlich draußen in den Dünen gewohnt. Meine Güte, ist das lange her, zehn oder fünfzehn Jahre. Erinnerst du dich an diese große Familie, die den alten Paul Eldredge dazu überredet hat, daß er sie den ganzen Winter über in einer seiner Sommerhütten wohnen läßt? Etwa sechs Kinder oder noch mehr. Das waren die Pefkos. Ein Wunder, daß sie nicht erfroren sind, wo es da nur den einen Kamin gibt. Der Alte ist zum Preiselbeerenpflücken hergekommen und den ganzen Winter geblieben.«

»Da würde ich unser Dorf nicht unbedingt als ihre Vaterstadt bezeichnen«, sagte die Posthalterin.

»Hat George aber getan«, sagte Durant.

»Na ja«, sagte Annie, »ich glaube, für den jungen George war eine Vaterstadt so gut wie die andere. Diese Pefkos waren Wanderer.«

»Hier wurde George eingezogen«, sagte Durant. »Wahrscheinlich hat er deshalb das hier als Heimatort angegeben.« Aus dem gleichen Grund hatte Durant Pittsburgh als Heimatort angegeben, obwohl ein Dutzend andere Städte genauso ein Anrecht darauf hatten.

»Einer dieser Menschen, die in der Army ein Zuhause gefunden haben«, sagte die Posthalterin. »Dürrer, zäher Junge. Jetzt erinnere ich mich. Seine Familie hat nie Post gekriegt. Deshalb, und Kirchgänger waren sie auch nicht. Drum hab ich sie auch vergessen. Fahrendes Volk. Er muß etwa so alt gewesen sein wie dein Bruder, Annie.«

»Ich weiß. Aber ich steckte damals ständig mit meinem Bruder zusammen, und George Pefko hatte nie etwas mit seiner Bande zu tun. Die blieben immer für sich, die Pefkos.«

»Es muß doch aber jemanden geben, der sich noch gut an ihn erinnert«, sagte Durant, »jemand, der...« Er ließ den Satz mit einer dringlichen Note ersterben. Es war unerträglich, daß jede Spur von George verschwunden war und niemand ihn vermißte.

»Wo ich gerade drüber nachdenke«, sagte Annie, »bin ich fast sicher, daß hier ein Platz nach ihm benannt ist.«

»Ein Platz?« sagte Durant.

»Kein richtiger Platz«, sagte Annie. »Man nennt ihn nur einen Platz. Wenn ein Mann hier aus der Gegend in einem Krieg umkommt, benennt die Stadt irgendein kleines Grundstück aus Stadtbesitz nach ihm – einen Kreisverkehr oder so was in der Art. Da bringen sie dann eine Tafel an. Dieses Dreieck unten am Hafen – ich bin fast sicher, daß das nach Ihrem Freund benannt wurde.«

»Es ist schwer, da auf dem laufenden zu bleiben, heutzutage«, sagte die Posthalterin.

»Würden Sie gern hingehen und es sich ansehen?« sagte Annie. »Ich zeige es Ihnen mit Vergnügen.«

»Eine Tafel?« sagte Durant. »Lassen Sie nur.« Er patschte sich imaginären Staub von den Handflächen. »Tja, wo geht es denn hier zum Restaurant – zu dem, das eine Bar hat?«

»Nach dem fünfzehnten Juni in jede gewünschte Richtung«, sagte die Posthalterin. »Aber jetzt ist alles noch geschlossen und verrammelt. Im Drugstore können Sie ein Sandwich kriegen.«

»Och, ich glaub, ich muß sowieso weiter«, sagte Durant.

»Wenn Sie schon mal hier sind, müssen Sie auch bis zur Parade hierbleiben«, sagte Annie.

»Nach siebzehn Jahren in der Army wäre das tatsächlich ein Hochgenuß«, sagte Durant. »Was denn für eine Parade?«

»Volkstrauertag«, sagte Annie.

»Ich dachte, das ist morgen«, sagte Durant.

»Die Kinder marschieren heute schon. Morgen ist schulfrei«, sagte Annie. Sie lächelte. »Ich fürchte, Sie werden eine weitere Parade ertragen müssen, Herr Major, denn da kommt sie schon.«

Durant folgte ihr apathisch auf den Bürgersteig. Er konnte den Lärm einer Kapelle hören, aber die Marschierenden waren noch nicht in Sicht. Nicht mehr als ein Dutzend Menschen wartete auf den Vorbeimarsch der Parade.

»Sie gehen von Platz zu Platz«, sagte Annie. »Wir sollten wirklich bei dem Platz von George auf sie warten.«

»Wie Sie meinen«, sagte Durant. »Dann bin ich immerhin schon mal näher am Boot dran.«

Sie gingen hügelab in Richtung Dorfhafen und *Jolly Roger*.

»Sie halten die Plätze sehr schön in Ordnung«, sagte Annie.

»Das machen sie immer, das machen sie immer«, sagte Durant.

»Haben Sie es eilig? Müssen Sie heute noch irgendwohin?«

»Ich?« sagte Durant bitter. »Ich? Mich erwartet nichts. Nirgends.«

»Verstehe«, sagte Annie aufgeschreckt. »Tut mir leid.«

»Ist nicht Ihre Schuld.«

»Das verstehe ich nicht.«

»Ich bin ein Army-Penner wie George. Die hätten mir eine Tafel überreichen und mich erschießen sollen. Ich bin niemandem auch nur zehn Cent wert.«

»Hier ist der Platz«, sagte Annie sanft.

»Wo? Ach – das.« Der Platz war ein grasbewachsenes Dreieck, knapp drei Meter an der Hypothenuse, ein Unfall aus Gassenkreuzung und einem Fußpfad. In seinem Zentrum war ein niedriger Felsblock, auf dem eine kleine Metallplakette angebracht war, leicht zu übersehen.

»George-Pefko-Platz«, sagte Durant. »Mannomann, ich frage mich, was George davon wohl gehalten hätte?«

»Es hätte ihm wahrscheinlich gefallen, oder?« sagte Annie.

»Wahrscheinlich würde er lachen.«

»Ich sehe nicht, was es da zu lachen gibt.«

»Nichts, gar nichts, außer daß es nicht viel mit irgendwas zu tun hat, stimmt's? Wer macht sich denn was aus George? Und warum sollte sich irgend jemand was aus George machen? Man erwartet so was halt von den Menschen, daß sie Tafeln anbringen.«

Jetzt waren die Musiker zu sehen, alle acht, Teenager, aus dem Tritt, wie sie um eine Ecke bogen, mit einem unbekümmerten, stolzen, widerwärtigen und unzusammenhängenden Geräusch, welches als Musik gedacht war.

Vor ihnen fuhr der Stadtpolizist, dick vom Müßiggang; Autorität, Leder, Patronen, Pistole, Handschellen, Schlagstock und Messingplakette. Von dem qualmenden Motorrad mit seinen Fehlzündungen unter ihm blieb er grandios unbeeindruckt, während er langsam vor der Parade hin und her fuhr.

Nach der Kapelle kam eine Wolke aus Lila, die ein paar Fuß hoch über der Straße zu schweben schien. Es war Flieder, von Kindern getragen. Am Bordstein riefen Lehrer, die so karg aussahen wie die Kirchen in Neuengland, den Kindern Befehle zu.

»Der Flieder ist in diesem Jahr zur rechten Zeit gekommen«, sagte Annie. »Manchmal schafft er's nicht. Ist immer eine ziemliche Zitterpartie.«

»Ach ja?« sagte Durant.

Ein Lehrer pfiff auf einer Pfeife. Die Parade kam zum Stehen, und Durant merkte, daß sich ihm ein Dutzend Kinder näherte, mit großen Augen, die Arme voller Blumen, die Knie im Stechschritt erhoben.

Durant machte Platz.

Ein Hornist trötete ziemlich schlecht den Zapfenstreich.

Die Kinder legten ihre Blumen vor die Tafel auf dem George-Pefko-Platz.

»Ist das nicht süß?« flüsterte Annie.

»Doch«, sagte Durant. »Es könnte ein Standbild zu Tränen rühren. Aber was hat es zu bedeuten?«

»Tom«, rief Annie einen kleinen Jungen, der gerade seine Blumen abgelegt hatte, »warum hast du das getan?«

Der Junge sah sich schuldbewußt um. »Was getan?«

»Die Blumen da hingelegt«, sagte Annie.

»Sag ihnen, du huldigst einem der gefallenen tapferen Streiter, die selbstlos ihr Leben dargebracht haben«, soufflierte eine Lehrerin.

Tom sah sie ohne mit der Wimper zu zucken an und dann wieder die Blumen.

»Weißt du es denn nicht?« sagte Annie.

»Doch, klar«, sagte Tom schließlich. »Er ist gestorben, als er dafür kämpfte, daß wir sicher und frei sein können. Und wir danken ihm mit Blumen, denn das war nett von ihm.« Er sah zu Annie hoch, erstaunt, weil jemand so eine Frage gestellt hatte. »Das weiß doch jeder.«

Der Polizist brachte seine Maschine auf Touren. Die Lehrerin scheuchte die Kinder zurück in Reih und Glied. Die Parade zog weiter.

»Na«, sagte Annie, »tut es Ihnen leid, daß Sie eine weitere Parade erdulden mußten, Herr Major?«

»Es ist ja wirklich wahr, oder«, murmelte Durant. »Es ist so verdammt einfach und so leicht zu vergessen.« Er beobachtete die unschuldigen Marschierer unter den Blumen, und ihm war das Leben, die Schönheit und die Wichtigkeit eines Dorfes in Friedenszeiten bewußt. »Vielleicht wußte ich es nie – konnte es nie wissen. *Da*rum geht es beim Krieg, oder? Dies hier.«

Durant lachte. »George, du heimatloser, geiler, wilder alter Spinner«, sagte er zum George-Pefko-Platz, »jetzt hast du's doch verdammt noch mal bis zum Heiligen geschafft.«

Der alte Funke war wieder da. Major Durant, aus den Kriegen heimgekehrt, war jemand.

»Ich frage mich«, sagte er zu Annie, »ob Sie vielleicht mit mir zu Mittag essen gehen wollen, und dann könnten wir möglicherweise eine kleine Spritztour mit meinem Boot unternehmen.«

Ein ehrgeiziges Viertsemester

George M. Helmholtz, oberster Musiklehrer und Leiter der Kapelle der Lincoln High School, war ein guter, dicker Mann, der nichts Böses sah, nichts Böses hörte und nichts Böses sprach, denn wo immer er hinging, erfüllte das Tosen und Wummern und Schmettern einer Marschkapelle, tatsächlich oder nur gedacht, seine Seele. Es fand dort nicht viel anderes Platz, und infolgedessen war die von ihm geführte Lincoln High School »10^2« Band so gut wie nur je eine Kapelle auf Erden.

Manchmal, wenn er gedämpfte, schwermütige Passagen hörte, tatsächlich oder nur gedacht, fragte sich Helmholtz gern, ob es nicht unanständig von ihm war, in so schrecklichen Zeiten so glücklich zu sein. Aber dann jagten die Blechbläser und Schlagwerker die Traurigkeit in die Flucht, und Mr. Helmholtz fand wieder gern, daß sein Glück und der Quell, aus dem es sich speiste, für jedermann nichts anderes sein konnten als gut und üppig und voller Hoffnung.

Helmholtz vermittelte oft den Eindruck eines Mannes, der in Träumen verloren ist, aber es war auch etwas an ihm, das so hart und zäh und kämpferisch war wie ein Nashorn. Es war diese Seite an ihm, die Geld für die Kapelle auftrieb, die der Schulbehörde, den Elternabenden, der Handelskammer, dem Kiwanis-, dem Rotary- und dem Lions-Club einhämmerte, daß die Güte und Üppigkeit und Hoffnung, zu der seine Kapelle inspirierte, Geld kostete. In seinen Spendensammelstrafpredigten beschwor er vor wechselndem Publikum schwarze Tage für die Footballmannschaft der Lincoln High School wieder herauf, da die Lincoln-Tribünen still, verletzt und beschämt waren.

»Halbzeit«, murmelte er dann und ließ den Kopf hängen.

Hierauf zupfte er sich eine Trillerpfeife aus der Brusttasche und ließ einen schrillen Pfiff hören. »Lincoln High School Zehn hoch zwei!« rief er. »Vorwärts – Haaarsch! Bumm! Ta-ta-ta-taaaaaa!« Helmholtz sang, marschierte auf der Stelle und wurde zu Fahnenschwenkern, Trommlern, Blechbläsern, Holzbläsern, Glockenspiel und allem. Sobald er mit seiner Einmannkapelle das imaginäre Footballfeld einmal auf und ab marschiert war, war sein Publikum begeistert und zum Auswringen naß, bereit, der Kapelle alles zu kaufen, was sie wollte.

Aber egal, wieviel Geld hereinkam, die Kapelle stand immer ohne Mittel da. Helmholtz war ein Verschwender, wenn es um Ausrüstung für die Kapelle ging, und unter rivalisierenden Kapellmeistern als »Der Pümpel« und »Diamanten-Jim« bekannt.

Zu den vielen Pflichten Stewart Haleys, des Stellvertretenden Oberstudiendirektors von Lincoln High, gehörte es, ein Auge auf die Finanzen der Kapelle zu haben. Immer wenn es Haley nötig schien, die Kapellenfinanzen mit Helmholtz zu erörtern, versuchte Haley, den Kapellmeister dort in die Ecke zu treiben, wo er nicht marschieren und mit den Armen schlenkern konnte.

Helmholtz wußte dies und fühlte sich in der Falle, als Haley in der Tür zum kleinen Büro des Kapellmeisters erschien und mit einer Rechnung über fünfundneunzig Dollar fuchtelte. Gleich danach kam der Botenjunge einer Schneiderei, der einen Anzugkarton unter dem Arm trug. Als Haley die Tür von innen schloß, war Helmholtz über ein Zeichenbrett gebeugt und täuschte tiefe Konzentration vor.

»Helmholtz«, sagte Haley, »ich habe hier eine überaus unerwartete, überaus ungenehmigte Rechnung über –«

»Pst!« sagte Helmholtz. »Nur ein Momentchen noch.« Er zeichnete eine punktierte Linie quer über ein Schaubild, welches bereits ein schwarzes Dickicht aus Strichen war. »Ich gebe der Muttertagsformation nur noch rasch den letzten Schliff«, sagte er. »Ich versuche, einen Pfeil zu bilden, der ein Herz durchbohrt und sich dann zum Wort ›Mom‹ umformt. Das ist nicht leicht.«

»Das ist sehr süß«, sagte Haley und raschelte mit der Rechnung, »und ich bin von Müttern so angetan wie Sie, aber Sie haben gerade mit einem Pfeil zu fünfundneunzig Dollar die Stadtkasse durchbohrt.«

Helmholtz blickte nicht auf. »Ich wollte es Ihnen ja sagen«, sagte er, »aber wo Bundesstaats-Kapellenfestival und Muttertag unmittelbar bevorstehen, schien es mir unwichtig. Eins nach dem andern.«

»Unwichtig!« sagte Haley. »Sie hypnotisieren die Gemeinde, daß sie Ihnen hundert neue Uniformen für die Zehn-hoch-zwei-Kapelle kauft, und jetzt –«

»Und jetzt?« sagte Helmholtz milde.

»Bringt mir dieser Junge eine Rechnung für die hunderterste Uniform!« sagte Haley. »Man gibt Ihnen den kleinen Finger, und Sie –«

Haley wurde von einem Klopfen unterbrochen. »Herein«, sagte Helmholtz. Die Tür öffnete sich, und da stand Leroy Duggan, ein schüchternes, drolliges Viertsemester mit schräg abfallenden Schultern. Leroy war so gehemmt, daß er, sobald ihn jemand ansah, eine Art Fächertanz mit dem Kasten für seine Pikkoloflöte und seiner Aktentasche aufführte, um sich, so gut er konnte, dahinter zu verstecken.

»Komm ruhig rein, Leroy«, sagte Helmholtz.

»Warte noch einen Augenblick draußen, Leroy«, sagte

Haley. »Wir haben etwas ziemlich Wichtiges zu besprechen.«

Leroy verließ, eine Entschuldigung murmelnd, rückwärts den Raum, und Haley machte die Tür wieder zu.

»Meine Tür steht meinen Musikern immer offen«, sagte Helmholtz.

»Gleich steht sie ja auch wieder offen«, sagte Haley, »sobald wir das Geheimnis der hundertersten Uniform gelüftet haben.«

»Daß es der Schulleitung so sehr am Glauben mangelt, was mein Urteil betrifft, überrascht und betrübt mich, offen gestanden«, sagte Helmholtz. »Die Leitung einer Präzisionsorganisation aus einhundert hochbegabten jungen Männern ist kein so einfacher Vorgang, wie jeder anzunehmen scheint.«

»Einfach!« sagte Haley. »Wer nimmt denn an, das sei einfach! Es ist eindeutig das verworrenste, geheimnisvollste, teuerste Durcheinander im gesamten Schulsystem. Sie sagen: ›einhundert junge Männer‹, aber dieser Junge hier hat soeben die einhunderterste Uniform geliefert. Hat die Zehn-hoch-zwei-Kapelle neuerdings einen Heckkanonier?«

»Nein«, sagte Helmholtz. »Es sind immer noch hundert, so gern ich mehr hätte, sosehr ich mehr brauchte. Ich habe zum Beispiel gerade versucht, *Bildnis der Mutter* von Whistler mit hundert Mann auf die Reihe zu kriegen, und es reicht einfach vorne und hinten nicht.« Er zog die Stirn in Falten. »Wenn wir den Mädchenchor noch draufpacken könnten, wäre es vielleicht zu schaffen. Haley, Sie sind doch intelligent und haben Geschmack. Würden Sie mir Ihre Ideen zum Kapellenfestival und zu dieser Muttertagssache mitteilen?«

Haley riß der Geduldsfaden. »Versuchen Sie nicht, mich

besoffen zu qatschen, Helmholtz! Was soll die zusätzliche Uniform?«

»Den Ruhm der Lincoln High School vermehren!« bellte Helmholtz. »Ein, äh, zweites Standbein schaffen und den Wanderpreis der Bundesstaats-Kapellenfestivals zum drittenmal gewinnen und damit auf ewig an uns binden!« Seine Stimme senkte sich zu einem Flüstern, und er warf einen verstohlenen Blick auf die Tür. »Sie ist speziell für Leroy Duggan, wahrscheinlich den besten Pikkoloflötisten dieser Hemisphäre. Sprechen wir weiter gedämpft, denn wir können nicht über die Uniform sprechen, ohne dabei auch über Leroy zu sprechen.«

Die Unterhaltung wurde angespannt geflüstert fortgesetzt.

»Und was spricht dagegen, daß Leroy eine der Uniformen trägt, die Sie bereits haben?« sagte Haley.

»Leroy ist glockenförmig«, sagte Helmholtz. »Wir haben keine Uniform, die an ihm nicht ausbeult oder ihn einschnürt.«

»Dies ist eine öffentliche Lehranstalt, kein Broadway-Musical!« sagte Haley. »Nicht genug damit, daß wir Schüler und Studenten in Glockenform haben, nein, wir haben sie auch in Form von Telegrafenmasten, Limonadenflaschen, Schimpansen und griechischen Göttern. Ein gewisses Maß an Ausbeulung und Einschnürung wird es immer geben.«

»Es ist meine Pflicht«, sagte Helmholtz und stand auf, »jedem, der aus freien Stücken zu mir kommt, die beste Musik zu entlocken. Wenn die Gestalt eines Jungen ihn davon abhält, die Musik zu machen, zu der er fähig ist, dann ist es meine Pflicht, ihm eine Gestalt zu verschaffen, die es ihm ermöglicht, zu spielen wie ein Engel. Dies habe ich getan, und so ist der Stand.« Er setzte sich. »Wenn man mich dazu bringen könnte, daß mir das leid tut, wäre ich nicht der richtige Mann für meinen Job.«

»Mit einer Spezialuniform soll Leroy besser spielen?« sagte Haley.

»Bei Proben, wenn er nur von Mitmusikern umgeben ist«, sagte Helmholtz, »hat Leroy eine Brillanz und ein Gefühl, daß Sie nur noch weinen und in Ohnmacht fallen wollen. Aber wenn Leroy marschiert und Fremde zusehen, besonders Mädchen, fällt er aus dem Tritt, stolpert und kann nicht mal ›Row, Row, Row Your Boat‹ spielen.« Helmholtz schlug mit der Faust auf den Schreibtisch. »Und das wird beim Bundesstaats-Kapellenfestival nicht passieren!«

Die Rechnung in Haleys Hand war jetzt zerknittert und feucht. »Die Nachricht, die ich heute überbringen wollte«, sagte er, »bleibt dieselbe: Eine tote Kuh kann man nicht melken. Die gesamten Bar-Aktiva der Kapelle belaufen sich auf fünfundsiebzig Dollar, und es ist der Schule schlechterdings unmöglich, die verbleibenden zwanzig aufzubringen – schlechterdings unmöglich.«

Er wandte sich an den Botenjungen. »Und das ist auch meine traurige Nachricht für dich, mein Junge«, sagte er.

»Mr. Kornblum hat gesagt, er setzt dabei sowieso zu«, sagte der Botenjunge. »Er hat gesagt, Mr. Helmholtz ist reingekommen und hat angefangen zu reden, und bevor er wußte, wie ihm geschah –«

»Mach dir darüber mal keine Sorgen«, sagte Helmholtz. Er holte sein Scheckbuch hervor und stellte, mit einem Lächeln und einem Schnörkel, einen Scheck über zwanzig Dollar aus.

Haley war aschfahl geworden. »Tut mir leid, daß es so enden mußte«, sagte er.

Helmholtz ignorierte ihn. Er nahm dem Botenjungen

das Paket ab und rief Leroy: »Würdest du jetzt bitte hereinkommen?«

Leroy kam langsam herein, schlurfend, mit Pikkolokasten und Aktentasche seinen Fächertanz vollführend, sich für sein Hereinkommen entschuldigend.

»Dachte, du probierst vielleicht mal deine neue Uniform für das Kapellenfestival an, Leroy«, sagte Helmholtz.

»Ich glaub, ich sollte da lieber nicht mitmarschieren«, sagte Leroy. »Ich komm ja doch nur durcheinander und ruiniere alles.«

Helmholtz öffnete dramatisch den Karton. »Diese Uniform ist etwas Besonderes, Leroy.«

»Immer, wenn ich eine dieser Uniformen sehe«, sagt Haley, »fällt mir nur eine Tourneetruppe ein, die mit dem *Schokoladensoldaten* gastiert. Das ist die Uniform, die von den Stars getragen wird, aber Sie haben hundert von den Dingern – hundertundeins.«

Helmholtz zog Leroy die Jacke aus. Leroy stand demütig in Hemdsärmeln da, ohne Pikkolokasten und Aktentasche, komisch, und sah überhaupt nichts Komisches darin, daß er glockenförmig war.

Helmholtz ließ die neue Jacke über Leroys schmale Schultern gleiten. Er knöpfte die großartigen Messingknöpfe zu und gab der goldenen Fangschnur, die sich von den Schulterstücken ergoß, einen Stups. »So, Leroy.«

»Irre bedient!« rief der Botenjunge aus. »Mann, aber echt irre bedient!«

Leroy sah benommen von einer wuchtig ragenden Schulter zur anderen und dann auf die erstaunliche Verjüngung hinunter, die mit seinen Hüften stattgefunden hatte.

»Rocky Marciano!« sagte Haley.

»Geh die Korridore auf und ab, Leroy«, sagte Helmholtz. »Entwickle ein Gefühl für die Montur.«

Leroy holperte hinaus und verfing sich mit den Epauletten am Türrahmen.

»Seitwärts«, sagte Helmholtz, »du wirst lernen müssen, seitwärts durch Türen zu gehen.«

»Nur etwa zehn Prozent von dem, was unter der Uniform steckt, ist Leroy«, sagte Haley, als Leroy außer Hörweite war.

»Das ist alles Leroy«, sagte Helmholtz. »Warten Sie's ab. Warten Sie, bis wir beim Kapellenfestival mit Schwung an der Richtertribüne vorüberrauschen und Leroy seine Schau abzieht.«

Als Leroy ins Büro zurückkehrte, marschierte er, die Knie hochgereckt. Er hielt an und knallte die Hacken zusammen. Das Kinn war hoch erhoben, der Atem ging flach.

»Du kannst die Uniform jetzt ausziehen, Leroy«, sagte Helmholtz. »Wenn dir nicht danach ist, beim Kapellenfestival mitzumarschieren, laß es einfach.« Er langte über seinen Schreibtisch und knöpfte einen Messingknopf auf.

Rasch fuhr Leroys Hand hoch, um die übrigen Knöpfe zu schützen. »Bitte«, sagte er, »ich glaube, ich könnte vielleicht doch mitmarschieren.«

»Das ließe sich einrichten«, sagte Helmholtz. »Ich habe einen gewissen Einfluß im Kapellenbereich.«

Leroy knöpfte den Knopf zu. »Oha«, sagte er, »ich bin am Turnlehrerzimmer vorbeigegangen, und Trainer Jorgenson kam herausgeschossen wie aus einer Kanone abgefeuert.«

»Was hatte der schweigsame Schwede zu sagen?« sagte Helmholtz.

»Er hat gesagt, nur in dieser musikverrückten Schule würden sie einen Pikkolospieler aus einem Mann machen, der gebaut sei wie eine Lokomotive«, sagte Leroy. »Seine Sekretärin kam ebenfalls raus.«

»Hat Miss Beardon die Uniform gefallen?« fragte Helmholtz.

»Weiß ich nicht«, sagte Leroy. »Sie hat nichts gesagt. Sie hat nur gekuckt und gekuckt.«

Am späten Nachmittag erschien George M. Helmholtz im Büro von Harold Crane, dem Lehrstuhlinhaber im Fachbereich Englisch. Helmholtz trug einen schweren, prunkvoll verzierten goldenen Bilderrahmen und sah verlegen aus.

»Ich weiß kaum, wie ich anfangen soll«, sagte Helmholtz. »Ich ... Ich dachte, vielleicht könnte ich Ihnen einen Bilderrahmen verkaufen.« Er drehte den Rahmen hierhin und dorthin. »Ist doch ein schöner Rahmen, stimmt's?«

»Ein sehr schöner Rahmen«, sagte Crane. »Ich habe ihn oft in Ihrem Büro bewundert. Das ist doch der Rahmen, den Sie um John Philip Sousa herum hatten.«

Helmholtz nickte. »Ich dachte, vielleicht würden Sie vielleicht einen entsprechenden John Philip Sousa auf Ihrem Gebiet einrahmen wollen: Shakespeare, Edgar Rice Burroughs ...«

»Das könnte ganz nett sein«, sagte Crane. »Aber die zwingende Notwendigkeit dazu hat sich mir, offen gestanden, noch nicht so recht erschließen können.«

»Es ist ein Neununddreißig-Dollar-Rahmen«, sagte Helmholtz. »Für zwanzig können Sie ihn haben.«

»Hören Sie«, sagte Crane, »wenn Sie ein bißchen klamm sind, kann ich Ihnen gern –«

»Nein, nein, nein«, sagte Helmholtz mit abwehrender Gebärde. Angst huschte über sein Gesicht. »Wenn ich erst mit Schuldenmachen anfinge, weiß nur der Himmel, wo das enden könnte.«

Crane schüttelte den Kopf. »Das ist ein schöner Rahmen, durchaus, und noch dazu so günstig. Traurigerweise bin ich jedoch nicht in der Lage, für so etwas zwanzig Dollar anzulegen. Ich muß mir heute nachmittag einen neuen Autoreifen zu dreiundzwanzig Dollar kaufen, und ich –«

»Welche Größe?« fragte Helmholtz.

»Größe?« sagte Crane. »Sechs siebzig Schrägstrich fünfzehn. Warum?«

»Ich verkaufe Ihnen einen für zwanzig Dollar«, sagte Helmholtz. »Fabrikneu, nie benutzt.«

»Wie kommen Sie denn an einen Reifen?« sagte Crane.

»Durch eine glückliche Fügung«, sagte Helmholtz, »habe ich einen übrig.«

»Sie meinen doch wohl nicht Ihren Reservereifen, oder?« sagte Crane.

»Doch«, sagte Helmholtz, »aber ich werde ihn nie brauchen. Ich werde aufpassen, wo ich hinfahre. Bitte, Sie müssen ihn kaufen. Das Geld ist nicht für mich, es ist für die Kapelle.«

»Wofür auch sonst?« sagte Crane hilflos. Er zückte seine Brieftasche.

Als Helmholtz wieder in seinem Büro war und John Philip Sousa in seinen angestammten Rahmen zurückgesteckt hatte, kam Leroy pfeifend hereinspaziert. Er trug die Jacke mit den erratischen Schultern.

»Immer noch da, Leroy?« sagte Helmholtz. »Dachte, du bist schon vor Stunden nach Hause.«

»Krieg das Ding irgendwie nicht runter«, sagte Leory. »Ich hab eine Art Experiment damit gemacht.«

»Ach ja?«

»Ich bin auf dem Korridor an ein paar Mädchen vorbeigegangen«, sagte Leroy, »und habe den Pikkolopart aus ›The Stars and Stripes Forever‹ gepfiffen.«

»Und?« fragte Helmholtz.

»Bin im Takt geblieben und hab keinen einzigen Ton verfehlt«, sagte Leroy.

Die Hauptstraße war acht Block weit für den Verkehr gesperrt und von parkenden Autos geräumt, sie war frisch gefegt und für die Creme der Jugend des Bundesstaats, für seine High-School-Kapellen, mit Leinwand beflaggt. Am einen Ende der Marschstrecke war ein riesiger Platz mit einer Richtertribüne. Am anderen Ende waren die Kapellen, in Seitenstraßen versteckt, und warteten auf ihren Marschbefehl.

Die Kapelle, die den Juroren auf der Richtertribüne optisch und akustisch am besten gefiel, würde eine großartige Trophäe erhalten, von der Handelskammer gespendet. Die Trophäe war zwei Jahre alt, und zweimal war auf ihr der Name des Siegers eingraviert: Lincoln High School.

In den Seitenstraßen bereiteten fünfundzwanzig Kapellmeister Geheimwaffen vor, mit denen sie Lincolns dritten Sieg zu verhindern hofften: Spezialeffekte wie Blitzlichtpulver, brennende Taktstöcke, hübsche Cowgirls und mindestens eine dreizöllige Kanone. Doch über allem hing der Rauch der Niederlage, außer über der farbenprächtigen Staffage der Mannen von Lincoln High.

Neben jenen selbstgefälligen Mannen standen Stewart Haley, Stellvertretender Oberstudiendirektor, und, mit etwas bekleidet, was Haley privat die Uniform eines bulgarischen Konteradmirals nannte, George M. Helmholtz, Dirigent der Kapelle.

Lincoln High teilte sich die Seitenstraße mit Kapellen

drei anderer Schulen, und die fensterlosen Mauern zu beiden Seiten der Gasse hallten schroff vom Quietschen und Grummeln übender Kapellen wider.

Helmholtz zündete mit Haleys Feuerzeug kleine Lunten an, blies auf sie, um die Glut anzufachen, und gab sie an jeden vierten Mann weiter, denn jeder vierte Mann trug einen geraden, zylindrischen Feuerwerkskörper unter seiner Schärpe.

»Zuerst kommt das Kommando ›Fertig die Lunte!‹«, sagte Helmholtz. »Zehn Sekunden später ›Lunte gebt!‹. Sobald durch den linken Fuß die Bodenberührung erfolgt ist, haltet ihr die Lunte an das Ende der Zündschnur. Für alle anderen gilt: Sobald wir die Richtertribüne erreicht haben, möchte ich, daß ihr aufhört zu spielen, als wäret ihr mitten ins Herz getroffen. Und Leroy . . .«

Helmholtz reckte den Hals, um Leroy zu finden. Als er so spähte, wurde er eines rivalisierenden Tambourmajors gewahr, abgerissen wirkte er und trist, verglichen mit Lincolns Pfauen, der alles, was Helmholtz sagte, aufmerksam verfolgt hatte.

»Was kann ich für dich tun?« sagte Helmholtz.

»Ist das hier der Portierskongreß?« fragte der Tambourmajor.

Helmholtz lächelte nicht. »Du tätest gut daran, bei deiner eigenen Formation zu bleiben«, sagte er knapp. »Euch fehlt es eindeutig an Übung und adrettem Erscheinungsbild, und die Zeit rennt.«

Der Tambourmajor ging mit höhnischem Lächeln davon und ließ unverschämt seinen Taktstock wirbeln.

»Wo ist denn Leroy jetzt schon wieder?« fragte Helmholtz. »Er wird zum disziplinarischen Problem, sobald er diese Uniform anhat. Ein ganz neuer Mensch.«

»Sie meinen Plaudertasche Duggan?« sagte Haley. Er

zeigte auf Leroys breiten Rücken inmitten einer anderen Kapelle. Leroy unterhielt sich angeregt mit einem Mitmenschen, der ebenfalls die Pikkoloflöte blies und zufällig ein sehr hübsches Mädchen mit unter die Uniformmütze gesteckten goldenen Locken war. »Sie meinen Casanova Duggan?« sagte Haley.

»Alles ist doch um Leroy herum aufgebaut«, sagte Helmholtz. »Wenn mit Leroy etwas schiefginge, hätten wir ja noch Glück, wenn wir zweite würden ... Leroy!«

Leroy reagierte nicht.

Leroy war zu sehr in Anspruch genommen, um Helmholtz zu hören. Er war zu sehr in Anspruch genommen, um zu bemerken, daß der unverschämte Tambourmajor, der gerade Helmholtz' Kapelle einen Portierskongreß genannt hatte, nun seinen breiten Rücken untersuchte und dabei mit profunder Neugier zu Werke ging.

Der Tambourmajor knuffte eines von Leroys Schulterpolstern mit der Gummispitze seines Taktstocks. Leroy machte nicht den Anschein, als hätte er es gemerkt. Der Tambourmajor legte Leroy die Hand auf die Schulter und grub seine Finger mehrere Zoll tief hinein. Leroy plauderte weiter.

Ein Publikum versammelte sich, und der Tambourmajor begann eine Serie von Sondierungen vorzunehmen, die an der Außenseite von Leroys Schultern begannen und sich zur Mitte hin fortsetzten, um den Punkt zu lokalisieren, an dem das Füllwerk endete und Leroy anfing.

Schließlich stieß der Taktstock auf Fleisch, und Leroy drehte sich überrascht um. »Was soll das?« sagte er.

»Überprüfe nur, ob die Füllung sitzt, Herr General«, sagte der Tambourmajor. »Ein kleines Leck, und wir stehen bis zu den Knien in Sägemehl.«

Leroy errötete. »Ich weiß nicht, wovon zu sprichst«, sagte er.

»Sag mal zu deinem Freund, er soll die Jacke ausziehen, damit wir alle seine schwellenden Muskeln sehen können«, sagte der Tambourmajor zu Leroys neuem Mädchen. Er forderte Leroy heraus: »Na los, zieh sie aus.«

»Kannst mich ja zwingen«, sagte Leroy.

»Schon gut, schon gut, aufhören, aufhören«, sagte Helmholtz und trat zwischen die beiden.

»Meinst du, ich kann nicht?« sagte der Tambourmajor.

Leroy schluckte und dachte lange nach. »Ich weiß, daß du's nicht kannst«, sagte er schließlich.

Der Tambourmajor stieß Helmholtz beiseite und packte Leroys Jacke bei den Schultern. Herunter kamen die Epauletten, dann die Affenschaukel, dann die Schärpe. Knöpfe sprangen ab, und Leroys Unterhemd wurde sichtbar.

»Jetzt«, sagte der Tambourmajor, »entfernen wir einfach noch dies, und dann ...«

Leroy explodierte. Er drosch dem Tambourmajor auf die Nase, riß ihm Knöpfe, Auszeichnungen und Litze ab, haute ihm in den Bauch und rangelte nach seinem Taktstock, offenbar, um ihn damit totzuschlagen.

»Leroy! Schluß damit!« schrie Helmholtz in höchster Not. Er entwand Leroy den Taktstock. »Sieh nur, wie du aussiehst! Sieh dir deine neue Uniform an – ruiniert!« Bebend berührte er die Risse, die Fäden der fehlenden Knöpfe, die unförmige Polsterung. Er hob die Hände zu einer Geste der Kapitulation. »Es ist alles aus. Wir geben uns geschlagen – Lincoln High gibt sich geschlagen.«

Leroy blickte wild drein, unbußfertig. »Das ist mir egal!« gellte er. »Ich bin froh!«

Helmholtz rief einen anderen Musiker heran und gab ihm seine Autoschlüssel. »Auf dem Rücksitz liegt eine Ersatzuniform«, sagte er wie betäubt. »Geh, hol sie für Leroy.«

Die Lincoln High School »10^2« Band marschierte flott die Straße entlang, den bunten Bannern der Richtertribüne entgegen. George M. Helmholtz lächelte, als er neben ihr her am Bürgersteig entlangmarschierte. Im Innern war er krank, zornig und voller Bangigkeit. Mit einem einzigen Prankenhieb hatte das Schicksal seinen Plan zur Erringung des Ehrenpreises in sein groteskes Gegenteil verkehrt, wie es in der Geschichte der Blasmusik noch nie geschehen war.

Er ertrug es nicht, den jungen Mann anzusehen, auf den er alles gesetzt hatte. Er konnte sich Leroy auch so mit quälender Deutlichkeit vorstellen, wie er mit krummer Haltung einherschlurfte, schlampig, sich in einer Uniform ohne Sitz verlierend, ein Wirrwarr aus Neurosen und kostspieligen Textilien. Leroy sollte ein Solo spielen, wenn die Kapelle an den Preisrichtern vorbeizog. Leroy, überlegte Helmholtz, würde sich zu jenem Zeitpunkt nicht einmal mehr an seinen eigenen Namen erinnern.

Vor ihm befand sich die erste einer Serie von Kreidemarkierungen, die Helmholtz früher am Tage am Rinnstein angebracht hatte, sorgfältig abgemessen die jeweilige Entfernung zur Richtertribüne.

Helmholtz pfiff, als er die Markierung passierte, auf seiner Pfeife, und die Kapelle stimmte »The Stars and Stripes Forever« an, mit Herzblut und Kraft, pulsierend und packend. Das zwang die Menge auf die Zehenspitzen, färbte ihre Wangen rosig. Voller Vorfreude auf die zu erwartende Pracht verbogen sich die Juroren auf der Richtertribüne.

Helmholtz passierte eine weitere Markierung. »Fertig die Lunte!« rief er. Und einen Augenblick später: »Lunte gebt!«

Helmholtz lächelte glasig. In fünf Sekunden würde die Kapelle vor der Richtertribüne sein, die Musik würde aussetzen, die Feuerwerkskörper würden amerikanische Fähnchen himmelwärts senden. Und dann, solo, würde Leroy etwas piepsen, mitleiderregend, lachhaft, falls er überhaupt spielte.

Die Musik setzte aus. Feierwerkskörper krachten, und die kleinen Fallschirme gingen hoch. Die Lincoln High School »10^2« Band marschierte an den Richtern vorbei, die Reihen ausgerichtet, die Federbüsche hoch erhoben, das Messing blitzend.

Fast weinte Helmholtz, als amerikanische Flaggen an Fallschirmen in der Luft hingen. Mitten unter ihnen, hoch in der Luft, wie ein Wolkenbruch, aus dem es Diamanten regnet, schwebte Sousas Meisterwerk für Pikkoloflöte. Leroy! Leroy!

Die Kapellen hatten sich vor der Richtertribüne versammelt. George M. Helmholtz stand in Rührt-euch-Stellung zwischen der riesigen Flagge der Lincoln High School mit dem schwarzen Panther auf rotem Feld und dem Sternenbanner.

Als er aufgerufen wurde, um die Trophäe entgegenzunehmen, überquerte der Kapellmeister den breiten Platz zur Begleitung einer Snaredrum und einer Pikkoloflöte. Als er mit dreißig Pfund Bronze und Walnußholz zurückkehrte, spielte die Kapelle »Heut' nacht soll'n Lincolns Widersacher wimmern«, Worte und Weise von George M. Helmholtz.

Als die Parade weggetreten war, löste sich der Stellvertretende Oberstudiendirektor Haley behend aus der Menge, um Helmholtz die Hand zu schütteln.

»Schütteln Sie Leroy die Hand«, sagte Helmholtz. »Er ist der Held.« Er blickte sich strahlend nach Leroy um und sah, daß der Junge wieder bei der hübschen blonden Pikkoloflötistin stand, angeregter denn je. Sie reagierte auf ihn mit Wärme.

»Sie scheint die Schultern gar nicht zu vermissen, was?« sagte Helmholtz.

»Das liegt daran, daß *er* sie nicht vermißt«, sagte Haley. »Er ist jetzt ein Mann, egal, wie glockenförmig.«

»Er hat wirklich alles für die Lincoln High gegeben, was er hat«, sagte Helmholtz. »Ich bewundere das, wenn ein Junge sich so für seine Schule einsetzt.«

Haley lachte. »Das war kein Einsatz für die Schule, das war Lockruf und Liebeslied eines ausgewachsenen männlichen Amerikaners. Verstehen Sie denn gar nichts von Liebe?«

Helmholtz dachte über die Liebe nach, als er allein zu seinem Auto ging, und ihm taten vom Schleppen der schweren Trophäe die Arme weh. Wenn Liebe blind machte, wenn sie Besessenheit war, wenn sie alles forderte, jeder Vernunft spottete und all das Wilde war, wovon die Menschen sprachen, dann hatte er sie nie kennengelernt, sagte sich Helmholtz. Er seufzte und vermutete, daß er etwas verpaßt hatte in seinem romanzenlosen Leben.

Als er zu seinem Auto kam, stellte er fest, daß der linke Vorderreifen platt war. Er entsann sich, daß er keinen Ersatzreifen hatte. Aber er empfand nur eine gelinde Unannehmlichkeit. Er stieg in eine Straßenbahn, nahm, die Trophäe auf dem Schoß, Platz und lächelte. Er hörte schon wieder Musik.

Eine Schnupftabaksdose aus Bagombo

Der Laden ist neu, oder?« sagte Eddie Laird.

Er saß in einer Bar im Herzen der Stadt. Er war der einzige Gast, und er sprach mit dem Barmann.

»Ich erinnere mich gar nicht an diesen Laden«, sagte er. »Dabei kannte ich früher jede Kneipe in der Stadt.«

Laird war ein großer Mann, dreiunddreißig, mit einem sympathisch unverschämten Mondgesicht. Er hatte einen blauen Flanellanzug an, der eindeutig eine Neuerwerbung war. Wenn er sprach, betrachtete er sein Abbild im Spiegel hinter dem Tresen. Hin und wieder verirrte sich eine seiner Hände, ließ das Glas im Stich und streichelte einen weichen Rockaufschlag.

»So neu nun auch wieder nicht«, sagte der Barmann, ein schläfriger, dicker Mann in den Fünfzigern. »Wann waren Sie denn zum letztenmal in der Stadt?«

»Im Krieg«, sagte Laird.

»Welcher Krieg war das?«

»Welcher Krieg?« wiederholte Laird. »Wahrscheinlich muß man das heutzutage fragen, wenn jemand vom Krieg spricht. Es war der zweite – der Zweite *Welt*krieg. Ich war draußen auf dem Flugplatz Cunningham stationiert. Bin nach Möglichkeit jedes Wochenende in die Stadt gekommen.«

Eine süße Traurigkeit wallte in ihm auf, als er sich an sein Abbild in anderen Tresenspiegeln zu anderen Zeiten erinnerte, sich an das reflektierende Blitzen von Hauptmannsstreifen und silbernen Flügeln erinnerte.

»Diese Kneipe wurde sechsundvierzig gebaut und seitdem zweimal renoviert«, sagte der Barmann.

»Gebaut ... und zweimal renoviert«, sagte Laird verwundert. »Alles nutzt sich heutzutage schneller ab, stimmt's? Kriegt man in Charley's Steak House immer noch ein überlappendes Steak für zwei Dollar?«

»Abgebrannt«, sagte der Barmann. »Da steht jetzt ein J.-C.-Penney-Supermarkt.«

»Und wo läßt die Luftwaffe jetzt die Puppen tanzen?« sagte Laird.

»Nirgends«, sagte der Barmann. »Den Flugplatz Cunningham haben sie dichtgemacht.«

Laird ergriff seinen Drink und ging ans Fenster, um die Menschen vorübergehen zu sehen. »Halbwegs hatte ich erwartet, daß die Frauen immer noch kurze Röcke tragen«, sagte er. »Wo sind sie hin, all die hübschen rosa Knie?« Er trommelte mit den Fingernägeln gegen die Scheibe. Eine Frau warf ihm einen kurzen Blick zu und ging eilig weiter.

»Da draußen habe ich irgendwo eine Frau«, sagte Laird. »Was, meinen Sie, ist wohl in elf Jahren aus *ihr* geworden?«

»Eine Ehefrau?«

»Eine Exehefrau. Eine dieser Kriegsgeschichten. Ich war zweiundzwanzig, und sie war achtzehn. Hat sechs Monate gehalten.«

»Was ist denn schiefgegangen?«

»Schief?« sagte Laird. »Ich hatte einfach keine Lust, jemandem zu gehören, das ist alles. Ich wollte mir die Zahnbürste in die Hosentasche stecken und abhauen können, sobald mir danach war. Und da stand sie nicht so drauf. Also ...« Er grinste. »*Adiós*. Keine Tränen, kein Gezeter.«

Er ging zur Musikbox hinüber. »Was ist denn im Augenblick der heißeste Titel?«

»Versuchen Sie's mit Nummer siebzehn«, sagte der Barmann. »Ich glaube, einmal ertrage ich ihn noch.«

Laird spielte die Nummer siebzehn, eine laute, tränenreiche Ballade über verlorene Liebe. Er lauschte konzentriert. Und am Schluß trat er mit dem Fuß auf und zwinkerte, genau wie schon vor Jahren.

»Noch mal das gleiche«, sagte Laird, »und dann, ich schwör's, rufe ich meine Exfrau an.« Er appellierte an den Barmann: »Das geht doch in Ordnung, oder? Ich kann sie doch anrufen, wenn ich will?« Er lachte. »›Liebe Briefkastentante, ich habe ein kleines Benimmproblem. Seit elf Jahren habe ich meine Exfrau nicht mehr gesehen oder gesprochen. Jetzt bin ich zufällig gerade in derselben Stadt wie sie ...‹«

»Woher wissen Sie, daß sie noch hier wohnt?« fragte der Barmann.

»Ich habe heute morgen einen alten Kumpel angerufen, als ich hereinschneite in die Stadt. Er hat gesagt, bei ihr ist alles bestens – hat genau das gekriegt, was sie wollte: einen Lohnsklaven zum Mann, eine rankenbewachsene Hütte mit ausgebauter Dachkammer, zwei Gören und tausend Quadratmeter Rasen, so grün wie auf dem Heldenfriedhof in Arlington.«

Laird schritt zum Telefon. Zum viertenmal an diesem Tag schlug er die Nummer seiner Exfrau nach, unter dem Namen ihres zweiten Mannes, und hielt ein Zehncentstück einen Zoll hoch über dem Schlitz. Diesmal ließ er die Münze fallen. »Weg mit Schaden«, sagte Laird. Er wählte.

Eine Frau meldete sich. Im Hintergrund kreischte ein Kind, und ein Radio quatschte.

»Amy?« sagte Laird.

»Ja?« Sie war außer Atem.

Ein törichtes Grinsen breitete sich auf Lairds Gesicht aus. »He, rate mal! Hier ist Eddie Laird.«

»Wer?«

»Eddie Laird, Eddie!«

»Könnten Sie bitte mal einen Augenblick dranbleiben?« sagte Amy. »Das Baby macht so einen Heidenkrach, und das Radio ist an, und ich hab Kekse im Backofen, und die sind gerade soweit. Ich kann überhaupt nichts verstehen. Bleiben Sie kurz dran?«

»Klar.«

»So. Ja«, sagte sie dann atemlos. »Wer, sagten Sie, ist am Apparat?«

»Eddie Laird.«

Sie hielt den Atem an. »Wirklich?«

»Wirklich«, sagte Laird munter. »Ich bin gerade von Ceylon hereingeschneit, über Bagdad, Rom und New York.«

»Meine Güte«, sagte Amy. »So ein Schock. Ich wußte nicht mal, ob du überhaupt noch lebst.«

Laird lachte. »Mich kriegen sie nicht tot, und ich schwör's, sie haben es versucht.«

»Was hast du denn so getrieben?«

»Och, von allem ein bißchen. Ich habe gerade bei einem Perlenfischertrupp in Ceylon gekündigt, für den ich geflogen war. Ich mache jetzt meine eigene Firma auf, Uransuche, oben in der Gegend von Klondike. Vor Ceylon habe ich im Amazonas-Regenwald Diamanten gejagt, und davor bin ich für einen Scheich im Irak geflogen.«

»Hört sich ja an wie aus *Tausendundeiner Nacht*«, sagte Amy. »Mir schwirrt schon der Kopf.«

»Na ja, gib dich da mal keinen glanzvollen Illusionen hin«, sagte Laird. »Das meiste war schwere, schmutzige, gefährliche Arbeit.« Er seufzte. »Und wie geht es dir, Amy?«

»Mir?« sagte Amy. »Wie geht es Hausfrauen? Abgespannt ist man.«

Das Kind begann wieder zu weinen.

»Amy«, sagte Laird mit rauher Stimme, »ist ... zwischen uns ... alles in Ordnung?«

Ihre Stimme klang sehr klein. »Die Zeit heilt alle Wunden«, sagte sie. »Zuerst hat es weh getan, Eddie – sehr weh hat es getan. Aber inzwischen habe ich eingesehen, daß es so am besten ist. Du bist nun mal ein unsteter Geist. Immer schon gewesen. Du warst doch wie ein Adler im Käfig, hast vom Fliegen geträumt und deine Federn verloren.«

»Und du, Amy, bist *du* glücklich?«

»Sehr«, sagte Amy, und es kam von Herzen. »Die Kinder machen Arbeit und Dreck. Aber wenn es mir gelingt, ein bißchen zu Atem zu kommen, merke ich, wie schön und richtig es ist. Das habe *ich* eben immer gewollt. So haben wir am Ende beide unseren Willen gekriegt, stimmt's? Der Adler und das Heimchen am Herd.«

»Amy«, sagte Laird, »könnte ich dich besuchen kommen?«

»Ach, Eddie, das Haus ist der reinste Horror, und ich sehe aus wie eine Hexe. Das würde ich nicht aushalten, daß du mich so zu sehen kriegst – nachdem du über Bagdad, Rom und New York aus Ceylon gekommen bist. Was für eine üble Enttäuschung für jemanden wie dich. Stevie hatte letzte Woche die Masern, und das Baby reißt Harry und mich jede Nacht dreimal aus dem Schlaf, und –«

»Na, na«, sagte Laird, »ich werde die wahre Amy durch all das hindurchschimmern sehen. Ich komme um fünf, sage ganz kurz guten Tag und haue sofort wieder ab. Bitte?«

Während der Taxifahrt hinaus zu Amy ermutigte sich Laird dazu, das bevorstehende Wiedersehen sentimental zu sehen. Er versuchte sich an einem Tagtraum über die besten Tage mit ihr, brachte aber nur Phantasien mit filmsternchenartigen Nymphen zustande, mit roten Lippen und leeren Augen, die um ihn herumtanzten. Bei diesem Mangel an Phantasie schlug – wie bei allem anderen an diesem Tag – seine bei der Luftwaffe verbrachte Jugend voll durch. Damals schienen alle schönen Frauen aus derselben Gußform gekommen zu sein.

Laird sagte dem Taxifahrer, er solle auf ihn warten. »Dauert nicht lang«, sagte er. »In der Kürze liegt die Würze.«

Während er durch den Vorgarten zu Amys kleinem, gewöhnlichem Haus ging, gelang ihm ein Lächeln trauriger Reife, das Lächeln eines Mannes, der anderen weh getan hat und dem man weh getan hat, der alles gesehen und einiges draus gelernt und, rein zufällig, bei der Gelegenheit auch eine schöne Stange Geld verdient hat.

Er klopfte, und während er wartete, pflückte er abblätternde Farbe vom Türrahmen.

Harry, Amys Mann, untersetzt, stämmig, mit freundlichem Gesicht, bat Laird einzutreten.

»Ich wechsle dem Baby die Windeln«, rief Amy von innen. »Bin in zwei Sekunden da.«

Harry war eindeutig von Lairds Größe und Pracht beeindruckt, und Laird blickte auf ihn herab und patschte ihn kameradschaftlich auf den Arm.

»Viele würden das wahrscheinlich ziemlich ungewöhnlich finden«, sagte Laird. »Aber was zwischen Amy und mir war, ist lange her. Wir waren halt zwei verrückte Kinder, und jetzt sind wir alle älter und weiser. Ich hoffe, wir können alle Freunde sein.«

Harry nickte. »Ja, klar, sowieso. Warum nicht?« sagte er. »Möchtest du was trinken? Wir haben, fürchte ich, keine große Auswahl. Rye-Whiskey oder Bier?«

»Egal. Irgendwas, Harry«, sagte Laird. »Ich habe mit den Maoris Kava getrunken, Scotch mit den Briten, Champagner mit den Franzosen und Kakao mit den Tupi. Ich trink einen Whiskey oder ein Bier mit dir. Andre Länder, andre Sitten ...« Er griff in seine Tasche und zog eine Schnupftabaksdose hervor, mit Halbedelsteinen besetzt. »Äh, ich hab dir und Amy eine Kleinigkeit mitgebracht.« Er drückte Harry die Dose in die Hand. »Hab ich in Bagombo fürn Appel undn Ei gekriegt.«

»Bagombo?« sagte Harry ehrfürchtig.

»Ceylon«, sagte Laird leichthin. »Bin da für einen Perlenfischertrupp geflogen. Die Bezahlung war phantastisch, die Durchschnittstemperatur betrug dreiundzwanzig Grad, aber den Monsun konnte ich nicht leiden. Hab das nicht ausgehalten, wochenlang in denselben Zimmern eingepfercht zu sein, bis der Regen endlich aufhörte. Ein Mann muß vor die Tür, sonst geht er vor die Hunde, wird schwabbelig und weibisch.«

»Hm«, sagte Harry.

Laird fühlte sich jetzt schon von dem kleinen Haus und den Küchengerüchen und der Unordnung des Familienlebens eingeengt, so daß er nur noch wegwollte. »Schön habt ihr's hier«, sagte er.

»Es ist ein bißchen klein«, sagte Harry. »Aber –«

»Gemütlich«, sagte Laird. »Zuviel Platz kann einen verrückt machen. Ich weiß das. In Bagombo hatte ich sechsundzwanzig Zimmer und zwölf Diener, die sich um die Zimmer kümmerten, aber glücklich haben die mich nicht gemacht. Lustig haben sie sich über mich gemacht. Immerhin hat die Bude nur sieben Dollar Monatsmiete gekostet, und so was kann man ja schlecht sausenlassen, stimmt's?«

Harry war gerade auf dem Weg in die Küche, blieb aber wie vom Donner gerührt im Türrahmen stehen. »Sieben Dollar Monatsmiete für sechsundzwanzig Zimmer?« sagte er.

»Später stellte sich heraus, daß die mich übers Ohr gehauen hatten. Mein Vormieter hat nur drei gezahlt.«

»Drei«, murmelte Harry. »Sag mal«, sagte er zögernd, »gibt es in der Gegend noch mehr solche Jobs für Amerikaner? Stellen die noch Leute ein?«

»Du würdest deine Familie doch wohl nicht im Stich lassen wollen?«

Schuldbewußt sagte Harry: »Aber nein! Ich dachte, ich könnte sie vielleicht mitnehmen.«

»Tut mir leid«, sagte Laird. »Die suchen Junggesellen. Aber du hast es hier doch ausgesprochen schön. Und außerdem muß man eine Spezialität haben, um an das große Geld zu kommen. Fliegen, Schippern, Fremdsprachen. Außerdem finden die meisten Einstellungsgespräche in den Bars von Singapur und Algier und so statt. Ich will jetzt mal auf eigene Faust auf Uransuche gehen, oben in Klondike, und da brauche ich ein paar Jungs, die gut mit dem Geigerzähler umgehen können. Kannst du einen Geigerzähler reparieren, Harry?«

»Nö«, sagte Harry.

»Na ja, die Männer, die ich brauche, müssen sowieso Junggesellen sein«, sagte Laird. »Es ist ein wunderschönes Fleckchen Erde da oben, wimmelt nur so von Elchen und Lachsen, aber ganz schön rauh. Nicht das Richtige für Frauen und Kinder. Was *machst* du denn beruflich?«

»Och«, sagte Harry, »ich leite die Kreditabteilung in einem Kaufhaus.«

»Harry«, rief Amy, »würdest du bitte dem Baby sein Breichen warm machen und sehen, ob die Bohnen gar sind?«

»Ja, Liebling«, sagte Harry.

»Was hast du gesagt, Schatz?«

»Ich habe ›Ja‹ gesagt!« brüllte Harry.

Ein schockiertes Schweigen breitete sich im Haus aus.

Und dann kam Amy herein, und Lairds Erinnerungen wurden wieder wach. Laird stand auf. Amy war eine wunderschöne Frau mit schwarzem Haar und klugen, braunen, liebevollen Augen. Sie war noch immer jung, aber offensichtlich sehr müde. Sie war hübsch angezogen, sorgfältig zurechtgemacht und ziemlich gehemmt.

»Eddie, wie nett«, sagte sie mit spröder Munterkeit. »Du siehst gut aus!«

»Du auch«, sagte Laird.

»Wirklich?« sagte Amy. »Ich komme mir steinalt vor.«

»Solltest du aber nicht«, sagte Laird. »Dieses Leben bekommt dir offenbar gut.«

»Wir waren ja auch sehr glücklich«, sagte Amy.

»Du bist so hübsch wie ein Mannequin in Paris, ein Filmstar in Rom.«

»Das meinst du doch gar nicht.« Amy war erfreut.

»O doch«, sagte Laird. »Ich sehe dich direkt vor mir, in einem Kostüm von Mainbocher, deine hohen Hacken klicken flott über die Champs-Élysées, der sanfte Wind des Pariser Frühlings zaust dein schwarzes Haar, jedes Auge ist nur auf dich geheftet – und ein *flic* salutiert!«

»Ach, Eddie!« rief Amy.

»Warst du schon mal in Paris?« fragte Laird.

»Nö«, sagte Amy.

»Macht nichts. In mancher Hinsicht bietet New York noch mehr exotische Aufregungen. Ich sehe dich dort direkt vor mir, mitten in einer Theatermeute, und jeder Mann verstummt und dreht sich um, um dich anzustarren, wenn du vorbeigehst. Wann warst du zum letztenmal in New York?«

»Hmmmmm?« sagte Amy und starrte in die Ferne.

»Wann warst du zum letztenmal in New York?«

»Tja, noch nie. Harry war schon mal da, geschäftlich.«

»Warum hat er dich nicht mitgenommen?« sagte Laird nobel. »Du kannst doch deine Jugend nicht so einfach verstreichen lassen, ohne nach New York zu fahren. New York ist eine Stadt für junge Leute.«

»Schätzchen«, rief Harry aus der Küche. »Woran erkennt man, ob die Bohnen gar sind?«

»Stich mit einer gottverdammten Gabel rein!« kreischte Amy.

Harry erschien mit Drinks in der Tür und blinzelte verblüfft und gekränkt. »Mußt du mich so anschnauzen?« fragte er.

Amy rieb sich die Augen. »Tut mir leid«, sagte sie. »Ich bin müde. Wir sind beide müde.«

»Wir haben nicht viel Schlaf gekriegt«, sagte Harry. Er tätschelte seiner Frau den Rücken. »Wir sind beide ein bißchen angespannt.«

Amy nahm die Hand ihres Mannes und drückte sie. Wieder senkte sich Friede über das Haus.

Harry verteilte die Drinks, und Laird brachte einen Trinkspruch aus.

»Esset, trinket und seid froh«, sagte Laird, »denn schon morgen könnten wir sterben.«

Harry und Amy zuckten zusammen und tranken durstig.

»Er hat uns eine Schnupftabaksdose aus Bagombo mitgebracht, Schatz«, sagte Harry. »Habe ich das richtig ausgesprochen?«

»Du hast es ein bißchen amerikanisiert«, sagte Laird. »Aber es kommt einigermaßen hin.« Er machte einen Schmollmund: *»Bagombo.«*

»Sie ist sehr hübsch«, sagte Amy. »Ich werde sie auf meine Frisierkommode legen, und die Kinder dürfen nicht dran. Bagombo.«

»Na bitte!« sagte Laird. »*Sie* hat es genau richtig gesagt. Es ist komisch. Manche Menschen haben ein Ohr für Sprachen. Sie hören sie einmal und kriegen sofort alle subtilen Klangfarben mit. Und manche Menschen sind unmusikalisch und schaffen es nie. Amy, hör zu, und wiederhol dann, was ich sage: ›*Toli! Pakka sahn nebul rokka ta. Si notte loni gin ta tonic.*‹«

Vorsichtig wiederholte Amy den Satz.

»Perfekt! Weißt du, was du gerade auf buhna-simca gesagt hast? ›Junge Frau, decken Sie das Baby zu, und bringen Sie mir einen Gin Tonic auf die südliche Terrasse.‹ Und jetzt sagst du, Harry: ›*Pilla! Sibba tu bang-bang. Libbin hru donna steek!*‹«

Harry wiederholte den Satz mit gerunzelter Stirn.

Laird lehnte sich zurück und lächelte Amy mitfühlend zu. »Tja, ich weiß nicht, Harry. Könnte verstanden werden. Nur würden die Eingeborenen hinter deinem Rücken lachen.«

Das saß. »Was hab ich denn gesagt?«

»›Boy!‹« übersetzte Laird. »›Reich mir das Gewehr. Der Tiger befindet sich in der Baumgruppe direkt vor uns.‹«

»Pilla!« sagte Harry gebieterisch. *»Sibba tu bang-bang. Libbin hru donna steek!«* Er streckte die Hand nach dem Gewehr aus, und die Hand zuckte wie ein sterbender Fisch am Flußufer.

»Besser, viel besser!« sagte Laird.

»Das war wirklich gut«, sagte Amy.

Harry wischte ihre Schmeichelei beiseite. Er war ernst und entschlossen. »Erzähl mal«, sagte er, »stellen Tiger in Bagombo ein Problem dar?«

»Manchmal, wenn das Wild im Dschungel knapp wird, kommen Tiger bis an den Rand der Dörfer«, sagte Laird. »Und dann muß man raus und sie unschädlich machen.«

»Du hattest doch bestimmt Diener in Bagombo?« sagte Amy.

»Zu sechs Cent pro Tag für einen Mann und zu vier Cent für eine Frau? Das nehm ich aber doch an!« sagte Laird.

Man hörte, wie ein Fahrrad gegen die Außenmauer des Hauses geknallt wurde.

»Stevie ist wieder da«, sagte Harry.

»Ich möchte nach Bagombo«, sagte Amy.

»Wenn man Kinder großzuziehen hat, ist es natürlich nicht das Richtige«, sagte Laird. »Das ist der große Nachteil.«

Die Haustür ging auf, und ein gutaussehender, muskulöser Neunjähriger kam herein, rot im Gesicht und verschwitzt. Er warf seine Mütze auf einen Garderobenhaken und begann, die Treppe hinaufzustürmen.

»Häng deine Mütze anständig auf, Stevie!« sagte Amy. »Ich bin keine Dienerin, die dir den ganzen Tag auf dem Fuße folgt und überall die Sachen aufliest, die du irgendwohin geschmissen hast.«

»Und schlurf nicht so!« sagte Harry.

Stevie kam die Treppe heruntergeschlichen, verblüfft, verstört. »Was ist denn so plötzlich in euch beide gefahren?« sagte er.

»Werd nicht frech«, sagte Harry. »Komm her und sag Mr. Laird guten Tag.«

»*Major* Laird«, sagte Laird.

»Hi«, sagte Stevie. »Wieso haben Sie keine Uniform an, wenn Sie Major sind?«

»Major der Reserve«, sagte Laird. Die Augen des Jungen, freimütig, respektlos und unromantisch, machten ihm angst. »Einen netten Jungen habt ihr.«

»Ach«, sagte Stevie, »*die* Art Major.« Er sah die Schnupftabaksdose und nahm sie in die Hand.

»Stevie«, sagte Amy, »leg das wieder hin. Das ist einer von Mutters Schätzen und wird nicht kaputtgemacht wie alles andere. Leg es hin.«

»Okay, okay, okay«, sagte Stevie. Er tat die Dose mit übertriebener Vorsicht zurück. »Ich wußte nicht, daß sie so kostbar ist.«

»Major Laird hat sie die ganze Strecke von Bagombo hierher mitgebracht«, sagte Amy.

»Bagombo in Japan?« sagte Stevie.

»Ceylon, Stevie«, sagte Harry. »Bagombo ist in Ceylon.«

»Und warum steht dann unten ›Made in Japan‹ drauf?«

Laird erbleichte. »Die exportieren ihre Sachen nach Japan, und die Japaner vermarkten sie für sie«, sagte er.

»Siehst du, Stevie«, sagte Amy. »Da hast du heute wieder was gelernt.«

»Und warum schreiben sie dann nicht drauf, daß es in Ceylon gemacht worden ist?« wollte Stevie wissen.

»Der Asiate denkt auf verschlungenen Pfaden«, sagte Harry.

»Genau«, sagte Laird. »Da hast du den gesamten Orient in einem Satz zusammengefaßt, Harry.«

»Sie verschiffen diese Sachen den ganzen weiten Weg von Afrika bis nach Japan?« fragte Stevie.

Ein scheußlicher Zweifel stach Laird mitten ins Herz. Eine Weltkarte wirbelte in seinem Kopf herum, auf der sich Kontinente überlappten und eine andere Gestalt annahmen und auf der eine Insel namens Ceylon durch die sieben Meere flitzte. Nur zwei Punkte blieben dort, wo sie hingehörten, und das waren Stevies respektlose blaue Augen.

»Ich dachte immer, es liegt vor der Küste von Indien«, sagte Amy.

»Ganz komisch, wie man Sachen vergißt, wenn man beginnt, zu sehr über sie nachzudenken«, sagte Harry. »Jetzt habe ich Ceylon total mit Madagaskar zusammengemanscht.«

»Und Sumatra mit Borneo«, sagte Amy. »Das kommt davon, daß wir nie von zu Hause weg waren.«

Jetzt segelten schon vier Inseln über das aufgewühlte Meer in Lairds Kopf.

»Wie lautet die Antwort, Eddie?« sagte Amy. »Wo *ist* Ceylon?«

»Es ist eine Insel vor der afrikanischen Küste«, sagte Stevie entschieden. »Das haben wir gelernt.«

Laird blickte sich im ganzen Zimmer um und sah Zweifel auf jedem Gesicht, außer auf dem von Stevie. Er räusperte sich. »Der Junge hat recht«, krächzte er.

»Ich hol meinen Atlas und zeig es Ihnen«, sagte Stevie voller Stolz und rannte die Treppe hinauf.

Laird stand auf, schwächlich. »Muß los.«

»Jetzt schon?« sagte Harry. »Na, ich hoffe, du findest jede Menge Uran.« Er wich dem Blick seiner Frau aus. »Ich würde meinen rechten Arm hergeben, wenn ich jetzt mit dir losziehen könnte.«

»Eines Tages, wenn die Kinder erwachsen sind«, sagte Amy, »sind wir vielleicht immer noch jung genug, um New York und Paris und all die anderen Städte zu genießen – und zur Ruhe setzen wir uns dann vielleicht in Bagombo.«

»Das hoffe ich doch«, sagte Laird. Er tappte zur Tür hinaus, durch den Vorgarten, der ihm jetzt endlos lang erschien, und hinein ins wartende Taxi. »Fahren Sie schon«, sagte er zum Fahrer.

»Die schreien alle hinter Ihnen her«, sagte der Taxifahrer. Er kurbelte sein Fenster herunter, damit Laird es hören konnte.

»Hey, Major!« rief Stevie. »Mami hat recht, und wir haben unrecht. Ceylon liegt vor der indischen Küste.«

Die Familie, die Laird eben noch in alle Winde zerstreut hatte, war wieder zusammen, in Freuden auf der Schwelle vereint.

»*Pilla!*« krakeelte Harry fröhlich. »*Sibba tu bang-bang. Libbin hru donna steek!*«

»*Toli!*« krakeelte Amy zurück. »*Pakka sahn nebul rokka ta. Si notte loni gin ta tonic.*«

Das Taxi fuhr los.

Nachts, in seinem Hotelzimmer, gönnte sich Laird ein Ferngespräch mit seiner zweiten Frau Selma, in einem kleinen Haus in Levittown, Long Island, im Staate New York, weit, weit weg.

»Tut sich Arthur mit dem Lesen jetzt etwas leichter, Selma?« fragte er.

»Die Lehrerin sagt, er ist nicht begriffsstutzig, sondern faul«, sagte Selma. »Sie sagt, er kann das Klassenziel jederzeit erreichen, wenn er beschließt, daß er das will.«

»Ich rede mit ihm, wenn ich wieder zu Hause bin«, sagte Laird. »Und die Zwillinge? Lassen sie dich überhaupt mal schlafen?«

»Na ja, wenn ich einen haue, sind beide aus dem Weg. Sehen wir's mal so.« Selma gähnte qualvoll. »Wie läuft's mit der Reise?«

»Du erinnerst dich, wie es mal hieß, daß man keine Kartoffelchips in Dubuque verkaufen kann?«

»Ja.«

»Genau das hab ich gemacht«, sagte Laird. »Ich werde in diesem Gebiet Geschichte machen. *Diese* Stadt wird noch lange an mich denken.«

»Meinst du, du ...« Selma stockte. »Willst du *sie* anrufen, Eddie?«

»Och, nööööö«, sagte Laird. »Man soll die Toten ruhen lassen.«

»Bist du nicht mal neugierig, was aus ihr geworden ist?«

»Nööööö. Wir würden uns kaum wiedererkennen. Die Menschen ändern sich, sie ändern sich.« Er schnippte mit den Fingern. »Ach, fast hätte ich's vergessen. Was hat der Zahnarzt zu Dawns Zähnen gesagt?«

Selma seufzte. »Sie braucht Zahnklammern.«

»Besorg sie ihr. Bei mir brummt der Laden, Selma. Wir werden anfangen zu leben. Ich habe mir einen neuen Anzug gekauft.«

»Wurde aber auch höchste Zeit«, sagte Selma. »Sieht er gut an dir aus?«

»Ich glaube schon«, sagte Laird. »Ich liebe dich, Selma.«

»Ich liebe dich, Eddie. Gute Nacht.«

»Du fehlst mir«, sagte Laird. »Gute Nacht.«

Ein Geschenk für den Weihnachtsmann

Es hieß, Big Nick sei der neueste Erbe von Al Capones Machtfülle. Er weigerte sich, das zu bestätigen oder abzustreiten, weil ihn das, wie er sagte, belasten könnte.

Er kaufte sich alles, worauf er gerade Lust hatte, ein Dreiundzwanzig-Zimmer-Haus bei Chicago, ein Siebzehn-Zimmer-Haus in Miami, Rennpferde, eine Dreißig-Meter-Yacht, hundertfünfzehn Anzüge sowie, nebst vielem anderem, den Mehrheitsanteil an einem Mittelgewichtsboxer namens Bernie O'Hare, dem Schläger von Shenandoah.

Als O'Hare auf dem Weg nach ganz oben ein Auge einbüßte, reihte Big Nick ihn in seine Leibwächterriege ein.

Big Nick gab jedes Jahr kurz vor Weihnachten eine Party für die Kinder seiner Mitarbeiter, und am Morgen des Tages, an dem die Party stattfinden sollte, ging Bernie O'Hare, der Schläger von Shenandoah, mit seiner Frau Wanda und seinem vierjährigen Sohn Willy in der Innenstadt von Chicago einkaufen.

Die drei waren in einem Juwelierladen, als der kleine Willy anfing zu klagen und sich an die Hosenbeine seines Vaters klammerte wie ein betrunkener Glöckner an den Glockenstrang.

Bernie, ein harter, zernarbter, gehorsamer junger Rabauke, stellte ein samtausgeschlagenes Auslagekästchen voller Uhren zurück und packte seinen Hosenbund. »Laß meine Hose los, Willy! Laß los!« Er wandte sich an Wanda:

»Wie soll man ein Weihnachtsgeschenk für Big Nick aussuchen, wenn einem Willy die Hose runterzieht? Schaff ihn da weg, Wanni. Was hat das Kind denn?«

»Da muß irgendwo ein Weihnachtsmann sein«, sagte Wanda.

»In Juwelierläden gibt es keine Weihnachtsmänner«, sagte Bernie. »Sie haben nicht zufällig einen Weihnachtsmann hier drin?« fragte er den Verkäufer.

»Nein, Sir«, sagte der Verkäufer. Sein Gesicht blühte, und er beugte sich über den Ladentisch zu Willy. »Aber wenn der junge Mann gern ein paar Worte mit dem alten heiligen Nick wechseln möchte, findet er den lustigen alten Geschenkebringer, glaube ich, gleich nebenan –«

»Schnauze«, sagte Bernie.

Der Verkäufer erbleichte. »Ich wollte nur sagen, Sir, daß das Kaufhaus ein Haus weiter über einen Weihnachtsmann verfügt, und der Kleine könnte, wenn er wollte –«

»Sehen Sie denn nicht, daß das Kind von Ihrem Gequatsche nur noch lauter plärrt?« sagte Bernie. Er kniete sich neben Willy. »Willyboy, hier gibt es meilenweit keine Weihnachtsmänner. Der Typ hat sie nicht mehr alle. Es gibt nebenan keinen Weihnachtsmann.«

»Da, Daddy, da«, sagte Willy. Er zeigte mit dem Finger auf eine winzige rote Figur, die neben einer Uhr hinter dem Ladentisch stand.

»Mannomann!« sagte Bernie zutiefst mitgenommen und patschte sich aufs Knie. »Der Kleine hat einen Adlerblick für Weihnachtsmänner.« Er stieß ein scheinheiliges Lachen aus. »Aber Willyboy, ich muß mich schon über dich wundern. Das ist doch nur ein kleiner *Plastik*-Weihnachtsmann. Der kann dir doch gar nichts tun.«

»Ich hasse ihn«, sagte Willy.

»Wieviel wollen Sie für das Ding?« sagte Bernie.

»Den Plastik-Weihnachtsmann, Sir?« sagte der verwirrte Verkäufer. »Da handelt es sich doch lediglich um eine kleine Dekoration. Ich glaube, so was kriegt man in jedem Billigkaufhaus.«

»Ich will aber den da«, sagte Bernie. »Jetzt sofort.«

Der Verkäufer gab ihn ihm. »Kostenlos«, sagte er. »Bitte sehr.«

Bernie ließ den Weihnachtsmann auf den Terrazzofußboden fallen. »Kuck mal, was Vati jetzt mit dem ollen Zausel macht, Willy«, sagte er. Er trat mit der Hacke zu. »Kaaaa-nirrrsch!«

Willy lächelte schwach und begann dann zu lachen, als die Hacke seines Vaters immer und immer wieder zutrat.

»Und jetzt du, Willy«, sagte Bernie. »Vor *dem* hat doch keiner Angst, was?«

»Ich hau ihm seinen ollen Kopp ab«, sagte Willy vergnügt. »Quetsch ihn kaputt!« Jetzt trampelte er auf dem Weihnachtsmann herum.

»Das war *echt* schlau«, sagte Wanda. »Erst soll ich ihn das ganze Jahr über dazu kriegen, daß er den Weihnachtsmann mag, und dann ziehst du so eine Schote ab.«

»Irgendwas mußte ich ja machen, damit er die Luft anhält«, sagte Bernie. »Na gut, na schön, vielleicht kehrt hier jetzt mal etwas Ruhe und Frieden ein, damit ich mir die Uhren ansehen kann. Wieviel kostet die, die statt Ziffern Diamanten hat?«

»Dreihundert Dollar, Sir, einschließlich Steuer.«

»Leuchtet sie im Dunkeln? Sie muß im Dunkeln leuchten.«

»Ja, Sir, sie ist mit einem Leuchtzifferblatt ausgestattet.«

»Dann nehm ich sie«, sagte Bernie.

»Dreihundert Eier!« sagte Wanda schmerzerfüllt. »Mein lieber Schieber, Bernie.«

»Was meinst du mit ›Mein lieber Schieber‹?« sagte Bernie. »Ich muß mich doch schämen, wenn ich ihm so ein kleines Stück Tinnef schenke. Was ist für Big Nick denn schon so eine lausige Dreihundert-Dollar-Uhr? Über so was meckerst du, ich höre aber nie, wie du darüber mekkerst, daß unser Sparkonto immer dicker wird. Big Nick *ist* der Weihnachtsmann, ob dir das paßt oder nicht.«

»Es paßt mir nicht«, sagte Wanda. »Und Willy paßt es auch nicht. Sieh dir das arme Kind an. Weihnachten ist ihm jetzt gründlich verleidet.«

»Na, na, na«, sagte Bernie, »so schlimm ist es auch wieder nicht. Ist doch wirklich nett von Big Nick, daß er den Bälgern eine Party schmeißen will. Ich meine, egal, was dabei herauskommt, aber der Ansatz stimmt doch.«

»Von wegen nett!« sagte Wanda. »Von wegen Ansatz! Er verkleidet sich als Weihnachtsmann, damit ihn alle Kinder anbeten. Und zur Krönung zwingt er die Bälger dazu, ihre Eltern zu verpfeifen.«

Bernie nickte resigniert. »Was soll ich machen?«

»Abhauen«, sagte Wanda. »Für jemand anders arbeiten.«

»Was kann ich denn sonst noch, Wanni? Ich habe immer nur gekämpft, und wo soll ich denn sonst soviel Geld kriegen wie bei Big Nick? Wo?«

Ein großer, weltmännischer Herr mit kleinem Schnurrbart trat an den benachbarten Ladentisch, mit einer Frau in Nerz nebst Sohn im Gefolge. Der Sohn war so alt wie Willy, er schniefte und blickte ängstlich über die Schulter zur Tür.

Der Verkäufer entschuldigte sich und ging, um die vornehmen Neuankömmlinge zu bedienen.

»He«, sagte Bernie. »Da sind Mr. und Mrs. Pullman. Du kennst sie noch von letzten Weihnachten, Wanni.«

»Big Nicks Buchhalter?« sagte Wanda.

»Nein, sein Anwalt.« Bernie winkte Pullman zu. »Hallo, Mr. Pullman.«

»Ach, hallo«, sagte Pullman kühl. »Big Nicks Leibwächter«, erklärte er seiner Frau. »Du kennst ihn noch von der letzten Weihnachtsfeier.«

»Sie machen Ihre Weihnachtseinkäufe auch auf den letzten Drücker, wie alle andern auch, sehe ich«, sagte Bernie.

»Ja«, sagte Pullman. Er sah auf seinen Sohn Richard hinunter. »Kannst du nicht mit dem Geschniefe aufhören?«

»Das ist psychosomatisch«, sagte Mrs. Pullman. »Er schnieft immer, wenn er einen Weihnachtsmann sieht. Man kann in der Vorweihnachtszeit nicht mit einem Kind in die Innenstadt, ohne daß es irgendwo einen Weihnachtsmann sieht. Einer kam gerade vor einer Minute aus der Cafeteria nebenan. Hat den armen Richard fast zu Tode erschreckt.«

»Ich will keinen schniefenden Sohn«, sagte Pullman. »Richard! Haltung! Der Weihnachtsmann ist dein Freund, mein Freund, jedermanns Freund.«

»Soll er doch an seinem Nordpol bleiben«, sagte Richard.

»Und sich die Nase abfrieren«, sagte Willy.

»Und sich von einem Eisbär fressen lassen«, sagte Richard.

»Und sich von einem Eisbär*en* fressen lassen«, korrigierte Mrs. Pullman.

»Jetzt stiftest du den Jungen auch noch dazu an, daß er den Weihnachtsmann haßt?« sagte Mr. Pullman.

»Warum sollen wir uns etwas vormachen?« sagte Mrs. Pullman. »*Unser* Weihnachtsmann *ist* ein dreckiger, vulgärer, aufdringlich neugieriger, unflätiger, übelriechender Schwindler.«

Der Verkäufer rollte die Augen.

»Manchmal, meine Liebe«, sagte Pullman, »frage ich mich, ob du dich daran erinnerst, wie wir waren, bevor wir auf diesen fröhlichen Kapuzenmann stießen. Ziemlich pleite.«

»Lieber arm, aber reinlich«, sagte Mrs. Pullman.

»Das Gefühl der Beschmutzung geht mit dem Geld einher«, sagte Pullman. »Das gibt es nur als Paket. Und wir stecken alle mit drin.« Er wandte sich an den Verkäufer. »Ich möchte etwas furchtbar Überteuertes und so geschmacklos wie nur möglich, etwas, wenn möglich, was im Dunkeln leuchtet, und mit Barometer dran.« Er drückte, um das Heikle an der Sache zu symbolisieren, Daumen und Zeigefinger zusammen. »Erraten Sie, was ich suche?«

»Ich muß Ihnen leider sagen, daß Sie bei uns genau richtig sind«, sagte der Verkäufer. »Wir haben ein Modell der *Mayflower* in Chrom, mit rotem Licht, das durch die Bullaugen scheint«, sagte er. »*Die* hat jedoch kein Barometer, sondern eine Uhr. Wir hätten aber eine Feuerqualle als Silberstatuette, mit Augen aus Rubinen, und *die* käme auch mit Barometer. Igitt.«

»Ich frage mich«, sagte Mrs. Pullman, »ob wir nicht die Feuerqualle aufs Achterdeck der *Mayflower* schweißen lassen sollten?«

»Du bist auf dem richtigen Wege«, sagte Pullman. »Du überraschst mich. Ich hätte nicht gedacht, daß du kapieren würdest, was es mit Big Nicks Persönlichkeit auf sich hat.« Er rieb sich die Augen. »O Gott, was kann er denn mal gebrauchen, was braucht er überhaupt noch? Irgendeine Idee, Bernie?«

»Nichts«, sagte Bernie. »Er hat von allem sieben. Aber er sagt, er kriegt trotzdem gern Geschenke, damit sie ihn an all die Freunde erinnern, die er hat.«

»Er glaubt bestimmt, so zählt man sie«, sagte Pullman.

»Freunde sind wichtig für Big Nick«, sagte Bernie.

»Hundertmal am Tag will er hören, daß ihn jeder liebt, sonst zerhaut er die Möbel und das Personal.«

Pullman nickte. »Richard«, sagte er zu seinem Sohn, »weißt du noch, was du dem Weihnachtsmann sagen sollst, wenn er fragt, was Mami und Papi von Big Nick halten?«

»Mami und Papi lieben Big Nick«, sagte Richard. »Mami und Papi finden, daß er ein echter Gentleman ist.«

»Und was sagst du, Willy?« fragte Bernie seinen Sohn.

»Mami und Papi sagen, sie verdanken Big Nick ganz furchtbar viel«, sagte Willy. »Big Nick ist nett und großzügig.«

»Alle, alle, alle lieben Big Nick«, sagte Wanda.

»Oder sie enden mit Zementgaloschen im Lake Michigan«, sagte Pullman. Er lächelte den Verkäufer an, der ihm gerade die *Mayflower* und die Feuerqualle gebracht hatte. »Beides soweit nicht schlecht«, sagte er. »Aber leuchten sie auch im Dunkeln?«

Bernie O'Hare bewachte am Tag der Party die Eingangstür von Big Nicks Haus. Gerade ließ er Mr. und Mrs. Pullman nebst Sohn herein.

»Ho ho ho«, sagte Bernie leise.

»Ho ho ho«, sagte Pullman.

»Na, Richard«, sagte Bernie zum jüngeren Pullman, »du hast dich ja scheint's beruhigt.«

»Papi hat mir eine halbe Schlaftablette gegeben«, sagte Richard.

»Hat der Herr des Hauses bereits den geistigen Getränken zugesprochen?« fragte Mrs. Pullman.

»Wie bitte?« sagte Bernie.

»Ist er besoffen?« sagte Mrs. Pullman.

»Können Fische schwimmen?« sagte Bernie.

»Geht die Sonne morgens auf?« sagte Mr. Pullman.

Eine kleine Gegensprechanlage an der Wand summte.

»Ja, Nick?« sagte Bernie.

»Sind jetzt alle da?« fragte eine brutale Stimme.

»Ja, Nick. Gerade sind die Pullmans eingetrudelt. Das waren die letzten. Alle andern sitzen im Salon.«

»Na, dann mal los.« Nick legte auf.

Bernie seufzte, holte einen Riemen mit Schlittenglocken aus einem Wandschrank, stellte den Einbrecheralarm ab und trat hinaus ins Unterholz.

Er schüttelte die Schellen und rief: »He, hier ist der Weihnachtsmann! Mit seinen Rentieren Donner und Blitzen und Dancer und Prancer! Au warte! Jetzt landen sie auf dem Dach! Jetzt kommt der Weihnachtsmann durch ein Schlafzimmerfenster im ersten Stock herein!«

Er ging zurück ins Haus, versteckte die Schellen, verrammelte die Tür mit Riegeln und Ketten, stellte den Einbrecheralarm wieder an und ging in den Salon, wo zwölf Kinder und acht Garnituren Eltern schweigend dasaßen.

Alle Männer in der Gruppe arbeiteten für Nick. Bernie war der einzige, der wie ein Ganove aussah. Die anderen sahen aus wie normale, respektable Geschäftsleute. Sie wirkten hauptsächlich in Nicks Zentrale, weitab von jeder Brutalität. Sie führten ihm die Bücher und berieten ihn geschäftlich und juristisch und wandten die modernsten Managementmethoden auf seine verschiedenen Unternehmungen an. Sie stellten nur einen kleinen Bruchteil seines Stabes dar, diejenigen mit Kindern, klein genug, daß sie noch an den Weihnachtsmann glaubten.

»Fröhliche Weihnachten!« sagte der Weihnachtsmann schroff, während seine großen schwarzen Stiefel die Treppe hinunterpolterten.

Willy entwand sich seiner Mutter und lief, um besser geschützt zu sein, zu Bernie.

Der Weihnachtsmann stützte sich auf den Geländerpfosten, eine Zigarre ragte aus seinem Wattebart, seine wachen Äuglein schweiften bösartig von einem Gesicht zum nächsten. Der Weihnachtsmann war dick und gedrungen und hatte ein teigiges Gesicht. Er stank nach Schnaps.

»Komme grade aus meiner Werkstatt am Nordpol«, sagte er herausfordernd. »Will denn keiner den ollen Weihnachtsmann begrüßen?«

Überall im Salon stupsten Eltern Kinder, die nicht sprechen wollten.

»Lauter!« sagte der Weihnachtsmann. »Wir sind hier doch nicht im Leichenschauhaus.« Er deutete mit dem nackten Finger auf Richard Pullman. »Warst du ein braver Junge, wie?«

Mr. Pullman quetschte seinen Sohn wie einen Dudelsack.

»Ja«, piepste Richard.

»Bist du sicher?« sagte der Weihnachtsmann argwöhnisch. »Auch nicht frech zu Erwachsenen gewesen?«

»Nein«, sagte Richard.

»Okay«, sagte der Weihnachtsmann. »Vielleicht habe ich ja eine elektrische Eisenbahn für dich, vielleicht aber auch nicht.« Er kramte in einem Haufen Pakete unter dem Baum. »Wo hab ich denn jetzt verdammt noch mal diesen dämlichen Zug hingeräumt?« Er fand das Paket, auf dem Richards Name stand. »Willzu ihn?«

»Ja«, sagte Richard.

»Dann *zeig* das auch«, sagte der Weihnachtsmann.

Der junge Richard konnte nur schlucken.

»Weißu wasser gekosset hat?« sagte der Weihnachtsmann. »Hunnertvierumpßwanßichfuffßich.« Er hielt dramatisch inne. »*Im Großeinkauf.*« Er beugte sich über Richard. »Unnu sachma danke.«

Mr. Pullman quetschte Richard.

»Danke«, sagte Richard.

»Danke, aber hallo«, sagte der Weihnachtsmann schwer ironisch. »Von deinem Alten hast du noch nie eine elektrische Eisenbahn zu hunnertvierumpßwanßichfufffßich gekricht, das kann ich dir versichern. Eins will ich dir sagen, Kleiner. Er würde immer noch auf der Suche nach Klienten hinter Krankenwagen herjagen und hätte seine Aktentasche noch nicht abgestottert, wenn ich nicht wäre. Und wehe, das vergißt wer.«

Mr. Pullman flüsterte seinem Sohn etwas zu.

»Wie war das?« sagte der Weihnachtsmann. »Na los, Kleiner, was hat dein Alter gesagt?«

»Er hat gesagt, Worte können weh tun, aber nicht töten.« Richard schien sich für seinen Vater zu schämen. Auch Mrs. Pullman fand es peinlich, und sie hyperventilierte.

»Ha!« sagte der Weihnachtsmann. »Ein ganz heißer Spruch. Ich wette, den sagt er hundertmal am Tag. Was sagt er denn so zu Hause über Big Nick, hä? Los, Richard, du sprichst mit dem Weihnachtsmann, und am Nordpol hab ich ein großes Buch, da kommen alle Kinder rein, die nicht die Wahrheit sagen. Was hält er wirklich von Big Nick?«

Pullmans Blick war in die Ferne gerichtet, als interessiere Richards Erwiderung ihn nicht die Bohne.

»Mami und Papi sagen, Big Nick ist ein echter Gentleman«, rezitierte Richard. »Mami und Papi lieben Big Nick.«

»Okay, Kleiner«, sagte Big Nick, »hier ist deine Eisenbahn. Bist ein braver Junge.«

»Danke«, sagte Richard.

»Jetzt hab ich eine große Puppe für die kleine Gwen Zerbe«, sagte der Weihnachtsmann und holte ein weiteres

Paket unter dem Baum hervor. »Aber zuerst kommst du mal hier herüber, Gwen, damit wir ein bißchen reden können, wo uns keiner hört, na?«

Gwen, von ihrem Vater, Big Nicks Buchhalter, nach vorn geschubst, trippelte zum Weihnachtsmann. Ihr Vater, ein untersetzter, schwammiger Mann, lächelte dünn, spitzte die Ohren und wurde grün im Gesicht. Als das Verhör vorüber war, atmete Zerbe erleichtert aus und bekam wieder etwas von seiner alten Farbe. Der Weihnachtsmann lächelte. Gwen hatte ihre Puppe.

»Willy O'Hare!« donnerte der Weihnachtsmann. »Sag dem Weihnachtsmann die Wahrheit, und du kriegst ein prima Boot. Was sagen dein Alter Herr und deine Alte Dame über Big Nick?«

»Sie sagen, sie haben ihm viel zu verdanken«, sagte Willy pflichtbewußt.

Der Weihnachtsmann lachte schallend. »Das kann ich mir vorstellen, mein Junge! Willy, weißt du, wo dein Alter jetzt ohne Big Nick wäre? Er würde immer im Kreis herum tanzen, Selbstgespräche führen, und sein einziges persönliches Eigentum wäre ein Schwarm Kanarienvögel im Kopp! Hier, Kleiner, da hast du dein Boot, und fröhliche Weihnachten.«

»Ihnen auch fröhliche Weihnachten«, sagte Willy wohlerzogen. »Bitte, könnte ich wohl einen Lappen haben?«

»Einen Lappen?« sagte der Weihnachtsmann.

»Bitte«, sagte Willy. »Ich möchte das Boot abwischen.«

»Willy!« sagten Bernie und Wanda gleichzeitig.

»Augenblick mal, Augenblick mal«, sagte der Weihnachtsmann. »Laßt das Kind doch ausreden. *Warum* möchtest du es abwischen, Willy?«

»Ich möchte das Blut und den Schmutz abwischen«, sagte Willy.

»Blut!« sagte der Weihnachtsmann. »Schmutz!«

»Willy!« schrie Bernie.

»Mama sagt, an allem, was wir vom Weihnachtsmann kriegen, klebt Blut«, sagte Willy. Er zeigte auf Mrs. Pullman. »Und die Dame da drüben sagt, er ist schmutzig.«

»Nein, das habe ich nicht gesagt, nein, das habe ich nicht gesagt«, sagte Mrs. Pullman.

»Doch, haben Sie doch«, sagte Willy. »Hab ich doch gehört.«

»Mein Vater«, sagte Gwen Zerbe und brach das schreckliche Schweigen, »sagt, wenn man den Weihnachtsmann küßt, ist das auch nicht schlimmer, als wenn man einen Hund küßt.«

»Gwen!« schrie ihr Vater.

»Ich küsse den Hund ständig«, sagte Gwen, entschlossen, ihren Gedankengang zu Ende zu führen, »und mir wird nie schlecht.«

»Vielleicht können wir ja das Blut und den Schmutz abwaschen, wenn wir nach Hause kommen«, sagte Willy.

»Du mieser, frecher, kleiner Strolch!« brüllte der Weihnachtsmann und holte aus, um Willy zu schlagen.

Bernie stand schnell auf und packte die Handgelenke des Weihnachtsmanns. »Bitte«, sagte er, »der Kleine weiß doch gar nicht, was er sagt.«

»Nimm deine Dreckfinger weg!« brüllte der Weihnachtsmann. »Bist du lebensmüde?«

Bernie ließ den Weihnachtsmann los.

»Hast du gar nichts zu sagen?« sagte der Weihnachtsmann. »Ich denke, gleich kommt eine kleine Entschuldigung.«

»Es tut mir sehr leid, lieber Weihnachtsmann«, sagte Bernie. Seine große Faust zerschmetterte die Zigarre des Weihnachtsmanns und verteilte sie auf seinem ganzen Gesicht. Der Weihnachtsmann taumelte rückwärts in den Weihnachtsbaum und riß im Fallen Christbaumschmuck mit sich zu Boden.

Kinderjubel füllte den Raum. Bernie grinste breit und verschränkte die Hände über dem Kopf, ein Champ!

»Bringt diese Bälger zum Schweigen!« geiferte der Weihnachtsmann. »Bringt sie zum Schweigen, oder ihr seid alle tot!«

Eltern stürzten sich ins Handgemenge mit ihren Kindern, versuchten, ihnen den Mund zuzuhalten, und die Kinder entwanden sich ihnen, höhnten, johlten und buhten den Weihnachtsmann aus.

»Er soll seinen Bart fressen, Bernie!«

»Verfütter ihn an die Rentiere!«

»Ihr seid alle erledigt! Ihr seid alle tot!« rief der Weihnachtsmann, der immer noch auf dem Rücken lag. »Penner wie euch laß ich für fünfundzwanzig Dollar umlegen, fünf für hundert. Raus!«

Die Kinder waren so glücklich! Sie liefen ohne Mäntel aus dem Haus und sagten Sachen wie: »Kling, Glöckchen, klingelingeling, du alter Sack«, und: »Friß Lametta, oller Bescherer«, und so weiter. Sie waren zu unschuldig, um zu merken, daß sich an der ökonomischen Struktur, in welche ihre Eltern eingebettet waren, nichts geändert hatte. In so vielen Filmen, die sie gesehen hatten, war die Hölle zu einem Paradies auf Erden geworden, weil ein guter Mensch einem Bösewicht eine gescheuert hatte.

Der Weihnachtsmann drosch mit den Armen um sich und trieb ihnen ihre Eltern hinterher. »Ich habe meine Methoden, euch zu finden, egal, wohin ihr abhaut! Ich war gut zu euch, und das ist nun der Dank. Ihr werdet von mir auch noch Dank zu spüren kriegen, und zwar nicht zu knapp. Ihr Penner werdet alle ausgemerzt.«

»Mein Papi hat den Weihnachtsmann flachgelegt!« krähte Willy.

»Ich bin ein toter Mann«, sagte O'Hare zu seiner Frau.

»Ich bin eine tote Frau«, sagte sie, »aber das war es fast wert. Sieh mal, wie glücklich die Kinder sind.«

Sie konnten damit rechnen, von einem Lohnkiller umgebracht zu werden, wenn sie nicht in irgendein gottverlassenes Land flohen, in dem die Mafia keine Filiale unterhielt. Das galt auch für die Pullmans.

Sankt Nikolaus verschwand im Haus und erschien dann wieder mit einer weiteren Ladung von Paketen, eingewickelt in Weihnachtspapier. Sein weißer Wattebart war vom Nasenbluten rot befleckt. Er riß die Verpackung von einem Paket und hielt ein Feuerzeug in Form eines Ritters in voller Rüstung in die Luft. Laut las er die beiliegende Karte vor: »›Für Big Nick, den Einen, Einzigartigen, Einmaligen. Ich liebe Dich bis zum Wahnsinn.‹« Die Unterschrift stammte von einem berühmten Filmstar drüben in Hollywood.

Nun zeigte Sankt Nikolaus stolz ein weiteres hübsches Paket vor. »Das hier kommt den ganzen weiten Weg von einem Freund in Italien.« Er zerrte heftig an der roten Schleife. Die Explosion sprengte ihm nicht nur den blutigen Bart und die pelzbesetzte rote Mütze weg, sie entfernte auch noch sein Kinn und seine Nase. Was für eine Schweinerei! Was für ein schrecklicher Anblick für die armen Kinder, sollte man meinen, aber sie hätten ihn für nichts auf der Welt verpassen mögen.

Nachdem die Polizei wieder weg und die Leiche ins Leichenschauhaus geschafft war, vom Halsansatz abwärts als Weihnachtsmann verkleidet, sagte O'Hares Frau dieses:

»Ich glaube nicht, daß die Kinder dies Weihnachtsfest sehr bald vergessen werden. Ich werde es jedenfalls nie vergessen.«

Ihr Sohn Willy hatte ein Souvenir, das ihm als Gedächtnisstütze dienen konnte. Er hatte die Grußkarte gefunden, die mit der Bombe gekommen war. Sie hatte im Unterholz gelegen. Der Text lautete: »Frohe Weihnachten für den tollsten Typ der Welt.« Unterzeichnet war sie mit: »Die Familie«.

Es stand allen jedoch noch ein unsanftes Erwachen bevor. Die Väter mußten neue Jobs finden, ho ho.

Der kostenlose Ratgeber

Die meisten verheirateten Frauen würden sich nicht mit einem alten Verehrer zum Cocktail verabreden, ihm eine Weihnachtskarte schicken oder ihm auch nur geradewegs ins Auge blicken. Aber wenn sie zufällig etwas brauchen, was ein alter Verehrer zu verkaufen hat – alles von der Blinddarmoperation bis zur Jalousie –, kommen sie in sein Leben zurückgehoppelt, rosig und strahlend, um es zum Großhandelspreis oder noch günstiger zu kriegen.

Wenn ein Don Juan sich auf die Haushaltsartikelbranche würfe, würden ihn seine früheren Eroberungen innert eines Jahres ruinieren.

Ich verkaufe guten Rat bei Aktien und Wertpapieren. Ich bin Kontaktmann bei einer Anlageberatungsfirma, und die Mädels, die ich eingebüßt habe, sogar die kampflos verlorenen, zögern nie, sich mit ihren Investitionsproblemen an mich zu wenden.

Ich bin Junggeselle, und als Gegenleistung für meine Dienste, die mich schließlich nichts kosten, bieten sie mir manchmal jene unbezahlbare Kostbarkeit an – die selbstgekochte warme Mahlzeit.

Das dickste Aktienpaket, das ich je – als Gegenleistung für Nostalgie und Brathuhn bürgerlich – überprüfte, war das Aktienpaket von Celeste Divine. Ich hatte Celeste bereits auf der High School verloren, und wir wechselten siebzehn Jahre lang kein Wort, bis sie mich eines Tages im Büro anrief, um »Lange nicht gesehn!« zu sagen.

Celeste Divine ist Sängerin. Ihr Haar ist schwarz und gelockt, ihre Augen sind groß und braun, ihre Lippen sind voll und glänzend. Bemalt und mit Pailletten besetzt und in Goldlamé eingeschenkt, steht Celeste jede Woche eine Stunde lang vor den Fernsehkameras und treibt es mit der ganzen Welt. Für diesen öffentlichen Dienst bezieht sie pro Woche fünftausend Dollar.

»Ich wollte dich immer schon mal einladen«, sagte Celeste zu mir. »Was würdest du zu Hühnchen Hausfrauenart, neuen Kartoffeln und Erdbeertörtchen sagen?«

»Mmmmmmmmm«, sagte ich.

»Und nach dem Abendessen«, sagte Celeste, »können du und Harry und ich vor einem tosenden Kaminfeuer sitzen und über die alten Zeiten und alten Freunde in der alten Heimat tratschen.«

»Toll«, sagte ich. Ich konnte sehen, wie der Feuerschein auf den Zahlenkolonnen, dem *Wall Street Journal*, den Werbebroschüren von Maklerfirmen und Diagrammen spielte. Ich konnte hören, wie Celeste und ihr Mann Harry über den Duft frisch gemähten Heus murmelten, die Aussichten der Vereinigten Bremsbacken AG, den Mond, der sich im Wabash spiegelt, die Drei-Prozent-Papiere der Consolidated Edison, selbstgebackenes Maisbrot und die Chicago-Milwaukee-St.-Paul-und-Pacific-Kommunalobligationen.

»Wir waren nur zwei Jahre lang nicht hier«, sagte Celeste, »aber es kommt mir vor wie eine Ewigkeit, soviel ist inzwischen passiert. Es ist schön, wenn man endlich mal wieder jemanden von zu Hause sieht.«

»Das ist bei dir ja richtig schnell gegangen, Celeste«, sagte ich.

»Ich komme mir vor wie Aschenputtel«, sagte Celeste. »Den einen Tag haben Harry und ich noch verzweifelt versucht, mit dem Gehalt auszukommen, das er in Joes Abschmierpalast gekriegt hat, und am nächsten Tag schien sich bereits alles, was ich anfaßte, in Gold zu verwandeln.«

Harry war der Mann, an den ich Celeste verloren hatte. Ich erinnerte mich an ihn als an einen kleinen, gutaussehenden, schläfrigen Jungen, der vom Leben nicht mehr verlangte als die hübscheste Ehefrau der Stadt und einen anständigen Job als Automechaniker. Beides bekam er eine Woche nach Erlangung der mittleren Reife.

Als ich zum Abendessen das Divinesche Haus aufsuchte, öffnete mir Celeste persönlich, mit dem Körper einer Liebesgöttin und dem Gesicht von Betsy Wetsy, der Puppe, die nuckeln und Pipi machen kann.

Das Nest, das sie für sich und ihren Ehegefährten gekauft hatte, war ein altes Herrenhaus am Fluß, so groß und häßlich wie der Bahnhof von Schenectady.

Sie bot mir die Hand zum Kusse dar, und von ihrer Schönheit und ihrem Parfüm benebelt, küßte ich sie.

»Harry? Harry!« rief sie. »Rate mal, wer da ist.«

Ich erwartete, daß nun entweder ein Kadaver oder ein Dreckschwein, je nachdem, was von Harry übriggeblieben war, hereinschlurfte.

Aber Harry reagierte nicht.

»Er ist in seinem Arbeitszimmer«, sagte Celeste. »Wie dieser Mann sich konzentrieren kann! Wenn ihm etwas im Kopf herumgeht, ist es, als wäre er in einer anderen Welt.« Sie öffnete vorsichtig die Tür zum Arbeitszimmer. »Siehst du?«

Harry lag rücklings auf einem Tigerfellteppich. Er starrte an die Decke. Neben ihm stand ein bereifter Glaskrug mit Martini, und in den Fingern hielt er ein gelenztes Glas. Die Olive, die noch im Glas verblieben war, ließ er herum- und herum- und herumkullern.

»Liebling«, sagte Celeste zu Harry. »Ich unterbreche dich nur sehr ungern, Schatz.«

»Was? Was ist los?« sagte Harry alarmiert. Er setzte sich auf. »Oh! Ich bitte um Entschuldigung. Ich habe dich nicht kommen hören.« Er stand auf und schüttelte mir freimütig die Hand. Ich sah, daß die Jahre ihn unberührt gelassen hatten.

Harry schien sehr aufgeregt über etwas zu sein, aber unter seiner Aufregung war die schläfrige Zufriedenheit, die ich noch von der High School her kannte. »Ich habe gar nicht das Recht, mich zu entspannen«, sagte er. »Jeder in der gesamten verdammten Branche entspannt sich. Wenn ich mich entspanne, bricht das Dach ein. Zehntausend Männer ohne Jobs.« Er ergriff mich am Arm. »Zähl ihre Familien, und du hast eine Stadt, so groß wie Terre Haute, die an einem seidenen Faden hängt.«

»Ich verstehe nicht«, sagte ich. »Warum hängen die an einem seidenen Faden?«

»Die Branche!« sagte Harry.

»Die Catchup-Branche«, sagte Celeste.

Harry sah mich an. »Wie nennt *du* es? Catchup? Ketchup? Catsup?«

»Ich glaube, ich nenne es mal so, mal so«, sagte ich.

Harry knallte die flache Hand auf den Couchtisch. »Da hast du bereits die ganze Geschichte der gesamten Catchup-Ketchup-Catsup-Branche! Nicht mal auf eine einheitliche Schreibweise des Namens des Produkts können sie sich einigen. Wenn wir nicht mal soweit zusammenhalten können«, sagte er, »gehen wir eben einzeln unter. Nennt denn etwa der eine Automobilfabrikant Automobile ›Apfelmobile‹ und ein anderer ›Achsenmobile‹ und wieder ein anderer ›Aubotomile‹?«

»Nein«, sagte ich.

»Worauf du dich verlassen kannst«, sagte Harry. Er schenkte sich ein, bedeutete uns, wir sollten uns setzen, und legte sich wieder auf das Tigerfell.

»Harry hat zu sich gefunden«, sagte Celeste. »Ist das nicht fabelhaft? Er wußte so lange nichts mit sich anzufangen. Wir hatten ein paar schlimme Kräche, als wir eingezogen waren, stimmt's, Harry?«

»Ich war unreif«, sagte Harry. »Ich gebe es zu.«

»Und dann«, sagte Celeste, »als alles am düstersten war, blühte Harry auf! Ich hatte plötzlich einen nagelneuen Ehemann!«

Harry zupfte Haarbüschel aus dem Teppich, rollte sie zu Kügelchen und schnippte sie in den Kamin. »Ich hatte einen Minderwertigkeitskomplex«, sagte er. »Ich dachte, zu mehr als Automechaniker reicht es bei mir nicht.« Er tat Celestes und meine Einwände mit einem Wedeln ab. »Dann habe ich herausgefunden, daß gesunder Menschenverstand der seltenste Rohstoff in der Welt der Wirtschaft ist. Verglichen mit den meisten Typen in der Catchup-Branche, sehe ich aus wie Einstein.«

»Wo wir gerade von aufblühenden Menschen sprechen«, sagte ich, »deine Frau wird von Minute zu Minute hinreißender.«

»Hmmmmm?« sagte Harry.

»Ich habe gesagt, Celeste ist wirklich was ganz Besonderes – eine der schönsten und berühmtesten Frauen im ganzen Land. Da hast du Glück gehabt«, sagte ich.

»Ja, ja ... klar«, sagte Harry, der mit den Gedanken weit weg war.

»Du hast gewußt, was du wolltest, und du hast es gekriegt, stimmt's?« sagte ich zu Celeste.

»Ich ...« begann Celeste.

»Erzähl mir davon, Celeste«, sagte ich. »Wie ist denn dein Leben jetzt so? Ganz schön wild, möchte ich wetten, mit der Fernsehsendung und den Nachtklubauftritten, mit der Publicity und allem Drum und Dran.«

»Stimmt«, sagte Celeste. »Mein Leben ...«

»Es ist ziemlich genauso wie in der Branche«, sagte Harry. »Die Show muß in Bewegung bleiben, die Show muß in Bewegung bleiben, das Catchup muß in Bewegung bleiben. Es gibt Millionen Menschen, für die Fernsehen eine Selbstverständlichkeit ist, und es gibt Millionen Menschen, für die Catchup eine Selbstverständlichkeit ist. Sie wollen es, wenn sie es wollen. Es muß dasein, und es muß richtig sein. Und sie machen sich nicht mal Gedanken darüber, wie es dahin gekommen ist. Das interessiert sie gar nicht.« Seine Finger gruben sich in seine Oberschenkel. »Aber sie würden kein Fernsehen kriegen, und sie würden kein Catchup kriegen, wenn es nicht Menschen gäbe, die sich das Herz aus dem Leibe reißen, um es ihnen zu verschaffen.«

»Deine Aufnahme von ›Solitude‹ hat mir sehr gut gefallen, Celeste«, sagte ich. »Der letzte Refrain, wenn du –«

Harry klatschte in die Hände. »Klar ist sie gut. Teufel auch, ich habe bereits gesagt, daß wir sie sponsern würden, wenn sich die Branche nur mal zusammenraufen könnte.« Er rollte sich auf den Bauch und sah zu Celeste hoch. »Was gibt es denn zu futtern, Mutti?« sagte er.

Beim Abendessen schweifte die Unterhaltung von einem Thema zum anderen, blieb aber immer, wie die Kugel in einem manipulierten Roulettespiel, bei der Catchup-Branche hängen.

Celeste versuchte, das Problem mit ihren Investitionen zur Sprache zu bringen, aber das Thema, normalerweise ein Brüller, versank immer wieder in einem Meer von Catchup.

»Ich verdiene jetzt fünftausend die Woche«, sagte Celeste, »und eine Million Menschen warten nur darauf, mir zu sagen, was ich damit machen soll. Ich will aber lieber einen Freund fragen, einen alten Freund.«

»Es kommt immer darauf an, was du von deinen Geldanlagen willst«, sagte ich. »Willst du Wachstum? Willst du Stabilität? Willst du eine schnelle Dividendenausschüttung?«

»Steck sie bloß nicht in die Catchup-Branche«, sagte Harry. »Wenn sie aufwachen – falls ich sie aufwecken kann –, okay. Dann würde ich sagen: Geh ins Catchup, und bleib im Catchup. Aber so, wie die Dinge jetzt liegen, kannst du dein Geld genausogut in Präsident Grants Grab versenken, da tut sich auch nicht wesentlich weniger.«

»Hm«, sagte ich. »Also, Celeste, so, wie du fiskalisch veranlagt bist, glaube ich nicht, daß dir Dividenden so lieb sind wie Wachstum.«

»Das mit den Steuern ist völlig verrückt«, sagte Celeste. »Harry hat mal ausgerechnet, daß es ihn tatsächlich billiger kommt, wenn er umsonst arbeitet.«

»Für Luft und Liebe«, sagte Harry.

»Bei welcher Firma arbeitest du, Harry?« sagte ich.

»Ich übe eine beratende Funktion für die Branche als Ganzes aus«, sagte Harry.

Das Telefon klingelte, und ein Dienstmädchen kam herein, um Celeste zu sagen, ihr Agent sei dran.

Ich blieb allein mit Harry zurück, und es fiel mir schwer, das Gespräch auf irgend etwas zu bringen, etwas, was angesichts des unmittelbar bevorstehenden Zusammenbruchs der Catchup-Branche nicht allzu läppisch wirkte.

Ich sah mich im Zimmer um, summte nervös und bemerkte, daß die Wand hinter mir mit beeindruckenden Dokumenten bedeckt war, die wiederum mit Siegelwachs bekleckst, mit Bändern herausgeputzt und mit großen schwarzen, geschraubten Namenszügen unterzeichnet waren. Die Dokumente stammten von jeder nur denkbaren Kombination menschlicher Wesen, die sich alle feierlich versammelt hatten, um etwas Nettes über Celeste zu verkünden. Sie war der Jugend ein Leuchtfeuer, eine Vorkämpferin der Brandverhütungswoche, der Liebling eines Regiments, die Fernsehentdeckung des Jahres.

»Nicht schlecht, das Mädel«, sagte ich.

»Siehst du, wie sie diese Dinger zurechtmachen?« sagte Harry. »Sehen doch wirklich nach was aus, oder?«

»Wie Nichtangriffspakte«, sagte ich.

»Wenn jemand so was kriegt, glaubt er, er hätte was Besonderes, sogar wenn das, was draufsteht, der reinste Quatsch und noch nicht mal in gutem Englisch verfaßt ist. Da fühlt man sich doch gleich viel besser«, sagte Harry. »Da kommt man sich gleich ganz wichtig vor.«

»Wahrscheinlich«, sagte ich. »Aber all diese Urkunden sind doch eindeutig ein Zeichen von Zuneigung und Respekt.«

»Genauso sollte die Preisschrift für einen Verbesserungsvorschlag aussehen«, sagte Harry. »Das ist auch so was, was ich durchzusetzen versuche. Wenn ein Typ in der Branche sich ausdenkt, wie man etwas besser machen kann, sollte er eine Art Bescheinigung kriegen, einen Blödiblender, den er sich rahmen lassen und mit dem er angeben kann.«

Celeste kam zurück; etwas hatte sie erregt. »Schatz«, sagte sie zu Harry.

»Ich spreche gerade mit ihm über Urkunden für Verbesserungsvorschläge«, sagte Harry. »Hat das noch eine Minute Zeit?« Er wandte sich wieder mir zu. »Bevor man den Verbesserungsvorschlag, den ein Typ neulich gemacht hat, verstehen kann«, sagte er, »muß man verstehen, wie Catchup gemacht wird. Man fängt also mit den Tomaten auf der Farm an, ja?«

»Schatz«, sagte Celeste klagend, »ich will dich wirklich nicht unterbrechen, aber die wollen, daß ich Dolley Madison in einem Film spiele.«

»Nur zu, wenn du Lust hat«, sagte Harry. »Und wenn nicht, dann nicht. Wo war ich jetzt stehengeblieben?«

»Catchup«, sagte ich.

Als ich das Divinesche Haus verließ, wehte mich eine Ahnung von Verhängnis an. Harrys Besorgnisse, die Catchup-Branche betreffend, waren ein Teil meiner selbst geworden. Ein Abend mit Harry war wie ein Jahr Einzelhaft in einem Catchup-Bottich. Das überstand niemand, ohne daß sich bei ihm eine gefestigte Meinung über Catchup gebildet hätte.

»Wir müssen mal zusammen zu Mittag essen gehen, Harry«, sagte ich im Gehen. »Was für eine Telefonnummer hast du im Büro?«

»Ist eine Geheimnummer«, sagte Harry. Er gab sie mir nur sehr widerstrebend. »Es wäre mir lieb, wenn du sie für dich behalten könntest.«

»Ständig würden Leute anrufen, um ihm Ideen zu klauen, wenn die Nummer bekannt würde«, sagte Celeste.

»Gute Nacht, Celeste«, sagte ich. »Ich bin froh, daß du so viel Erfolg hast. Wie denn auch nicht mit dem Gesicht, mit der Stimme und dem Namen Celeste Divine? Du brauchtest überhaupt nichts zu ändern, stimmt's?«

»Beim Catchup ist es genau umgekehrt«, sagte Harry. »Das ursprüngliche Catchup war aber auch nicht entfernt so etwas wie das, was wir Catchup oder Ketchup oder Catsup nennen. Das ursprüngliche Zeug wurde aus Pilzen, Walnüssen und einer Menge anderer Sachen gemacht. Das fing alles in Malaya an. *Catchup* heißt ›Geschmack‹ auf malayisch. Das wissen nicht viele.«

»Ich schon mal nicht«, sagte ich. »Na dann, gute Nacht.«

Ich kam erst mehrere Wochen später dazu, Harry anzurufen, als ein möglicher Kunde, ein Mr. Arthur J. Bunting, kurz vor zwölf Uhr mittags in meinen Büro aufkreuzte. Mr. Bunting war ein großartig aussehender alter Herr, stämmig, über eins achtzig groß, mit dem weißen Schnurrbart und den glühenden Augen eines Mannes, der noch gegen die Indianer gekämpft hat.

Mr. Bunting hatte seine Fabrik verkauft, die seit drei Generationen Familieneigentum gewesen war, und er wollte von mir hören, wie er den Erlös anlegen sollte. Seine Fabrik war eine Catchup-Fabrik gewesen.

»Ich habe mich oft gefragt«, sagte ich, »wie wohl das ursprüngliche Catchup in diesem Lande ankommen würde – so, wie es in Malaya hergestellt wird.«

Nur einen Augenblick zuvor war Mr. Bunting ein verdrießlicher alter Mann gewesen, der trübsinnig versuchte, Ordnung in sein Leben zu bringen. Jetzt leuchtete er. »Sie verstehen etwas von Catchup?«

»Nur als Amateur«, sagte ich.

»Hatte Ihre Familie im Catchup zu tun?« fragte er.

»Ein Bekannter«, sagte ich.

Mr. Buntings Gesicht umwölkte sich mit Trauer. »Ich und mein Vater«, sagte er heiser, »und der Vater meines Vaters haben das beste Catchup gemacht, das diese Welt je kannte. Kein einziges Mal haben wir auf Kosten der Qualität Zugeständnisse gemacht.« Er stieß einen gepeinigten Seufzer aus. »Es tut mir leid, daß ich verkauft habe!« sagte er. »Das ist eine Tragödie, über die mal jemand was schreiben sollte: Ein Mann verkauft etwas Unbezahlbares zu einem unwiderstehlichen Preis.«

»So was kommt, dächte ich, ziemlich oft vor«, sagte ich.

»Vielen kam es lachhaft vor, wenn man im Catchup-Geschäft war«, sagte Mr. Bunting. »Aber meiner Treu, wenn jeder seinen Job so gut machen wollte wie mein Großvater, mein Vater und ich, dann wäre diese Welt vollkommen! Das kann ich Ihnen versichern!«

Ich nickte und wählte Harrys Geheimnummer. »Ich habe einen Freund, mit dem ich Sie sehr gern bekannt machen würde, Mr. Bunting«, sagte ich. »Ich hoffe, er kann mit uns zu Mittag essen gehen.«

»Gut, fein«, sagte Mr. Bunting. »Und jetzt befindet sich das Werk dreier Generationen in der Hand von Fremden.«

Ein Mann nahm ab und schnauzte: »Ja?«

»Bitte Mr. Harry Divine«, sagte ich.

»Mittagspause. Um eins wieder da«, sagte der Mann.

»Ach, wie schade. Mr. Bunting«, sagte ich und legte auf, »das wäre wunderbar gewesen, Sie beide zusammenzubringen.«

»Wer ist dieser Mensch?«

»Wer er ist?« lachte ich. »Na, mein Freund Harry ist Mr. Catchup persönlich!«

Mr. Bunting sah aus, als hätte er einen Bauchschuß erwischt. »Mr. Catchup?« sagte er hohl. »So pflegte ich genannt zu werden. Bei wem arbeitet der denn?«

»Er arbeitet als Berater für die gesamte Branche«, sagte ich.

Mr. Buntings Mundwinkel verzogen sich nach unten. »Ich habe noch nie auch nur von ihm gehört«, sagte er. »Wir leben ja wirklich in einer schnellebigen Zeit!«

Als wir uns zum Mittagessen setzten, war Mr. Bunting immer noch sehr aufgebracht.

»Mr. Bunting, Sir«, sagte ich, »ich habe den Ausdruck ›Mr. Catchup‹ etwas locker verwendet. Ich bin sicher, daß Harry keinerlei Anspruch auf den Titel erhebt. Ich meine nur, daß Catchup auch in *seinem* Leben eine große Rolle spielt.«

Mr. Bunting trank grimmig seinen Drink aus. »Neue Namen, neue Gesichter«, sagte er. »Diese schneidigen jungen Leute, schnell hochgekommen, immer noch feucht hinter den Ohren, wissen alles besser, übernehmen alles – aber wissen sie auch, daß sie ein Erbe zu respektieren und zu schützen haben?« Seine Stimme bebte. »Oder werden sie alles niederreißen, ohne auch nur zu fragen, warum es so gebaut worden war?«

Im Restaurant wurde es unruhig. Im Eingang stand Celeste, ein Paradiesvogel, und sorgte für eine kleine Sensation.

Neben ihr, angeregt redend, ihre volle Aufmerksamkeit fordernd, stand Harry.

Ich winkte ihnen zu, und sie durchquerten den Raum, um uns an unserem Tisch Gesellschaft zu leisten. Der Oberkellner geleitete sie und verbog sich schier vor lauter Aufmerksamkeit gegenüber Celeste. Und jedes Gesicht wandte sich ihr zu, voller Bewunderung.

Harry, dem all dies offenbar entging, schrie auf Celeste ein. Es ging um die Catchup-Branche.

»Weißt du, was ich ihnen gesagt habe?« sagte Harry, als sie unseren Tisch erreicht hatten.

»Nein, Liebling«, sagte Celeste.

»Ich hab ihnen gesagt, daß es nur eine Möglichkeit gibt«, sagte Harry, »und zwar muß man die gesamte verdammte Catchup-Branche bis auf die Grundfesten niederbrennen. Und beim nächstenmal, wenn wir sie aufbauen, dann laßt uns, Himmel noch mal, zuerst *nachdenken*!«

Mr. Bunting stand auf, schneeweiß, jeder Nerv zum Zerreißen gespannt.

Beklommen übernahm ich die Vorstellung.

»Freut mich«, sagte Mr. Bunting.

Celeste lächelte warm. Ihr Lächeln schwand, als Mr. Bunting Harry mit blankem Haß ansah.

Harry war zu aufgedreht, um es zu bemerken. »Ich mache jetzt eine historische Studie über die Catchup-Branche«, gab er bekannt, »um herauszufinden, ob sie je das finsterste Mittelalter verlassen hat, oder ob sie es verlassen hat und dann sofort zurückgehoppelt ist.«

Ich lachte idiotisch. »Mr. Bunting, Sir«, sagte ich, »Sie haben Celeste bestimmt schon im Fernsehen gesehen. Sie ist –«

»Die Kommunikationsindustrie«, sagte Harry, »kann inzwischen das Bild meiner Frau durch die Luft in vierzig Millionen Haushalte versenden. Und die Catchup-Branche ist so festgefahren, daß sie immer noch versucht, die Thixotropie in den Griff zu kriegen.«

Mr. Bunting explodierte. »Vielleicht *will* die Öffentlichkeit gar nicht, daß die Thixotropie in den Griff gekriegt wird!« brüllte er. »Vielleicht will die Öffentlichkeit lieber gutes Catchup, und zur Hölle mit der Thixotropie! Geschmack wollen die Leute! Qualität wollen die Leute! Kriegen Sie die Thixotropie in den Griff, und Sie haben irgendeine neue rote Pampe, die unter einem stolzen alten Namen verkauft wird!« Er bebte am ganzen Körper.

Harry war platt. »Sie wissen, was Thixotropie ist?« sagte er.

»Reversible Viskosität; natürlich weiß ich das!« sagte Bunting wütend. »Und ich weiß, was gutes Catchup ist. Und ich weiß, was Sie sind: ein arroganter, umtriebiger, raffgieriger Winzling!« Er wandte sich an mich. »Und einen Mann beurteilt man nach der Gesellschaft, in der er sich aufhält. Guten Tag!« Er schritt mit Grandezza aus dem Restaurant.

»Er hatte Tränen in den Augen«, sagte Celeste verblüfft.

»Er, sein Vater und sein Großvater haben ihr Leben dem Catchup geweiht«, sagte ich. »Ich dachte, Harry wüßte das. Ich dachte, jeder in der Branche wüßte, wer Arthur J. Bunting ist.«

Harry war unglücklich. »Ich hab ihn wirklich verletzt, was?« sagte er. »Das hab ich weiß Gott nicht gewollt.«

Celeste legte ihre Hand auf Harrys Hand. »Du bist halt wie Louis Pasteur, Liebling«, sagte sie. »Pasteur hat bestimmt ebenfalls die Gefühle vieler alter Männer verletzt.«

»Ja«, sagte Harry. »Wie Louis Pasteur – haargenau.«

»Der alte Zusammenprall zwischen Jugend und Alter«, sagte ich.

»War wohl ein wichtiger Kunde, was?« sagte Harry.

»Ja, ich fürchte, ja«, sagte ich.

»Tut mir leid«, sagte Harry. »Ich kann dir gar nicht sagen, wie leid. Ich werd ihn anrufen und alles wieder ins Lot bringen.«

»Ich möchte nicht, daß du irgendwas sagst, was du nicht mit deiner Integrität vereinbaren kannst, Harry«, sagte ich. »Nicht meinetwegen.«

Einen Tag später rief Mr. Bunting an und sagte, er habe Harrys Entschuldigung angenommen.

»Er hat sich von der Seele geredet, wie er zum Catchup

gestoßen ist«, sagte Bunting, »und er hat versprochen, daß er der Branche den Rücken kehrt. Für mich ist der Fall erledigt.«

Ich rief sofort Harry an. »Harry, Junge, hör zu!« sagte ich. »*So* wichtig ist mir das Geschäft mit Mr. Bunting nun auch wieder nicht. Wenn du mit Catchup recht hast, und die Buntings haben unrecht, dann bleib dran und ficht es aus!«

»Ist schon in Ordnung«, sagte Harry, »ich hatte Catchup sowieso satt. Ich wollte ohnehin mal was anderes machen.« Er legte auf. Ich rief ihn zurück und erfuhr, er sei zum Mittagessen gegangen.

»Wissen Sie, wohin?« sagte ich.

»Ja, direkt gegenüber. Ich kann ihn noch sehen. Er geht gerade rein.«

Ich ließ mir die Adresse des Restaurants geben und hielt ein Taxi an.

Das Restaurant war ein billiger, fetttriefender Imbiß, gegenüber einer Reparaturwerkstatt. Ich sah mich einige Zeit nach Harry um, bevor ich merkte, daß er auf einem Hocker am Tresen saß und mich im Spiegel des Zigarettenautomaten beobachtete.

Er trug einen Blaumann. Er drehte sich auf seinem Hocker um und streckte mir eine Hand entgegen, deren Fingernägel schwarz waren. »Reich dem neuen Vogelfutterkönig die Hand«, sagte er. Sein Händedruck war fest.

»Harry, du arbeitest als Automechaniker«, sagte ich.

»Vor noch nicht mal einer halben Stunde«, sagte Harry, »hat ein Mann mit einer kaputten Benzinpumpe Gott für meine Existenz gedankt. Setz dich.«

»Und was war mit der Catchup-Branche?« sagte ich.

»Sie hat meine Ehe und mir das Leben gerettet«, sagte Harry. »Ich bin den Pionieren – wie den Buntings – dankbar dafür, daß sie sie aufgebaut haben.«

»Und jetzt bist du abgehauen – einfach so?« Ich schnippte mit den Fingern.

»Ich war nie drin«, sagte Harry. »Bunting hat versprochen, daß er das für sich behält, und ich wäre dir dankbar, wenn du das auch tätest.«

»Aber du verstehst doch so viel von Catchup!« sagte ich.

»Achtzehn Monate lang, nachdem Celeste das große Geld gemacht hatte und wir hierhergezogen waren«, sagte Harry, »bin ich durch die Stadt gestreift und habe einen Job gesucht, der des Gatten der berühmten und wunderschönen Celeste würdig ist.«

In Erinnnerung an jene trüben Tage rieb er sich die Augen und griff nach dem Catchup. »Immer wenn ich erschöpft war oder mir zu kalt oder zu naß wurde«, sagte er, »saß ich in der Öffentlichen Bibliothek und studierte all die verschiedenen Sachen, die ein Mann als Lebensunterhalt betreiben kann. Eine dieser Sachen war die Herstellung von Catchup.«

Er schüttelte die Flasche Catchup über seinem Hamburger, leidenschaftlich. Die Flasche war fast voll, aber nichts kam heraus. »Da, siehst du?« sagte er. »Wenn man Catchup *so* schüttelt, benimmt es sich wie eine feste Substanz. Schüttel es aber *so*, und es benimmt sich wie eine Flüssigkeit.« Er schüttelte die Flasche ganz leicht, und Catchup ergoß sich über seinen Hamburger. »Weißt du, wie das heißt?«

»Nein«, sagte ich.

»Thixotropie«, sagte Harry. Er hieb mir schelmisch auf den Oberarm. »Na bitte – da hast du heute wieder was gelernt.«

Der Junge, der die Mädchen haßte

George M. Helmholtz, oberster Musiklehrer und Dirigent der Marschkapelle der Lincoln High School, konnte klingen wie jedes beliebige Musikinstrument. Er konnte kreischen wie eine Klarinette, murmeln wie eine Posaune, plärren wie eine Trompete. Er konnte seinen dicken Bauch anschwellen lassen und brüllen wie ein Sousaphon, konnte niedlich die Lippen schürzen, die Augen schließen und pfeifen wie eine Pikkoloflöte.

Eines Mittwochabends um acht marschierte er in der Schule durch den Übungsraum der Kapelle, wobei er »Semper Fidelis« kreischte, murmelte, plärrte, brüllte und pfiff.

Das fiel Helmholtz ganz leicht. Er war vierzig Jahre alt und hatte sein halbes Leben lang aus dem steten Fluß von Knaben, der durch die Schule floß, Kapellen geformt. Bei allen hatte er mitgesungen. Er hatte so lange gesungen und so heftig um seine Kapellen gebangt, daß sein Leben nur noch in Form von Kapellen stattfand.

Neben dem munter rosigen Kapellmeister marschierte, das Gesicht weiß vor Ehrfurcht und Konzentration, ein hoch aufgeschossener Sechzehnjähriger namens Bert Higgens. Er hatte eine große Nase und Ringe unter den Augen. Bert marschierte quasi flügelschlagend, wie eine Flamingomutter, die eine Verletzung vortäuscht, um Alligatoren von ihrer Brut wegzulocken.

»Rums-wums, tiedeldiedel, rums-wums, grummelbrummel«, sang Helmholtz. »Links, rechts, *links*, Bert! Arme *ran*, Bert!

Augen *hoch*, Bert! Und im *Takt*, Bert! Kopf nach *vorn*, Bert! Links, rechts, *links*, Bert! Halt – eins, *zwei*!«

Helmholtz lächelte. »Das war, glaube ich, schon ein ganz klein wenig besser.«

Bert nickte. »Es war auf jeden Fall eine Hilfe, mit Ihnen üben zu können, Mr. Helmholtz.«

»Solange du daran arbeiten willst, so lange will ich das auch«, sagte Helmholtz. Er war verblüfft von der Veränderung, die Bert in der letzten Woche durchgemacht hatte. Der Junge schien zwei Jahre eingebüßt zu haben, um wieder so zu werden, wie er in seinem ersten Jahr gewesen war: unbeholfen, geduckt, einsam, langweilig.

»Bert«, sagte Helmholtz, »bist du sicher, daß du dir in letzter Zeit keine Verletzung, keine Krankheit zugezogen hast?« Er kannte Bert gut, hatte ihm zwei Jahre lang Trompetenunterricht gegeben. Er hatte beobachtet, wie Bert zu einer stolzen, aufrechten Gestalt herangewachsen war. Es war unglaublich, wie Einsatz und Koordination des Jungen nachgelassen hatten.

Bert blies kindlich die Backen auf, während er angestrengt nachdachte. Es war eine Angewohnheit, die Helmholtz ihm schon vor langer Zeit ausgeredet hatte. Jetzt machte er es wieder. Bert ließ die Luft heraus. »Nö«, sagte er.

»Ich habe tausend Jungs das Marschieren beigebracht«, sagte Helmholtz, »und du bist der erste, der es je verlernt hat.« Die tausend passierten in Helmholtz' Geiste Revue – in Reih und Glied bis ins Unendliche, scharf ausgerichtet wie ein Sonnenstrahl. »Vielleicht sollten wir mal mit der Schulschwester darüber sprechen«, sagte Helmholtz. Ihm kam ein froher Gedanke. »Es sei denn, es wäre Liebeskummer.«

Bert hob erst den einen Fuß, dann den anderen. »Nein«, sagte er. »Nichts dergleichen.«

»Hübsches kleines Ding«, sagte Helmholtz.

»Wer?« sagte Bert.

»Diese taufrische rosa Tulpe, mit der ich dich auf dem Heimweg gesehen habe«, sagte Helmholtz.

Bert zog ein Gesicht. »Ach sooo – die«, sagte er. »Charlotte.«

»Ist Charlotte nicht so toll?« sagte Helmholtz.

»Weiß ich nicht. Ist wahrscheinlich ganz in Ordnung. Ist vermutlich gar nicht übel. Ich hab nichts gegen sie. Ich weiß es nicht.«

Helmholtz schüttelte Bert leicht, als hoffte er, ein loses Teil dorthin zurückruckeln zu können, wohin es gehörte. »Erinnerst du dich eigentlich noch daran – an das Gefühl, das du hattest, wenn du so schön marschiert bist, vor diesem Rückfall?«

»Ich glaube, es kommt gerade zurück«, sagte Bert.

»In der C- und dann in der B-Kapelle hast du gelernt, wie man ordentlich marschiert«, sagte Helmholtz. Das waren die Übungskapellen, welche die hundert Männer der Lincoln High School »10^2« Band zuvor durchlaufen hatten.

»Ich weiß auch nicht, woran es liegt«, sagte Bert, »außer vielleicht an der Aufregung, weil ich in die Zehn-hoch-zwei-Band komme.« Er blies die Backen auf. »Vielleicht liegt es auch daran, daß ich keinen Unterricht mehr bei Ihnen nehme.«

Als Bert sich vor drei Monaten für die »10^2« Band qualifiziert hatte, war er von Helmholtz an den besten Trompetenlehrer der Stadt weitergeleitet worden, Larry Fink, um sich den letzten Schliff zu holen, was Anmut und was Farbenpracht betraf.

»Sag mal, Fink macht dir doch nicht das Leben schwer, oder?« sagte Helmholtz.

»Nein«, sagte Bert. »Er ist sehr nett.« Er rollte die Augen. »Mr. Helmholtz – wenn wir nur noch ein bißchen mehr Marschieren üben könnten, dann, glaube ich, klappt es auch wieder.«

»Mensch, Bert«, sagte Helmholtz, »ich weiß gar nicht, wo ich dich noch dazwischenquetschen kann. Als du zu Fink gegangen bist, habe ich einen anderen Jungen übernommen. Heute abend war er nur zufällig krank. Aber nächste Woche ...«

»Wen?« sagte Bert.

»Norton Shakely«, sagte Helmholtz. »Kleiner Bursche – noch ein bißchen feucht hinter den Ohren. Er ist genau wie du, als du angefangen hast. Keinerlei Selbstvertrauen. Glaubt, er schafft es nie bis in die Zehn-hoch-zwei-Kapelle, aber er wird es schaffen, er wird es schaffen.«

»Er wird es schaffen«, pflichtete Bert ihm bei. »Ohne jeden Zweifel.«

Helmholtz patschte Bert auf den Arm, damit er etwas Mumm bekam. »Kinn hoch!« sang er. »Schultern zurück! Hol deine Jacke, dann fahr ich dich nach Hause.«

Bert zog sich die Jacke an, und Helmholtz dachte an die Fenster des Hauses, in dem Bert wohnte – Fenster, so leer wie die Augen eines Toten. Berts Vater war schon vor Jahren abgewandert, und seine Mutter war selten da. Helmholtz fragte sich, ob dort der Grund für den Kummer lag. Er war niedergeschlagen. »Vielleicht könnten wir irgendwo anhalten und eine schöne Brause trinken und danach vielleicht noch bei mir im Keller eine kleine Runde Tischtennis spielen«, sagte er. Als er Bert Trompetenunterricht gegeben hatte, hatten sie immer irgendwo angehalten, eine schöne Brause getrunken und hinterher Tischtennis gespielt.

»Es sei denn, du bist mit Charlotte verabredet oder so«, sagte Helmholtz.

»Sie machen wohl Witze«, sagte Bert. »Manchmal kann ich ihr Gerede nicht ertragen.«

Am nächsten Morgen sprach Helmholtz mit Miss Peach, der Schulschwester. Es war ein Symposion zweier kerniger, pummeliger Menschen, die vor Hygiene und gesundem Menschenverstand strotzten. Im Hintergrund, dürr und verwirrt, nackt bis zur Taille, war Bert.

»Meinen Sie mit ›weggetreten‹, daß Bert in Ohnmacht gefallen ist?« sagte Miss Peach.

»Haben Sie denn nicht gesehen, was er beim Spiel gegen Whitestown letzten Freitag getan hat?« sagte Helmholtz.

»Das Spiel habe ich verpaßt«, sagte Miss Peach.

»Es war unmittelbar nachdem wir in Blockschrift den Buchstaben L gebildet hatten und auf das Spielfeld marschierten, um das Windrad zu formen, welches sich in den Lincoln-High-School-Panther und den Whitestown-Adler verwandelte«, sagte Helmholtz. Der Adler hatte gekreischt, und der Panther hatte ihn gefressen.

»Also was hat Bert gemacht?« sagte Miss Peach.

»Er marschierte mit der Kapelle, alles ganz prima«, sagte Helmholtz. »Und dann ließ er sich einfach treiben und geriet aus dem Tritt. Zum Schluß marschierte er ganz allein.«

»Was war das für ein Gefühl, Bert?« sagte Miss Peach.

»Zuerst wie ein Traum«, sagte Bert. »Richtig toll, irgendwie. Und dann bin ich aufgewacht und war ganz allein.« Er brachte ein mattes Lächeln zustande. »Und alle haben über mich gelacht.«

»Wie steht's mit dem Appetit, Bert?« sagte Miss Peach.

»Gestern abend hat er eine Brause und einen Hamburger verputzt«, sagte Helmholtz.

»Und wie steht es mit der allgemeinen Körperbeherrschung, zum Beispiel im Sport, Bert?« sagte Miss Peach.

»Ich treibe keinen Sport«, sagte Bert. »Meine gesamte Zeit geht für die Trompete drauf.«

»Aber wirft dir denn dein Vater nicht manchmal einen Ball zu?« sagte Miss Peach.

»Ich habe keinen Vater«, sagte Bert.

»Gestern abend hat er mich im Tischtennis geschlagen«, sagte Helmholtz.

»Gestern abend haben Sie es ja ziemlich toll getrieben, was?« sagte Miss Peach.

»Das haben wir früher jeden Mittwochabend gemacht«, sagte Bert.

»Das mache ich mit allen Jungs, denen ich Unterricht gebe«, sagte Helmholtz.

Miss Peach legte den Kopf schief. »Mit Bert auch?«

»Inzwischen nehme ich Unterricht bei Mr. Fink«, sagte Bert.

»Wenn ein Junge es bis in die Zehn-hoch-zwei-Band geschafft hat«, sagte Helmholtz, »kann ich nichts mehr für ihn tun, soweit es Einzelunterricht betrifft. Ich behandle ihn nicht mehr als Jungen. Ich behandle ihn wie einen Mann. Außerdem ist er dann Künstler. Nur ein Künstler wie Fink kann ihm von da an noch etwas beibringen.«

»Die Zehn-hoch-zwei-Band«, überlegte Miss Peach. »Das sind pro Kante zehn – insgesamt einhundert? Alle gleich angezogen, und alle marschieren wie Teile einer Präzisionsmaschine?«

»Wie eine Serie Briefmarken«, sagte Helmholtz stolz.

»Aha«, sagte Miss Peach. »Und alle hatten bei Ihnen Unterricht?«

»Himmel, nein«, sagte Helmholtz. »Ich habe nur Zeit, fünf Jungens Einzelunterricht zu geben.«

»Fünf Jungs mit sehr viel Glück«, sagte Miss Peach. »Zumindest für kurze Zeit.«

Die Bürotür ging auf, und Stewart Haley, der Stellvertretende Schulleiter, trat ein. Er hatte seine Laufbahn als glänzend begabter junger Mann begonnen. Aber jetzt, nach zehnjährigem Umgang mit Geistern in Übergröße, welche Gehälter in Untergröße bezogen, war sein Glanz milder geworden, war nur noch der sanfte Schimmer alten Zinngeschirrs. Viel von seinem Gefunkel war in verbalen Scharmützeln mit Helmholtz über Ausgaben für die Kapelle verlorengegangen.

In Haleys Hand befand sich eine Rechnung. »Ach, Helmholtz«, sagte er, »hätte ich geahnt, daß Sie hier sind, hätte ich eine weitere interessante Rechnung mitgebracht. Aus Armeerestbeständen fünf Telefonleitungsverlegerollen von der Fernmeldeeinheit, komplett mit Tragevorrichtung? Kommt Ihnen das bekannt vor?«

»Aber ja«, sage Helmholtz unbeeindruckt. »Und darf ich dazu sagen –«

»Später«, sagte Haley. »Zunächst muß ich mit Miss Peach eine Angelegenheit besprechen – eine Angelegenheit, neben der Ihre Veruntreuung sich geradezu läppisch ausnimmt.« Er raschelte mit der Rechnung in Richtung Miss Peach. »Miss Peach – haben Sie in letzter Zeit einen größeren Posten Bandagen bestellt?«

Miss Peach erbleichte. »Ich ... Ich habe dreißig Meter sterilen Verbandsmull bestellt«, sagte sie. »Ist heute morgen eingetroffen. Und es sind dreißig Meter, und es ist Verbandsmull.«

Haley setzte sich auf einen weißen Schemel. »Laut dieser Rechnung«, sagte er, »hat jemand in dieser großartigen Studienanstalt zweihundert Meter Silbernylonband geordert und erhalten – und zwar im Dunkeln leuchtend.«

Als er dies sagte, sah er ungerührt Helmholtz an. Er sah Helmholtz weiterhin an, und Farbe kehrte auf seine Wangen zurück. »Na, wieder da, Helmholtz?«

»Hallo«, sagte Helmholtz.

»Haben Sie sich Ihren täglichen Schuß Kokain besorgt?« sagte Haley.

»Kokain?« sagte Helmholtz.

»Wie sonst«, sagte Haley, »könnte ein Mann davon träumen, ein Monopol auf die Weltproduktion von Nylonband anzumelden – und zwar von im Dunkeln leuchtendem Nylonband?«

»Es kostet viel weniger, Dinge so herzustellen, daß sie im Dunkeln leuchten, als die meisten Menschen annehmen«, sagte Helmholtz.

Haley fuhr hoch. »Sie waren es also!«

Helmholtz legte Haley die Hand auf die Schulter und blickte ihm ins Auge. »Stewart«, sagte er, »die Frage, die sich jedem aufdrängt, lautet: Wie kann die Zehn-hoch-zwei-Band ihren Auftritt beim Spiel gegen Westfield letztes Jahr noch übertreffen?«

»Die große Frage lautet«, sagte Haley: »Wie kann sich eine High School mit einem so bescheidenen Etat wie dem unseren eine so bombastische Cecil-B.-De-Mille-Maschine zur Erzeugung von Musik leisten? Und die Antwort lautet«, sagte Haley: »Gar nicht!« Er ruckte mit dem Kopf hin und her. »Uniformen zu fünfundneunzig Dollar! Die größte Baßpauke im gesamten Bundesstaat! Taktstöcke und Mützen, welche Licht spenden! Alles so hergestellt, daß es im Dunkeln leuchtet! Heiliger Strohsack!« sagte er heftig. »Die größte Jukebox der Welt!«

Die Aufzählung bereitete Helmholtz nichts als Freude. »Sie lieben sie«, sagte er. »Jeder liebt sie. Und warten Sie ab, was wir mit den Kabeln und dem Leuchtband anstellen werden!«

»Ich warte bereits«, sagte Haley. »Ich warte bereits.«

»Also«, sagte Helmholtz, »jede Kapelle kann Druckbuchstaben bilden. Das ist so ziemlich das Älteste, was es überhaupt gibt. Von diesem Augenblick an ist, soweit ich weiß, unsere Kapelle die einzige Kapelle mit der nötigen Ausstattung für Schreibschrift.«

In das konfuse Schweigen hinein, das sich anschloß, meldete sich Bert, schon fast vergessen, zu Wort. Er hatte sich das Hemd wieder angezogen. »Sind Sie jetzt mit mir fertig?« sagte er.

»Du kannst gehen, Bert«, sagte Miss Peach. »Medizinisch fehlt dir nichts.«

»Wiedersehen«, sagte Bert, die Hand auf der Klinke. »Wiedersehen, Mr. Helmholtz.«

»Bis dann«, sagte Helmholtz. »Na, was halten Sie davon?« sagte er zu Haley. »Schreibschrift!«

Kaum war Bert draußen, lief er Charlotte über den Weg, jener taufrischen rosa Tulpe von einem Mädchen, das ihn oft auf dem Heimweg begleitete.

»Bert«, sagte Charlotte, »es hieß, du bist hier unten. Ich dachte, du wärest verletzt. Fehlt dir etwas?«

Bert schrammte wortlos an ihr vorbei, vorgebeugt wie gegen einen kalten, nassen Sturm.

»Was ich von dem Leuchtband halte?« sagte Haley zu Helmholtz. »Ich halte dafür, daß dies der Punkt ist, an dem die Zahlungen für die Zehn-hoch-zwei-Kapelle endgültig einzustellen sind.«

»Das ist nicht das einzige, was aufhören muß«, sagte Miss Peach düster.

»Was meinen Sie damit?« sagte Helmholtz.

»Ich meine«, sagte Miss Peach, »all dies falsche Spiel mit den Gefühlen junger Leute.« Sie runzelte die Stirn. »George, ich beobachte Sie schon seit Jahren – beobachte, wie Sie jeden nur erdenklichen Kunstgriff anwenden, damit Ihre Jungs marschieren und spielen.«

»Ich versuche, ihnen ein Freund zu sein«, sagte Helmholtz gleichmütig.

»Sie versuchen, sehr viel mehr zu sein als das«, sagte Miss Peach. »Egal, was ein Junge braucht, Sie sind es. Vater, Mutter, Schwester, Bruder, Gott, Sklave oder Hund – Sie sind es. Kein Wunder, daß wir die beste Kapelle der Welt haben. Das einzige Wunder besteht darin, daß das, was mit Bert passiert ist, nicht schon tausendmal passiert ist.«

»Was hat Bert denn?« sagte Helmholtz.

»Nichts. Sie haben ihn«, sagte Miss Peach. »Er gehört Ihnen, komplett mit Haut und Haaren; er ist Ihnen völlig verfallen.«

»Klar mag er mich«, sagte Helmholtz. »Hoffe ich jedenfalls.«

»Er mag Sie, wie ein Sohn seinen Vater mag«, sagte Miss Peach. »Ist ja nicht weiter schlimm.«

Helmholtz hatte keine Ahnung, worum es bei diesem Streit überhaupt ging. Alles, was Miss Peach sagte, war so offensichtlich. »Das ist doch nur natürlich, oder?« sagte er. »Bert hat keinen Vater, also wird er sich nach einem umsehen, ist doch ganz natürlich, bis er ein Mädchen findet, das sich seiner annimmt und –«

»Wollen Sie bitte mal die Augen aufmachen und sich ansehen, was Sie Bert angetan haben?« sagte Miss Peach. »Sehen Sie doch mal, was er alles angestellt hat, um Ihre Aufmerksamkeit zu erregen, nachdem Sie ihn in die Zehn-hoch-zwei-Kapelle gesteckt, an Mr. Fink abgeschoben und total vergessen hatten. Er war bereit, sich zum Gespött der ganzen Welt zu machen, nur damit Sie ihn mal wieder eines Blickes würdigen.«

»Es ist eben mit Schmerzen verbunden, wenn man erwachsen wird«, sagte Helmholtz. »Ein Baby ist das eine, ein Kind ist wieder was anderes, und ein Mann ist noch mal wieder was anderes. Wenn aus dem einen das andere wird, gibt das eben ein Riesenkuddelmuddel.« Er riß die Augen auf. »Wenn wir das nicht wissen, wer weiß es dann?«

»Es muß aber nicht die Hölle sein, wenn man erwachsen wird!« sagte Miss Peach.

Helmholtz war verblüfft. »Was soll ich denn Ihrer Ansicht nach tun?«

»Es geht mich alles nichts an«, sagte Miss Peach. »Es ist eine überaus persönliche Angelegenheit. Dazu haben Sie sie gemacht, und dazu sind nur Sie fähig. Ich finde, das mindeste, was Sie tun könnten, wäre, daß Sie herausfinden, was es für ein Unterschied ist, ob man sich in der Seele eines Jungen verheddert oder in Nylonband. Ein Nylonband läßt sich zerschneiden. Bei einem Jungen kann man das nicht machen.«

»Um noch mal auf dieses Nylonband zurückzukommen ...« sagte Haley.

»Wir packen es ein und schicken es zurück«, sagte Helmholtz. Ihm war das Nylonband nicht mehr wichtig. Er verließ das Sanitätszimmer, seine Ohren brannten.

Helmholtz trat auf, als hätte er nichts falsch gemacht. Aber Schuldgefühle ritten auf ihm huckepack wie ein Schimpanse. In seinem winzigen Büro neben dem Übungsraum der Kapelle entfernte Helmholtz Notenstapel aus dem Waschbecken in der Ecke, machte sich heftig das Gesicht naß und hoffte, den Schimpansen zumindest für die nächste Stunde verscheuchen zu können. Für die nächste Stunde war eine Probe mit der »10^2«-Kapelle angesetzt.

Helmholtz rief seinen sehr guten Freund Larry Fink an, den Trompetenlehrer.

»Was für'n Ärger gibt's denn diesmal, George?« sagte Fink.

»Die Schulschwester hat mich gerade fertiggemacht,

weil ich zu nett zu meinen Jungs bin. Sie sagt, ich engagiere mich zu sehr, und das ist sehr gefährlich.«

»Ach ja?«

»Psychologie ist eine wunderbare Wissenschaft«, sagte Helmholtz. »Ohne sie würden alle immer noch denselben schrecklichen Fehler machen – und nett zueinander sein.«

»Was war denn der Anlaß?« sagte Fink.

»Bert«, sagte Helmholtz.

»Letzte Woche habe ich mich endgültig von ihm getrennt«, sagte Fink. »Er hat nie geübt, kam unvorbereitet in den Unterricht. Offen gesagt, George, ich weiß, du hast viel von ihm gehalten, aber er war nicht sehr begabt. Er hat sich nicht mal viel aus Musik gemacht, soweit ich das beurteilen kann.«

Helmholtz protestierte von ganzem Herzen. »Dieser Junge hat es in zwei Jahren von der C-Kapelle bis in die Zehn-hoch-zwei geschafft! Er hat für Musik geschwärmt wie eine Ente fürs Wasser.«

»Wie ein Kamel für Treibsand, wenn du mich fragst«, sagte Fink. »Dieser Junge hat sich für dich einen abgebrochen, George. Und dann hast du ihm das Herz gebrochen, als du ihn an mich weitergereicht hast. Die Schulschwester hat völlig recht: Du mußt besser aufpassen, zu wem du nett bist.«

»Er hat sogar das Marschieren verlernt. Er ist aus dem Takt geraten und hat eine Formation ruiniert, hat vergessen, wohin er gehen sollte, in der Halbzeit beim Spiel gegen die Findlay Technologische.«

»Davon hat er mir erzählt«, sagte Fink.

»Hatte er eine Erklärung dafür?«

»Er war erstaunt, weil du und die Schulschwester ihn nicht darauf angesprochen habt. Oder vielleicht hat die Schwester es sich zusammengereimt, wollte aber nicht, daß sonst noch wer davon erfährt.«

»Ich komme trotzdem nicht drauf«, sagte Helmholtz.

»Er war besoffen, George. Er hat gesagt, es wäre das erstemal gewesen, und hat versprochen, es würde nie wieder vorkommen. Unglücklicherweise glaube ich nicht, daß wir uns darauf verlassen können.«

»Aber er kann immer noch nicht wieder marschieren«, sagte Helmholtz schockiert. »Wenn wir allein zusammen üben und niemand sonst dabei ist, schafft er es nicht, mit mir im Gleichschritt zu bleiben. Ist er denn die ganze Zeit betrunken?«

»George«, sagte Fink, »du und deine Unschuld – ihr beide habt einen Menschen, der nie Musiker hätte werden sollen, statt dessen zum Schauspieler gemacht.«

Aus dem Übungsraum vor Helmholtz' Büro drangen Krach und Bumm von Stühlen, die für die »10^2«-Kapelle aufgestellt wurden. Damit waren Bandmitglieder beschäftigt, die eine Freistunde hatten. Die nun folgende Stunde war normalerweise für den Kapellmeister eine vollkommene Stunde, in welcher all sein Gewicht von ihm abfiel und er den Part mal dieses und mal jenes Instruments sang, während seine Männer spielten. Aber diesmal fürchtete er diese Stunde.

Er würde wieder Bert gegenüberstehen, und unterdessen hatte man ihm klargemacht, wie sehr er den Jungen vielleicht verletzt hatte. Und vielleicht noch andere.

Wäre es seine Schuld, wenn der Junge Alkoholiker wurde? Er dachte über die tausend oder mehr Jungen nach, denen er ein Vater gewesen war, ob sie nun einen richtigen Vater hatten oder nicht. Soweit er wußte, waren mehrere später Säufer geworden. Zwei hatten wegen Drogen gesessen und einer wegen Einbruchs. Von den meisten hatte er jede Spur verloren. Wenige hatten ihn nach dem Abschluß noch besucht. Es war an der Zeit, auch darüber nachzudenken.

Jetzt kamen die übrigen Bandmitglieder herein, unter ihnen auch Bert. Helmholtz hörte sich selbst so vertraulich wie möglich zu ihm sagen: »Könntest du nach der Schule kurz zu mir ins Büro kommen?« Er hatte keine Ahnung, was er dann sagen würde.

Er ging zu seinem Dirigentenpult und klopfte mit dem Taktstock dagegen. Es wurde still. »Legen wir mit ›Heut' nacht soll'n Lincolns Widersacher wimmern‹ los.« Urheber von Worten und Weise war Helmholtz selbst. Er hatte sie in seinem ersten Jahr als Kapellmeister verfaßt, als die Schulkapelle bei sportlichen Veranstaltungen und Paraden nur fünfzig Mann stark gewesen war. Die Uniformen paßten ihnen höchstens aus schierem Zufall, und sie sahen jedenfalls damit aus, wie Helmholtz selbst damals gesagt hatte, »wie Deserteure aus der Schlacht bei Valley Forge«. Das war vor zwanzig Jahren gewesen.

»Alles bereit?« sagte er. »Gut! Fortissimo! Con brio! Und die Eins, die Zwei, die Drei, die Vier!« Diesmal blieb Helmholtz auf dem Boden. Er wog eine Tonne.

Als Bert nach der Schule zu ihm ins Büro kam, hatte Helmholtz einen Plan. Er wollte den einsamen Jungen dazu bringen, daß er Charlotte nicht mehr verabscheute. Sie schien ein warmherziger Mensch zu sein, der Bert den Weg in ein gesellschaftliches Leben ohne die Kapelle und ohne Helmholtz ebnen konnte. Außerdem fand er es wichtig, daß die Gefahren des Alkohols erörtert wurden.

Aber das Gespräch sollte eine ganz andere Wendung nehmen als geplant, und Helmholtz spürte das, sobald Bert sich hingesetzt hatte. Er legte ein Selbstvertrauen an den Tag, wie Helmholtz es in dem Maße noch nie an ihm gesehen hatte. Etwas Großes muß passiert sein, dachte Helmholtz. Bert starrte ihn geradeheraus an, herausfordernd, als wären sie einander ebenbürtig, nicht mehr Mann und Knabe.

»Bert«, begann Helmholtz, »ich will mich nicht lange mit der Vorrede aufhalten. Ich weiß, daß du beim Footballspiel betrunken warst.«

»Hat Ihnen das Mr. Fink gesagt?«

»Ja, und das hat mir Sorgen gemacht.«

»Warum ist Ihnen das nicht da schon aufgefallen?« sagte Bert. »Alle anderen haben es kapiert. Die Leute haben über Sie gelacht, weil Sie dachten, ich wäre krank.«

»Ich hatte viel im Kopf«, sagte Helmholtz.

»Musik«, sagte Bert, als wäre *Musik* ein unanständiger Ausdruck.

»Allerdings, Musik«, sagte Helmholtz völlig perplex. »Meine Güte.«

»*Nichts* als Musik«, sagte Bert, mit einem Blick wie ein Laserstrahl.

»Das ist oft der Fall, warum auch nicht?« Wieder fügte Helmholtz ungläubig hinzu: »Meine Güte.«

»Charlotte hatte recht.«

»Ich dachte, du haßt sie.«

»Ich mag sie sehr, ich mochte nur nicht, was sie über Sie gesagt hat. Jetzt weiß ich, wie recht sie hatte, und jetzt mag ich sie nicht nur, jetzt liebe ich sie.«

Nun bekam Helmholtz es mit der Angst zu tun, denn so etwas war er nicht gewohnt. Dies war eine überaus unangenehme Szene. »Ganz gleich, was sie über mich gesagt hat – ich glaube nicht, daß ich es hören will.«

»Ich werde es Ihnen auch nicht sagen, denn was anderes

als Musik können Sie sowieso nicht hören.« Bert legte seine Trompete in den Trompetenkasten auf dem Schreibtisch des Kapellmeisters. Die Trompete war von der Schule gemietet gewesen. »Geben Sie sie einem anderen, der sie mehr lieben wird als ich«, sagte er. »Ich habe sie nur geliebt, weil Sie so gut zu mir waren und weil Sie mir befohlen haben, daß ich sie lieben soll.« Er stand auf. »Leben Sie wohl.«

Bert war schon an der Tür, als Helmholtz ihn bat, stehenzubleiben, sich umzudrehen, ihm wieder ins Auge zu sehen und ihm zu sagen, was Charlotte über ihn gesagt hatte.

Bert erzählte es ihm nur allzugern. Er war zornig, als hätte Helmholtz ihn irgendwie betrogen. »Sie hat gesagt, Sie seien völlig vom wirklichen Leben abgeschnitten und würden nur so tun, als interessierten Sie sich für Menschen. Sie hat gesagt, alles, wofür Sie je Aufmerksamkeit aufbrächten, sei Musik, und wenn gerade keine gespielt würde, könnten Sie sie immer noch im Koppe hören. Sie hat gesagt, Sie seien plemplem.«

»Plemplem?« echote Helmholtz perplex.

»Ich hab zu ihr gesagt, sie soll so was nicht sagen«, sagte Bert, »aber dann haben Sie mir gezeigt, wie plemplem Sie tatsächlich sind.«

»Sag mir bitte, wie. Das muß ich wissen«, sagte Helmholtz. Aber ein gemischtes Orchester in seinem Kopf spielte gerade die ersten Takte von Tschaikowskys *1812-Ouvertüre*, komplett mit Kanonendonner. Alles, was er tun konnte, war, nicht mitzusingen.

»Als Sie mir Marschierunterricht gaben«, sagte Bert gerade, »und ich mich anstellte, als wäre ich besoffen, da haben Sie nicht mal bemerkt, wie verrückt das war. Sie waren gar nicht richtig dabei!«

Eine kurze Stille folgte einem Crescendo im Kopf des Kapellmeisters. Helmholtz stellte diese Frage: »Woher konnte das Mädchen irgendwas über mich wissen?«

»Sie geht mit vielen anderen Bandmitgliedern«, sagte Bert. »Sie bringt sie dazu, daß sie ihr die echt komischen Sachen erzählen.«

Bevor er sich bei Sonnenuntergang an jenem Tage auf den Heimweg machte, besuchte Helmholtz die Schulschwester. Er sagte, er müsse mit ihr über etwas reden.

»Geht es wieder um diesen Bert Higgens?« fragte sie.

»Ich fürchte, es ist noch persönlicher«, sagte er. »Diesmal geht es um mich. Ich bin diesmal das Thema, diesmal bin ich es.«

Mein Herr Sohn

Die Fabrik machte die besten Zentrifugalpumpen der Welt, und Merle Waggoner war der Besitzer der Fabrik. Merle Waggoner hatte die Fabrik auch gegründet. Gerade hatten ihm die Allgemeinen Walzwerk- & Gießereibetriebe zwei Millionen Dollar dafür angeboten. Er hatte keine Aktionäre und besaß keine zehn Cent. Er war einundfünfzig, Witwer, und er hatte einen Erben – einen Sohn. Der Junge hieß Franklin. Er war nach Benjamin Franklin benannt.

Eines Freitagnachmittags verließen Vater und Sohn Merles Büro und gingen in die Fabrik. Sie gingen den Mittelgang entlang bis zu Rudy Linbergs Drehbank.

»Rudy«, sagte Merle, »der Junge ist für drei Tage aus dem College nach Hause gekommen, und ich dachte, vielleicht könnten du und er und dein Junge und ich morgen auf die Farm rausfahren und ein paar Tontauben schießen.«

Rudy richtete seine himmelblauen Augen auf Merle und den jungen Franklin. Er war in Merles Alter, und er hatte die beschränkte Würde eines Mannes, der frühzeitig seine Grenzen kennengelernt hatte – der nie versucht hatte, sie zu überschreiten. Seine Grenzen begannen dort, wo die Reichweite seiner Werkzeuge, seiner Flöte und seiner Flinte endete.

»Könnten's mit Krähen versuchen«, sagte er.

Rudy stand, guter Soldat, der er war, in Habtachtstellung. Und wie ein alter Soldat tat er das ohne Unterwürfigkeit, schaffte es zu übermitteln, daß er im Leben der große Sieger war, alles in allem. Er war Merles erster Angestellter gewesen. Damals hätte er Partner sein können, für zweitausend Dollar. Und Rudy hatte das nötige Bargeld gehabt. Aber das Unternehmen war ihm zu riskant erschienen. Leid schien ihm das jetzt nicht zu tun.

»Wir könnten meine Eule aufstellen«, sagte Rudy. Er hatte eine ausgestopfte Eule, um Krähen anzulocken. Er und sein Sohn, Karl, hatten sie gebastelt.

»Da draußen braucht man ein Gewehr, um an die Krähen ranzukommen«, sagte Merle. »Eure Eule kennen die nämlich längst auswendig. Glaub nicht, daß wir näher an die rankommen als auf eine halbe Meile.«

»Wäre vielleicht ganz lustig, mit Zielfernrohr an sie ranzukommen«, sagte Franklin leise. Er war groß und dünn, trug Kaschmir und grauen Flanell. Er wirkte fast debil vor lauter Scheu und Schuldgefühl. Gerade hatte er seinem Vater gesagt, daß er Schauspieler werden wollte, daß er die Fabrik nicht wollte. Und der Schock über seine eigenen Worte war so schnell gekommen, daß er gehört hatte, wie er, völlig unkontrolliert, die grauenhaft inhaltsleere Redensart »Trotzdem vielen Dank« hinzugefügt hatte.

Sein Vater hatte nicht reagiert – noch nicht. Das Gespräch war unverbindlich weitergegangen, sie hatten über die Farm geredet, das Schießen, Rudy und Karl, Rudys und Karls neuen Geländewagen und jetzt über Krähen.

»Gehen wir und fragen meinen Jungen, was er morgen vorhat«, sagte Rudy. Es war eine Formalität. Karl tat immer, was sein Vater von ihm wollte, tat es mit tiefer Liebe.

Rudy, Merle und Franklin gingen den Gang weiter bis zu einer Drehbank, die zehn Meter von Rudys Drehbank entfernt stand. Merle reckte das Kinn. Rudy blickte stramm geradeaus. Franklin sah zu Boden.

Karl war eine genaue Kopie seines Vaters. Er machte seinen Vater so gut nach, daß seine Gelenke bereits vor Alter leicht zu schmerzen schienen. Einundfünfzig Lebensjahre schienen ihn ernüchtert zu haben, obwohl er erst zwanzig auf dem Buckel hatte. Instinktiv schien er vor Arbeitsunfällen auf der Hut zu sein, obwohl die entsprechenden Sicherheitsvorkehrungen bereits zu einer Zeit in der Fabrik eingeführt worden waren, als er noch laufen lernte. Karl stand ohne Unterwürfigkeit in Habtachtstellung, genau wie vorher sein Vater.

»Lust, morgen schießen zu gehen?« sagte Rudy.

»Was schießen?« sagte Karl.

»Krähen. Tontauben«, sagte Rudy. »Vielleicht ein Waldmurmeltier.«

»Nichts dagegen«, sagte Karl. Er nickte kurz Merle und Franklin zu. »Gern.«

»Wir könnten ein paar Steaks mitnehmen und da draußen zu Abend essen«, sagte Merle. »Machst du die Steaksauce, Rudy?«

»Nichts dagegen«, sagte Rudy. Er war berühmt für seine Steaksauce und hatte seinem Sohn das Geheimnis beigebracht. »Gern.«

»Hab eine Flasche zwanzig Jahre alten Bourbon aufbewahrt, falls es mal was Spezielles zu begießen gibt«, sagte Merle. »Ich glaube, morgen ist speziell genug.« Er zündete sich eine Zigarre an, und Franklin sah, daß die Hand seines Vaters zitterte. »Wir werden feiern«, sagte er.

Merle boxte Franklin tolpatschig in die Nieren, von Mann zu Mann, damit er wie früher losblubberte. Er bereute es sofort. Er lachte laut heraus, um zu zeigen, daß es ihm nichts ausmachte, lachte durch Zigarrenrauch hindurch, der ihm in den Augen brannte. Das Lachen trieb ihm Rauch in die Lungen. Die Freude floh. Das Lachen ging immer weiter.

»Sieh ihn dir an, Rudy!« sagte Merle und trieb den Frohsinn auf die Spitze. »Einen Fuß größer als sein Alter, und wovon Vorsitzender in Cornell?«

»Allgemeiner Studentenausschuß«, murmelte Franklin peinlich berührt. Er und Karl vermieden es, einander anzusehen. Ihre Väter hatten sie vielleicht hundertmal mit auf die Jagd genommen. Aber die Jungen hatten kaum je miteinander gesprochen, hatten wenig mehr ausgetauscht als humorloses Nicken bei Treffern und Kopfschütteln bei Fehlschüssen.

»Und wie viele Studentenverbindungen gibt es in Cornell?« sagte Merle.

»Zweiundsechzig«, sagte Franklin noch leiser als zuvor.

»Und wie viele Männer sind in einer Verbindung?« sagte Merle.

»Vielleicht vierzig«, sagte Franklin. Er hob ein scharfes, glänzendes Stück spiralige Stahlwolle vom Boden auf. »So ein schönes Stück«, sagte er. Er wußte, daß jetzt die Reaktion seines Vaters kommen würde. Er konnte an seiner Stimme das erste warnende Beben hören.

»Sagen wir, sechzig Verbindungen«, sagte Merle. »Sagen wir, vierzig Mann in jeder … Das macht zweitausendvierhundert Jungs, die mein Junge unter sich hat, Rudy! Als ich in seinem Alter war, hatte ich nur sechs Mann unter mir.«

»Die sind nicht unter mir, Vater«, sagte Franklin. »Ich leite lediglich die Ausschußsitzungen und –«

Die Explosion kam. »Du schmeißt den Laden!« brüllte Merle. »Da kannst du so verdammt fein und bescheiden sein, wie du willst, aber du schmeißt immer noch den Laden!«

Niemand sagte etwas.

Merle versuchte zu lächeln, aber das Lächeln geronn, als werde er gleich in Tränen ausbrechen. Er nahm den Träger von Rudys Latzhose zwischen Daumen und Zeigefinger und rieb das ausgebleichte Leinen. Er sah hoch, in Rudys himmelblaue Augen.

»Der Junge will Schauspieler werden, Rudy«, sagte er. Und dann brüllte er wieder. »Das hat er gesagt!« Er drehte sich um und rannte zurück in sein Büro.

Sobald Franklin sich wieder zu einer Bewegung zwingen konnte, sprach Rudy mit ihm, als wäre nichts geschehen.

»Habt ihr genug Patronen?« fragte Rudy.

»Was?« sagte Franklin.

»Habt ihr genug Patronen? Oder sollen wir noch welche holen?« fragte Rudy.

»Nein«, sagte Franklin. »Wir haben jede Menge Patronen. Halbe Kiste voll, als ich letztesmal nachgesehen habe.«

Rudy nickte. Er untersuchte das Werkstück in Karls Drehbank und tippte sich an die Schläfe. Das Tippen war ein Signal, das Franklin oft bei der Jagd gesehen hatte. Es bedeutete, daß es Karl gutging.

Rudy berührte Karl leicht am Ellbogen. Es war für Karl das Signal, die Arbeit wiederaufzunehmen. Rudy und Karl hielten jeder einen gekrümmten Finger hoch und salutierten. Franklin wußte auch, was dies bedeutete. Es bedeutete: »Tschüs, ich hab dich lieb.«

Franklin setzte einen Fuß vor den anderen und ging, um seinen eigenen Vater zu suchen.

Merle saß an seinem Schreibtisch, den Kopf gesenkt, als Franklin hereinkam. Er hielt eine Stahlplatte von sechs mal sechs Zoll in der linken Hand. Die Platte hatte in der Mitte ein Loch von zwei mal zwei Zoll. In der rechten Hand hielt er einen Stahlwürfel, der genau in das Loch paßte.

Auf dem Tisch lagen zwei schwarze Samtbeutel wie

beim Juwelier, einer für die Platte und einer für den Würfel. Etwa alle zehn Sekunden steckte Merle den Würfel durch das Loch.

Franklin setzte sich zaghaft auf einen harten Stuhl an der Wand. Das Büro hatte sich in den Jahren, seitdem er es kannte, nicht sehr verändert. Es war ein weiterer Fabrikraum mit nackten Röhren an der Decke – die kalten beschlagen, die heißen trocken. Drähte schlängelten sich von Stahlkasten zu Stahlkasten. Die grünen Wände und kremfarbenen Leisten waren an einigen Stellen so rauh wie Elefantenhaut, mit abwechselnden Schichten von Anstrich und Ruß, Anstrich und Ruß.

Es war nie genug Zeit gewesen, die Schichten abzukratzen, und kaum genug Zeit, nachts neue Farbe draufzuklatschen. Und es war nie genug Zeit gewesen, die klobigen Regale, die den Raum säumten, fertigzubauen.

Franklin sah den Ort immer noch mit Kinderaugen. Für ihn war es ein Spielzimmer gewesen. Er erinnerte sich, wie sein Vater die Regale nach Spielsachen durchstöbert hatte, um seinem Jungen die Zeit zu vertreiben. Die Spielsachen waren immer noch da: halbierte Pumpen, Vertretermuster, Magneten, eine kaputte Schutzbrille, die einst Rudy Linbergs blaue Augen gerettet hatte.

Und die Spielsachen, an die Franklin sich am besten erinnerte – am besten, weil sein Vater sie ihm gezeigt hatte, ohne daß er sie je hätte anfassen dürfen –, waren die Spielsachen, mit denen Merle gerade spielte.

Merle ließ den Würfel noch einmal durch das quadratische Loch gleiten. »Weißt du, was das ist?« sagte er.

»Ja, Sir«, sagte Franklin. »Das sind die Werkstücke, die Rudy Linfeld anfertigen mußte, als er Lehrling in Schweden war.«

Der Würfel konnte auf vierundzwanzig verschiedene

Arten durch das Loch gesteckt werden, ohne daß auch nur der winzigste Lichtstrahl mit dem Würfel hindurchschlüpfen konnte.

»Unglaubliches Geschick«, sagte Franklin respektvoll. »Solche Handwerker gibt es heute gar nicht mehr.« In Wirklichkeit empfand er gar nicht soviel Respekt. Er sagte einfach etwas, von dem er wußte, daß sein Vater es hören wollte. Der Würfel und das Loch kamen ihm vor wie kriminelle Zeitverschwendung, und er fand sie stinklangweilig. »Unglaublich«, sagte er wieder.

»Unglaublich sind die beiden Werkstücke, wenn man sich vor Augen hält, daß Rudy sie gar nicht gemacht hat«, sagte Merle, »wenn man sich vor Augen hält, welcher Generation der Mann, der sie gemacht hat, angehört.«

»Ach ja?« sagte Franklin. »Wer hat sie denn gemacht?«

»Rudys Junge«, sagte Merle. »Ein Angehöriger deiner Generation.« Er drückte seine Zigarre aus. »Er hat sie mir zu meinem letzten Geburtstag geschenkt. Hier lagen sie auf meinem Schreibtisch, Junge, haben auf mich gewartet, als ich reinkam – direkt neben denen, die mir Rudy vor so vielen Jahren geschenkt hatte.«

Franklin hatte an jenem Geburtstag ein Telegramm geschickt. Vermutlich hatte das Telegramm ebenfalls auf dem Schreibtisch gewartet. In dem Telegramm hatte gestanden: »Herzlichen Glückwunsch, Vater.«

»Ich hätte weinen können, Junge, als ich diese beiden Platten und diese beiden Würfel nebeneinander gesehen habe«, sagte Merle. »Kannst du das verstehen?« fragte er. »Kannst du verstehen, warum mir zum Heulen zumute war?«

»Ja, Sir«, sagte Franklin.

Merles Augen weiteten sich. »Und dann habe ich doch tatsächlich, glaube ich, eine, vielleicht zwei Tränen geweint, weil ...« sagte er. »Weißt du, was ich herausgefunden habe, Junge?«

»Nein, Sir«, sagte Franklin.

»Karls Würfel hat durch Rudys Platte gepaßt!« sagte Merle. »Sie waren austauschbar!«

»Mann!« sagte Franklin. »Das ist ja toll. Wirklich?«

Und jetzt war ihm nach Weinen zumute, denn es war ihm egal, *konnte* ihn nicht interessieren – und er hätte seinen rechten Arm dafür gegeben, wenn es ihm nicht egal gewesen wäre. Die Fabrik krachte und kreischte in monströser Bedeutungslosigkeit vor sich hin – und sie gehörte Franklin, gehörte ihm ganz, wenn er nur das Wort aussprach.

»Was wirst du damit machen – dir ein Theater in New York kaufen?«

»Womit machen, Sir?«

»Mit dem Geld, das ich für die Fabrik kriegen werde, wenn ich sie verkaufe, dem Geld, das ich dir hinterlassen werde, wenn ich tot bin«, sagte Merle. Das Wort »tot« sprach er überdeutlich aus. »In was wird Waggoner-Pumpen umgewandelt werden? In die ›Waggoner-Theater‹? In die ›Schauspielschule Waggoner‹? In das ›Waggoner-Heim für ausgebrannte Schauspieler‹?«

»Darüber habe ich noch nicht nachgedacht«, sagte Franklin. Der Gedanke, Waggoner-Pumpen in etwas genauso Kompliziertes umzuwandeln, war ihm noch nicht gekommen, und jetzt entsetzte er ihn. Er war gefordert, der Leidenschaft seines Vaters für die Fabrik eine genauso starke Leidenschaft für etwas anderes entgegenzusetzen. Und Franklin hatte keine solche Leidenschaft – weder für das Theater noch für irgendwas anderes.

Er hatte nichts als die bittersüßen, beinah gestaltlosen Sehnsüchte der Jugend. Indem er sagte, er wolle Schauspieler werden, bekamen die Sehnsüchte den Anschein von mehr Spaß, als sie eigentlich boten. Es zu sagen war eher Poesie als was andres.

»Ich interessiere mich nun mal ein bißchen dafür«, sagte Merle. »Hast du was dagegen?«

»Nein, Sir«, sagte Franklin.

»Wenn Waggoner-Pumpen nur noch eine weitere Firma unter dem Dach der Allgemeinen Gießerei- & Walzwerkbetriebe sind und die dann einen Schwung schlauer junger Männer schicken, die den Laden übernehmen und auf Vordermann bringen, möchte ich etwas andres haben, worüber ich nachdenken kann – egal, was du vorhast.«

Franklin juckte es überall. »Ja, Sir«, sagte er. Er sah auf die Uhr und stand auf. »Wenn wir morgen schießen gehen, ist es wohl besser, wenn ich Tante Margaret heute nachmittag besuche.« Margaret war Merles Schwester.

»Tu du das«, sagte Merle. »Und ich rufe die Allgemeinen Gießerei- & Walzwerkbetriebe an und sage ihnen, daß ich ihr Angebot annehme.« Er fuhr mit dem Finger durch sein Adreßbuch, bis er einen Namen und eine Telefonnummer gefunden hatte. »Wenn wir verkaufen wollen, muß ich jemanden namens Guy Ferguson anrufen, den ich unter etwas erreiche, was Durchwahl fünf null neun heißt, was sich wiederum in etwas befindet, was sich Allgemeine Gießerei- & Walzwerkbetriebe nennt, und das ist dann hinwiederum in einem Kaff namens Ilium, New York.« Er leckte die Lippen. »Ich werde ihm sagen, er und seine Freunde können Waggoner-Pumpen haben.«

»Verkaufe bloß nicht meinetwegen«, sagte Franklin.

»Wegen wem sollte ich sie behalten wollen?« fragte Merle.

»Mußt du denn heute verkaufen?« Franklin klang verschreckt.

»Man muß das Eisen schmieden, solange es heiß ist, sage

ich immer«, sagte Merle. »Heute ist der Tag, an dem du beschlossen hast, Schauspieler werden zu wollen, und wie das Schicksal so spielt, haben wir ein hervorragendes Angebot für mein Lebenswerk.«

»Könnten wir nicht warten?«

»Worauf?« sagte Merle. Jetzt amüsierte er sich richtig.

»Vater!« rief Franklin. »Um Himmels willen, Vater, bitte!« Er ließ den Kopf erst hängen und schüttelte ihn dann. »Ich weiß nicht, was ich tu«, sagte er. »Ich weiß noch nicht genau, was ich machen will. Ich spiele nur mit Ideen, versuche, zu mir selbst zu finden. Bitte, Vater, verkauf dein Lebenswerk nicht, wirf es nicht einfach weg, nur weil ich nicht recht weiß, was ich mit meinem Leben anfangen soll. Bitte!« Franklin hob den Blick. »Ich bin nicht Karl Linberg«, sagte er. »Ich kann nichts dafür. Es tut mir leid, aber ich bin nicht Karl Linberg.«

Scham umwölkte das Gesicht seines Vaters, verwehte dann. »Ich ... Ich habe aber doch gar keine abscheulichen Vergleiche angestellt«, sagte Merle. Genau das hatte er schon oft gesagt. Franklin hatte ihn dazu gezwungen, genau wie er ihn jetzt gezwungen hatte, indem er sich dafür entschuldigte, nicht Karl Linberg zu sein.

»Das wäre mir doch gar nicht recht, wenn du wie Karl wärest«, sagte Merle. »Ich bin froh, weil du so bist, wie du bist. Ich bin froh, daß du große eigene Träume hast.« Er lächelte. »Zeig ihnen, was eine Harke ist, Junge – und sei du selbst! Hab ich dir je was anderes gesagt, was du mit deinem Leben anstellen sollst?«

»Nein, Sir«, sagte Franklin. Der letzte Fetzen von Glauben an irgendwelche eigenen Träume war weggerupft. Er konnte nie etwas träumen, was zwei Millionen Dollar wert war, konnte nie etwas träumen, was den Tod der Träume seines Vaters wert war. Schauspieler, Zeitungsmann, Sozialarbeiter, Kapitän – Franklin war nicht in der Verfassung, irgendwem zu zeigen, was eine Harke war.

»Dann fahr ich mal jetzt lieber zu Tante Margaret«, sagte er.

»Tu du das. Und ich werde bis Montag warten, bevor ich Ferguson-oder-wie-er-heißt was sage.« Merle schien mit sich im reinen.

Auf dem Weg über den Firmenparkplatz zu seinem Auto kam Franklin an Rudys und Karls neuem Geländewagen vorbei. Sein Vater hatte davon geschwärmt, und nun sah ihn sich Franklin genau an – wie er sich alles genau ansah, was sein Vater mochte.

Der Geländewagen war ein deutsches Fabrikat, hellblau, mit Weißwandreifen, den Motor hinten. Er sah aus wie ein kleiner Bus: vorn keine Kühlerhaube, hohes, flaches Dach, Schiebetüren und viele viereckige Fenster links und rechts.

Das Innere war ein Meisterwerk an Rudys und Karls Ordentlichkeit und Schreinereiarbeit, an Spinden und Nischen und Regalen. Es gab für alles einen Platz, und alles war an seinem Platz – Flinten, Angelausrüstung, Kochutensilien, Herd, Eisschrank, Decken, Schlafsäcke, Laternen, Erste-Hilfe-Kasten. Es gab sogar zwei Mulden nebeneinander, in welchen die Kästen für Karls Klarinette und Rudys Flöte festgezurrt waren.

Franklin sah bewundernd ins Innere und hatte eine seltsame Gedankenverbindung. Seine Gedanken an den Geländewagen mischten sich mit Gedanken an ein großes Schiff, das nach Tausenden von Jahren in Ägypten ausgegraben worden war. Das Schiff war mit allem ausgestattet gewesen, was man für eine Reise ins Paradies brauchte – mit allem, was man brauchte, außer mit dem, wie man hinkam.

»Miste' Waggone', Ssö'!« sagte eine Stimme, und ein Motor heulte auf.

Franklin drehte sich um und sah, daß der Parkplatzwächter ihn hatte kommen sehen und nun seinen Wagen brachte. Nun brauchte Franklin die letzten fünfzehn Meter zu seinem Auto nicht mehr zu Fuß zu gehen.

Der Wächter stieg aus und salutierte flott. »Fäh't das Ding wi'klich zweihunde't Spitze, wie aufm Tacho steht?« sagte er.

»Hab's noch nie ausprobiert«, sagte Franklin und stieg ein. Das Auto war ein Sportwagen, windig und neckisch, mit Platz für zwei Personen. Er hatte es gebraucht gekauft, gegen den Wunsch seines Vaters. Sein Vater war nie damit gefahren. Für seine Reise ins Paradies war es mit drei lippenstiftverschmierten Papiertaschentüchern, einem Bierdosenring, einem vollen Aschenbecher und einer Straßenkarte von Illinois ausgestattet.

Es war Franklin peinlich, als er sah, daß der Wächter die Windschutzscheibe mit seinem Taschentuch säuberte. »Schon gut, schon gut«, sagte er. »Lassen Sie nur.« Er dachte, er wüßte noch, wie der Wächter hieß, aber er war sich nicht sicher. Er riskierte es trotzdem. »Vielen Dank für alles, Harry«, sagte er.

»Geo'ge, Ssö'!« sagte der Wächter. »Geo'ge Mirama' Jackson, Ssö'!«

»Natürlich«, sagte Franklin. »Tut mir leid, George. Glatt vergessen.«

George Miramar Jackson lächelte strahlend. »Macht nix, Miste' Waggone', Ssö'! Denken Sie einfach das nächstemal dran, Ssö'!« In Georges Augen brannte der Traum von einer Zeit in der Zukunft, wenn Franklin erst Boß war, wenn sich für ihn ein toller neuer Job im Innern der Fabrik auftat. In diesem Traum sagte Franklin zu seiner Sekretärin: »Miss

Sowieso? Schicken Sie mir doch mal eben –«, und dann würde sich aus seinem Munde heraus der magische, prächtige, unvergeßliche Name entfalten.

Franklin fuhr vom Parkplatz und hatte keine Träume, die sich auch nur entfernt mit denen des George Miramar Jackson messen konnten.

Beim Abendessen, nach zwei steifen Cocktails und einem Wirbelwind aus Bemutterung bei Tante Margaret völlig schmerzfrei, eröffnete Franklin seinem Vater, er wolle zu gegebener Zeit die Fabrik übernehmen. Er würde der Waggoner in Waggoner-Pumpen werden, sobald sein Vater es für richtig halte, sich zu verabschieden.

Schmerzfrei bewegte Franklin seinen Vater so tief, wie es Karl Linberg mit einer Stahlplatte, einem Stahlwürfel und wer weiß wie vielen Jahren geduldigen Ritscheratsches mit einer Feile getan hatte.

»Du bist der einzige, weißt du das?« sagte Merle erstickt. »Der einzige – ich schwör's dir!«

»Der einzige was, Sir?«

»Der einzige, der bei dem bleibt, was sein Vater oder sein Großvater oder manchmal sogar sein Urgroßvater aufgebaut hat.« Merle schüttelte betrübt den Kopf. »Kein Hudson in Hudson-Sägen«, sagte er. »Ich glaube, heutzutage kann man mit einer Hudson-Säge nicht mal mehr Käse schneiden. Kein Flemming in Gußformen und Werkzeuge Flemming. Kein Warner in der Warner Street. Kein Hawks, kein Hinkley, kein Bowman in Hawks, Hinkley & Bowman.«

Merle winkte mit der Hand gen Westen. »Du fragst dich, wer all die Leute mit den großen, neuen Häusern in der Weststadt sind? Wer kann sich so ein Haus leisten, ohne daß wir diese Leute je zu sehen kriegen, ohne auch nur jemals jemanden zu sehen zu kriegen, der sie kennt? Das sind die Menschen, die anstelle der Söhne Firmen übernehmen. Die Stadt steht zum Verkauf, und sie kaufen. Das hier ist jetzt ihre Stadt – die Stadt von Menschen, die Ferguson heißen und aus Käffern stammen, die Ilium heißen. Was ist nur mit den Söhnen los? Das sind deine besten Freunde, Junge. Du bist mit ihnen groß geworden. Du kennst sie besser, als ihre Väter sie kennen. Was ist mit denen los? Liegt es an den vielen Kriegen? Am Suff?«

»Ich weiß es nicht, Vater«, sagte Franklin und wählte damit den bequemsten Abgang. Er faltete seine Serviette mit einer gewissen säuberlichen Endgültigkeit zusammen. Er stand auf. »Im Klub ist heute abend Tanz«, sagte er. »Ich hab mir gedacht, ich geh mal hin.«

»Tu du das«, sagte Merle.

Tat Franklin aber nicht. Er kam bis zum Parkplatz des Country Club, ging dann aber nicht hinein.

Er wollte seine Freunde plötzlich nicht mehr sehen – die Mörder der Träume der Väter. Ihre jungen Gesichter waren die Gesichter von alten Männern, verkehrt rum aufgehängt, ihr Gesichtsausdruck grotesk und nicht zu deuten. Sie hingen mit dem Kopf nach unten und schwangen sich von Bar zu Ballsaal zu Würfelpartie und zurück in die Bar. Niemand bemitleidete diese Leute, die in dem großen Glockenstuhl hausten, denn sie würden dermaleinst reich sein, wenn sie es nicht schon waren. Sie brauchten nicht zu träumen oder auch nur einen Finger krumm zu machen.

Franklin ging allein ins Kino. Der Film versagte, was Vorschläge zur Verbesserung der Lebensführung betraf. Er schlug vor, man solle freundlich und liebevoll und demütig sein, und wenn Franklin etwas war, dann freundlich und liebevoll und demütig.

Die Farben der Farm am nächsten Tag waren die Farben von Stroh und Frost. Das Land gehörte Merle, und es war flach wie ein Billardtisch. Die Jacken und Mützen von Merle und von Franklin, von Rudy und von Karl bildeten einen winzigen Farbklumpen auf einem Feld.

Franklin kniete auf den Stoppeln und spannte den Wurfarm, der eine Tontaube auf den Flug über das Feld schicken sollte. »Fertig«, sagte er.

Merle knallte sich die Flinte gegen die Schulter, plierte den Lauf entlang, schnitt eine Grimasse und ließ die Flinte wieder sinken. »Los!« sagte er.

Franklin zog an der Kordel des Wurfgeräts. Die Tontaube flog los.

Merle feuerte aus dem einen Lauf, und dann, als die Taube außer Reichweite war, kasperte er herum und feuerte aus dem anderen Lauf hinterher. Er hatte danebengeschossen. Er hatte schon den ganzen Nachmittag danebengeschossen. Es schien ihm nicht viel auszumachen. Er war schließlich immer noch der Boß.

»Zu kurz«, sagte Merle. »Ich strenge mich zu sehr an. Ich führe den Schuß nicht.« Er klappte seine Flinte herunter, und die leeren Patronenhülsen sprangen heraus. »Nächster?« sagte er. »Karl?«

Franklin lud eine weitere Tontaube in das Gerät. Sie war eine sehr tote Taube. Die nächste würde genauso tot sein. Karl hatte den ganzen Nachmittag nicht danebengeschossen, und nach Karl kam Rudy, der auch noch nicht danebengeschossen hatte.

Erstaunlicherweise hatte Franklin auch noch nicht danebengeschossen.

Da ihm alles denkbar Wurscht war, war er eins mit dem Universum geworden. In derart hirnloser Harmonie, so hatte er herausgefunden, konnte er gar nicht danebenschießen.

Wenn Merles Schüsse nicht so in die Irre gegangen wären, hätten die einzigen Wörter, die zu hören waren, ein stetiger Rhythmus aus »Fertig ... Los ... Fertig ... Los« sein können. Nichts war über den Mord an Franklins kleinem Traum gesagt worden – den Traum, Schauspieler zu werden. Merle hatte nicht triumphierend verkündet, der Junge werde eines Tages definitiv die Fabrik übernehmen.

In der kleinen Welt eines vornübergebeugten Mannes spannte Franklin den Wurfarm und hatte ein albtraumhaftes Gefühl, als schössen sie nun schon seit Jahren Tontauben, als wäre dies alles, was das Leben zu bieten habe, als könne nur der Tod dies beenden.

Seine Füße waren Eisklötze.

»Fertig«, sagte Franklin.

»Los«, sagte Karl.

Heraus kam die Tontaube. *Peng* machte die Flinte, und der Vogel war Staub.

Rudy tippte sich an die Schläfe, grüßte dann Karl mit einem gekrümmten Finger. Karl erwiderte den Gruß. So war das den ganzen Nachmittag gegangen – ohne die Spur eines Lächelns. Karl trat zurück, und Rudy trat vor, der nächste Zahn im Zahnrad des Getriebes der humorlosen Tontaubenzerstörungsmaschine.

Jetzt war Karl mit der Bedienung des Geräts dran. Als er mit Franklin die Plätze tauschte, schlug ihm Franklin mit zynischem Lächeln auf den Arm. Franklin legte alles in diesen Schlag und das Lächeln – Väter und Söhne, junge Träume und alte Träume, Bosse und Angestellte, kalte Füße, Langeweile und Schießpulver.

Es war verrückt, daß Franklin so etwas tat. Es war das Intimste, was je zwischen ihm und Karl vorgefallen war. Es war eine verzweifelte Tat. Franklin mußte wissen, ob sich ein menschliches Wesen in Karl befand, und, falls dies der Fall war, wie das Wesen aussah.

Karl zeigte ein bißchen von sich selbst – nicht viel. Er zeigte, daß er erröten konnte. Und einen Sekundenbruchteil lang zeigte er, daß es etwas gab, was er Franklin gern erklärt hätte.

Aber all das verging schnell. »Fertig«, sagte er.

»Los!« sagte Rudy.

Heraus kam die Tontaube. *Peng* machte die Flinte, und der Vogel war Staub.

»Wir werden etwas finden müssen, was für euch Jungs schwerer und für mich leichter ist«, sagte Merle. »Über die Flinte kann ich mich nicht beschweren, weil das verdammte Ding mich sechshundert Dollar gekostet hat. Was ich brauche, ist eine Sechs-Dollar-Flinte, der ich alles in die Schuhe schieben kann.«

»Sonne geht unter. Licht wird schlecht«, sagte Rudy.

»Also Schluß für heute«, sagte Merle. »Keine Frage, wer bei den alten Leuten der Champion ist, Rudy. Aber die Jungs liegen Kopf an Kopf. Da müßten wir noch eine Entscheidung herbeiführen.«

»Sie könnten es mit dem Gewehr versuchen«, sagte Rudy. Das Gewehr lehnte am Zaun, zur Krähenjagd bereit. Es hatte ein Zielfernrohr. Es gehörte Merle.

Merle zog eine leere Zigarettenpackung aus der Tasche und entfernte das Silberpapier. Er gab es an Karl weiter. »Ihr beiden Jungs hängt das mal in etwa zweihundert Metern Entfernung auf.«

Franklin und Karl latschten neben dem Zaun entlang, latschten zweihundert Meter weit. Sie waren es gewohnt, zusammen auf Botengänge geschickt zu werden, die einer allein auch geschafft hätte – waren es gewohnt, ihre Generation zu vertreten, zeremoniell, im Gegensatz zur Generation ihrer Väter.

Keiner sagte etwas, bis die Alufolie mit Reißzwecken an einem Zaunpfahl befestigt war. Und dann, als sie ein paar Schritte vor der Zielscheibe zurücktraten, sagte Karl etwas, so schüchtern, daß Franklin es nicht recht mitbekam.

»Wie bitte?« sagte Franklin.

»Ich bin ... Ich bin froh, daß du nicht die Fabrik übernimmst«, sagte Karl. »Das ist gut ... Das ist toll. Vielleicht, wenn du dann auf Tournee gehst und bei uns durch die Stadt kommst, besuche ich dich hinter der Bühne. Geht das in Ordnung? Meinst du, du kennst mich dann noch?«

»Ob ich dich dann noch kenne?« sagte Franklin. »Hast du sie noch alle, Karl?« Einen Augenblick lang kam er sich vor wie der Schauspieler, als den er sich kurz geträumt hatte.

»Häng deinen Alten ab«, sagte Karl. »Das ist schon mal ganz wichtig. Das wollte ich dir nur sagen, für den Fall, daß du denkst, ich denke was andres.«

»Danke, Karl«, sagte Franklin. Er schüttelte matt den Kopf. »Aber ich werde kein Schauspieler. Ich übernehme die Fabrik, wenn Vater sich zurückzieht. Das habe ich ihm gestern abend gesagt.«

»Warum?« sagte Karl. Er war zornig.

»Den alten Mann macht es froh, und mir fällt auch nichts Besseres ein.«

»Du kannst es aber doch schaffen«, sagte Karl. »Du kannst abhauen. Du kannst alles werden, was du willst.«

Franklin legte die Hände gegeneinander, öffnete sie dann und bildete eine Blume der Fügung. »Jeder kann das.«

Karls Augen weiteten sich. »Ich kann das nicht«, sagte er. »Ich kann das nicht! Dein Vater hat doch nicht nur dich. Er hat seinen großen Erfolg.« Er wandte sich ab, so daß Franklin sein Gesicht nicht sehen konnte. »Mein Alter hat nur mich.«

»Na hör mal«, sagte Franklin. »Aber ernsthaft!«

Karl sah ihn wieder an. »Ich bin das, was ihm lieber ist als die Hälfte von Waggoner-Pumpen, die er für zweitausend Dollar hätte haben können!« sagte er. »Jeden Tag meines Lebens hat er mir das gesagt. Jeden Tag!«

»Sag mal, spinnst du, Karl?« sagte Franklin. »Du verstehst dich doch aber so prima mit deinem Vater.«

»Mit meinem Vater?« sagte Karl ungläubig. »Mit deinem – mit deinem. Er soll mich lieben. Er soll sich nach einem Sohn wie mir sehnen. Das ist doch der ganze Witz.« Er fuchtelte mit den Armen. »Der Geländewagen, die Duette, die Flinten, die nie danebenschießen, der dämliche Sohn, der auf Handzeichen reagiert – das ist alles nur dazu da, daß dein Vater sich sagt, so was will er auch.«

Franklin war verblüfft. »Karl, das bildest du dir doch nur ein. Du bist es, was deinem Vater viel lieber ist als die Hälfte von Waggoner-Pumpen oder sonstwas!«

»Das dachte ich auch«, sagte Karl.

»Die Platte und der Würfel, die du angefertigt hast«, sagte Franklin, »die hast du meinem Vater geschenkt, aber in Wirklichkeit waren sie ein Geschenk für deinen Vater. Noch dazu so ein perfektes Geschenk von einem Sohn für seinen Vater! Ich habe meinem Vater nie so etwas geschenkt – nichts, wo ich dermaßen viel Herz und Seele reingelegt hätte. Konnte ich gar nicht!«

Karl errötete und wandte sich wieder ab. »Ich habe sie aber doch gar nicht gemacht«, sagte er. Er zitterte. »Ich hab's ja versucht. Und *wie* ich es versucht habe!«

»Das verstehe ich nicht.«

»Mein Vater mußte sie machen«, sagte Karl bitter. »Und dann habe ich gemerkt, daß es ganz Wurscht war, wer sie gemacht hat, solange dein Vater nur glaubte, daß ich sie gemacht habe.«

Franklin stieß einen leisen, traurigen Pfiff aus.

»Als mein Alter sie gemacht hat, hat er mir unter die Nase gerieben, wieviel ihm das bedeutet.« Karl wischte sich tatsächlich die Nase am Jackenärmel ab.

»Aber, Karl ...« sagte Franklin.

»Ach, zum Teufel«, sagte Karl müde. »Ist ja gar nicht seine Schuld. Tut mir leid, daß ich überhaupt was gesagt habe. Mir geht es gut – ich werd's überleben.« Er gab der Alufolie einen kleinen Stups. »Ich werde danebenschießen, und das war's dann auch.«

Nichts weiter wurde gesagt. Die beiden latschten zurück zu ihren Vätern. Franklin kam es vor, als ließen sie alles hinter sich, was sie gerade gesagt hatten, als würde die Brise, die sich gerade erhob, ihre finsteren Gedanken davonwirbeln. Als sie den Schießstand erreichten, dachte Franklin nur noch an Whiskey, Steak und an einen glühendheißen Herd.

Als er und Karl auf die Alufolie schossen, streifte Franklin eine Ecke. Karl traf ins Zentrum. Rudy tippte sich an die Schläfe, salutierte dann mit einem gekrümmten Finger. Karl erwiderte den Gruß.

Nach dem Abendessen spielten Rudy und Karl Duette für Flöte und Klarinette. Sie spielten ohne Noten, kompliziert und wunderschön. Franklin und Merle konnten nur mit den Fingern Takt halten und hofften, daß sich ihr Klopfen auf die Tischplatte einigermaßen wie ein Schlagzeug anhörte.

Franklin warf seinem Vater einen raschen Blick zu. Als sich ihre Augen trafen, beschlossen sie, daß ihr Getrommel keine große Hilfe war. Das Trommeln hörte auf.

In einem Moment des Nachdenkens stellte Franklin zu seinem freudigen Erstaunen fest, daß die Musik nicht mehr nur von Rudy und Karl sprach. Sie sprach von allen Vätern und Söhnen. Sie sagte, was sie alle immer schon gesagt hatten, stockend, manchmal voll Schmerz und manchmal voll Zorn und manchmal voll Grausamkeit und manchmal voll Liebe: daß Väter und Söhne eins waren.

Außerdem sagte sie, daß eine geistige Trennung in der Luft lag – egal, wie sehr jemand jemanden festhielt, egal, was jemand versuchte.

Eine Nacht für die Liebe

Mondschein ist das Richtige für junge Liebende, und Frauen scheinen sowieso nie genug davon kriegen zu können. Aber wenn ein Mann älter wird, findet er Mondschein zu dünn und zu kühl, und dann braucht er was Reelleres. Fand jedenfalls Turley Whitman. Turley stand im Schlafanzug vor seinem Schlafzimmerfenster und wartete darauf, daß seine Tochter Nancy nach Hause kam.

Er war ein großer, freundlicher gutaussehender Mann. Er sah aus wie ein guter König, aber er war nur ein Firmenpolizist, der den Parkplatz von Schleif- und Schmirgelmaterialien Reinbeck unter sich hatte. Sein Schlagstock, seine Pistole, seine Patronen und seine Handschellen lagen auf einem Stuhl neben dem Bett. Turley war verwirrt und bestürzt.

Seine Frau Milly lag im Bett. So ziemlich zum erstenmal seit ihren dreitägigen Flitterwochen im Jahre 1936 hatte Milly keine Lockenwickler angelegt. Ihr Haar lag über das ganze Kissen ausgebreitet. Es machte sie jung und weich und geheimnisvoll. Seit Jahren hatte niemand in dem Schlafzimmer geheimnisvoll ausgesehen. Milly machte die Augen weit auf und starrte den Mond an.

Ihre Einstellung setzte Turley fast noch mehr zu als alles andere. Milly lehnte es ab, sich darum zu sorgen, was vielleicht gerade mit Nancy irgendwo so spät da draußen im Mondschein geschah. Milly nickte, ohne es zu merken, ein, wachte dann auf und starrte ein bißchen den Mond an, und sie dachte große Gedanken, ohne Turley zu sagen, was das für Gedanken waren, und dann nickte sie wieder ein.

»Bist du wach?« fragte Turley.

»Hm?« sagte Milly.

»Hast du beschlossen, wach zu sein?«

»Ich bleibe jetzt wach«, sagte Milly träumerisch. Sie klang wie ein Mädchen.

»Hast du das etwa für wach gehalten?« sagte Turley.

»Ich muß eingeduselt sein, ohne es zu merken«, sagte sie.

»Du hast eine Stunde lang dicke Balken gesägt«, sagte Turley.

Er drehte es so, daß sie sich selbst unattraktiv vorkommen mußte, weil er wollte, daß sie gründlich aufwachte. Er wollte, daß sie wach genug wurde, um mit ihm zu reden, anstatt nur den Mond anzustarren. Sie hatte gar keine dicken Balken gesägt, als sie schlief. Sie war sehr schön und still gewesen.

Milly war einst das schönste Mädchen der Stadt gewesen. Jetzt war das ihre Tochter.

»Auch wenn du das übertrieben findest: Ich mache mir schreckliche Sorgen«, sagte Turley.

»Ach, Schatz«, sagte Milly, »es geht ihnen gut. Sie sind doch vernünftig. Die beiden sind doch keine wahnsinnigen Halbstarken.«

»Willst du mir garantieren, daß sie nicht irgendwo zermatscht im Straßengraben liegen?« sagte Turley.

Jetzt war Milly wach. Sie setzte sich auf, runzelte die Stirn und blinzelte sich die Schläfrigkeit aus den Augen. »Meinst du wirklich –«

»Ich meine wirklich!« sagte Turley. »Er hat mir feierlich versprochen, sie vor inzwischen zwei Stunden zu Hause abzuliefern.«

Milly schlug die Bettdecke beiseite und stellte ihre bloßen Füße nah nebeneinander auf den Fußboden. »Also gut«, sagte sie. »Ich bin beschämt. Ich bin hellwach. Ich bin besorgt.«

»Wurde aber auch Zeit«, sagte Turley. Er wandte ihr den Rücken zu und dramatisierte die verantwortungsbewußte Wacht, die er beim Fenster hielt, indem er seinen großen Fuß auf den niedrigen Heizkörper stellte.

»Machen ... Machen wir uns jetzt einfach Sorgen und warten ab?« sagte Milly.

»Was schlägst du denn vor?« sagte Turley. »Wenn du meinst, man könnte vielleicht mal die Polizei anrufen, um zu erfahren, ob ein Unfall gemeldet wurde – um dieses Detail habe ich mich gekümmert, während du dicke Balken sägtest.«

»Keine Unfälle?« sagte Milly sehr, sehr kleinlaut.

»Keine gemeldeten Unfälle«, sagte Turley.

»Na ... Das ... Das ist doch schon ein bißchen beruhigend.«

»Vielleicht für dich«, sagte Turley. »Für mich nicht.« Er sah sie an, und er sah, daß sie jetzt hellwach genug war, um zu hören, was er ihr schon seit einiger Zeit hatte sagen wollen. »Wenn du mir die Bemerkung verzeihst, du behandelst diese Sache, als wäre sie eine Art Feiertag. Du benimmst dich, als wäre es so ziemlich das Schönste, was je passiert ist, daß sie mit diesem reichen jungen Schlauberger in seinem Dreihundert-Pferdestärken-Auto losgezogen ist.«

Milly stand auf, schockiert und verletzt. »Feiertag?« flüsterte sie. »Ich?«

»Also – du hast immerhin dein Haar heruntergelassen, damit du hübsch aussiehst, falls er auch einen Blick auf dich wirft, wenn er sie endlich nach Hause bringt, stimmt's?«

Milly biß sich auf die Lippe. »Ich dachte nur, falls es Streit gegeben hätte, wollte ich nicht alles nur noch dadurch verschlimmern, daß ich mit Lockenwicklern herumlaufe.«

»Du meinst nicht, daß es Streit geben sollte, stimmt's?« sagte Turley.

»Du bist der Familienvorstand. Mach du ... Mach du, was du für richtig hältst.« Milly ging zu ihm, berührte ihn leicht. »Schatz«, sagte sie, »ich glaube nicht, daß Streit das richtige wäre. Ehrlich nicht. Ich denke genauso schwer wie du darüber nach, was man unternehmen könnte.«

»Zum Beispiel?« sagte Turley.

»Warum rufst du nicht einfach seinen Vater an?« sagte Milly. »Vielleicht weiß er, wo sie sind oder was sie für Pläne hatten.«

Dieser Vorschlag hatte eine seltsame Wirkung auf Turley. Nach wie vor überragte er Milly um einiges, aber er beherrschte das Haus oder den Raum oder auch nur seine kleine, barfüßige Frau nicht mehr. »Na, fabelhaft!« sagte er. Die Worte waren laut, aber sie waren so hohl wie eine Pauke.

»Warum nicht?« sagte Milly.

Turley sah sie nicht mehr an. Er nahm wieder seine Wacht am Fenster auf. »Das wäre ja wirklich fabelhaft«, sagte er zu der mondbeschienenen Stadt. »L. C. Reinbeck persönlich aus dem Bett scheuchen. ›Hallo, L. C.? Hier ist T. W. Was zum Teufel stellt Ihr Sohn gerade mit meiner Tochter an?‹« Turley lachte bitter.

Milly schien nicht zu verstehen. »Es ist aber doch dein gutes Recht, ihn oder sonstwen anzurufen, wenn du wirklich glaubst, daß es sich um einen Notfall handelt«, sagte sie. »Ich meine, nachts um diese Zeit ist doch jeder frei und gleich.«

»Du vielleicht«, sagte Turley in dramatischem Ton. »Vielleicht warst du mal so frei und so gleich wie der große L. C. Reinbeck, ich war das nie. Ich rechne auch nicht mehr damit, das je zu werden.«

»Ich sage doch nur, daß er auch nur ein Mensch ist«, sagte Milly.

»Da bist du ja der Fachmann«, sagte Turley. »Ich jedenfalls nicht. Mich hat er nie in den Country Club zum Tanzen ausgeführt.«

»Mich hat er auch nie in den Country Club zum Tanzen ausgeführt. Er tanzt nicht gern.« Milly berichtigte sich. »Tanzte zumindest damals nicht gern.«

»Nun quäle mich doch nicht mitten in der Nacht mit technischen Finessen«, sagte Turley. »Er hat dich also ausgeführt und irgendwas gemacht, was er gern macht. Egal, was es war – du bist der Fachmann für ihn.«

»Schatz«, sagte Milly gepeinigt, »er hat mich einmal zum Abendessen in die Blue Mill ausgeführt, und einmal ist er mit mir ins Kino gegangen. *The Thin Man* haben wir gesehen. Und er hat nur geredet, und ich habe nur zugehört. Und es war auch kein Liebesgeflüster. Es ging darum, wie er die Schmirgelfirma wieder zu der Porzellanmanufaktur machen wollte, die sie mal gewesen war. Und er wollte das Design machen. Und er hat nie etwas dergleichen getan, woran du ermessen kannst, was für ein Fachmann ich auf dem Gebiet des großen L. C. Reinbeck bin.« Sie legte sich die Hand auf den Busen. »Ich bin der Fachmann für dich«, sagte sie, »wenn du wissen willst, für wen ich der Fachmann bin.«

Turley stieß einen animalischen Laut aus.

»Was ist denn, Liebster?« sagte Milly.

»Für mich«, sagte Turley ungeduldig. »Wofür bist du der Fachmann – für mich?«

Milly machte hilflose Gebebewegungen, die Turley nicht sah.

Er stand stockstill, war immer aufgedrehter. Plötzlich bewegte er sich wie ein schwerfälliges Aufziehmännchen.

Er ging zum Telefon auf dem Nachttisch. »Warum soll ich ihn eigentlich nicht anrufen?« tobte er. »Warum eigentlich nicht?«

Unbeholfen schlug er Louis C. Reinbecks Nummer im Telefonbuch nach und führte Selbstgespräche darüber, wie oft die Firma Reinbeck ihn mitten in der Nacht aus dem Bett geklingelt hatte.

Er verwählte sich, legte auf, sammelte sich, um erneut zu wählen. Rasch sank ihm der Mut.

Milly haßte den Anblick, wie ihm die Courage schwand. »Er schläft bestimmt nicht«, sagte sie. »Die hatten doch eine Party.«

»Die hatten doch eine was?« sagte Turley.

»Heute abend geben die Reinbecks eine Party – oder sie ist jetzt gerade vorbei.«

»Woher weißt du das?« sagte Turley.

»Stand heute morgen in der Zeitung, auf der Gesellschaftsseite. Außerdem«, fuhr Milly fort, »kannst du in die Küche gehen und sehen, ob bei ihnen die Lichter noch an sind.«

»Man kann von unserer Küche aus das Haus der Reinbecks sehen?« fragte Turley.

»Klar«, sagte Milly. »Man muß mit dem Kopf irgendwie ganz tief runter und ihn schief legen, aber dann kann man ihr Haus in einer Ecke des Fensters sehen.«

Turley nickte spöttisch, beobachtete Milly, dachte angestrengt über sie nach. Er wählte wieder, ließ das Reinbecksche Telefon zweimal klingeln. Und dann legte er auf. Er beherrschte wieder seine Frau, seine Zimmer und sein Haus.

Milly wußte, daß sie in den letzten dreißig Sekunden einen sehr schlimmen Fehler begangen hatte. Sie war bereit, sich die Zunge abzubeißen.

»Jedesmal, wenn die Reinbecks irgendwas machen«, sagte Turley, »liest du jedes Wort darüber in der Zeitung?«

»Schatz«, sagte Milly, »alle Frauen lesen die Gesellschaftsseite. Das bedeutet überhaupt nichts. Das ist nur eine kleine Torheit, die man macht, wenn die Zeitung kommt. Alle Frauen machen das.«

»Klar«, sagte Turley. »Klar. Aber wie viele Frauen können von sich sagen: ›Ich hätte Mrs. Louis C. Reinbeck sein können‹?«

Turley legte großen Wert darauf, daß man merkte, wie ruhig er blieb, wie väterlich er Milly gegenüber war, wie er ihr im voraus verzieh. »Möchtest du dich jetzt damit auseinandersetzen, was dort draußen irgendwo im Mondschein mit den beiden Kindern abläuft?« sagte er. »Oder willst du weiter so tun, als wäre ein Autounfall das einzige, was dir und mir dazu einfällt?«

Milly verhärtete sich. »Ich weiß nicht, was du meinst«, sagte sie.

»Du ziehst hundertmal am Tag den Kopf ein, um das große weiße Haus in der Küchenfensterecke anzusehen, und du weißt nicht, was ich meine?« sagte Turley. »Unser Mädchen ist irgendwo dort draußen im Mondschein mit dem Jungen zusammen, der eines Tages das Haus kriegen wird, und du weißt nicht, was ich meine? Du hast dein Haar heruntergelassen und den Mond angestarrt und kaum ein Wort gehört, wenn ich mit dir gesprochen habe, und du weißt nicht, was ich meine?«

Turley schüttelte seinen großen Herrscherkopf. »Keinen Schimmer, was ich meine?«

Das Telefon klingelte zweimal in dem großen weißen Haus auf dem Hügel. Dann hörte es auf zu klingeln. Louis C.

Reinbeck saß auf einem weißen schmiedeeisernen Sessel auf dem Rasen im Mondschein. Er blickte auf den welligen hübschen Unsinn hinaus, den der Golfplatz darstellte, und darüber hinaus und darunter auf die Stadt. Alle Lichter in seinem Haus waren aus. Er nahm an, seine Frau, Natalie, sei eingeschlafen.

Louis trank. Er fand nicht, daß die Welt durch den Mondschein besser aussah. Er fand, durch den Mondschein sah die Welt schlechter aus, sah tot aus wie der Mond.

Daß das Telefon zweimal geklingelt hatte und dann wieder verstummt war, paßte gut zu Louis' Stimmung. Das Telefon war ein guter Einfall – Dringlichkeit, die warten konnte, bis die Hölle zufror. »Zerfetz die Nacht und leg wieder auf«, sagte Louis.

Zusammen mit dem Haus und der Schmirgelfirma Reinbeck hatte Louis von Vater und Großvater das tiefe und befriedigende Gefühl geerbt, vom Kommerz korrumpiert worden zu sein. Und wie sie empfand Louis sich als sensiblen Hersteller von Porzellan, nicht von Schleifscheiben, der am falschen Ort zur falschen Zeit geboren war.

So, wie das Telefon zur rechten Zeit zweimal geklingelt hatte, erschien Louis' Frau wie aufs Stichwort. Natalie war ein kühles, mageres Mädchen aus Boston. Ihre Rolle bestand darin, Louis mißzuverstehen. Das machte sie wunderschön, indem sie seine nachdenklichen Stimmungen auseinandernahm wie ein Meistermechaniker.

»Hast du gehört, daß das Telefon geklingelt hat, Louis?« sagte sie.

»Hm? Äh – ja. Ähäm«, sagte Louis.

»Es hat geklingelt und dann wieder aufgehört«, sagte Natalie.

»Ich weiß«, sagte Louis. Er warnte sie mit einem Seufzer, welcher besagte, daß er weder über den Anruf noch über irgend etwas anderes auf platte, praktische Yankee-Art zu diskutieren wünsche.

Natalie ignorierte die Warnung. »Willst du gar nicht wissen, wer es war?«

»Nein«, sagte Louis.

»Vielleicht hat einer der Gäste was vergessen. Hast du nicht irgendwas gesehen, was jemand vergessen hat?«

»Nein«, sagte Louis.

»Einen Ohrring oder so was, nehme ich an«, sagte Natalie. Sie trug ein blaßblaues wolkenartiges Negligé, das Louis ihr geschenkt hatte. Aber sie nahm dem Negligé jede Bedeutung, indem sie einen schweren schmiedeeisernen Sessel quer über den Rasen schleifte und neben den von Louis stellte. Die Armlehnen des Sessels klickten gegeneinander, und Louis gelang es gerade noch rechtzeitig, seine Finger in Sicherheit zu bringen.

Natalie setzte sich. »Hallo«, sagte sie.

»Hallo«, sagte Louis.

»Siehst du den Mond?« sagte Natalie.

»Jawoll«, sagte Louis.

»Meinst du, es hat den Leuten heute abend gefallen?« sagte Natalie.

»Weiß ich nicht«, sagte Louis, »und bestimmt wissen sie es auch nicht.« Damit meinte er, daß er auf seinen Partys immer der einzige Künstler und Philosoph war. Alle anderen waren Geschäftsleute.

Natalie war das gewohnt. Sie kommentierte es nicht. »Wann ist Charlie denn nach Hause gekommen?« sagte sie. Charlie war ihr einziger Sohn – genaugenommen Louis Charles Reinbeck junior.

»Das weiß ich ganz bestimmt nicht«, sagte Louis. »Bei mir hat er sich nicht gemeldet. Macht er nie.«

Natalie, die den Mond bewundert hatte, setzte sich

nun unbehaglich auf. »Er ist doch zu Hause, oder?« sagte sie.

»Ich habe nicht den blassesten Schimmer«, sagte Louis.

Natalie sprang von ihrem Sessel auf.

Sie spähte durch die Nacht und versuchte zu erkennen, ob Charlies Auto im Schatten der Garage stand. »Mit wem ist er denn ausgegangen?« fragte sie.

»Er spricht nicht mit mir«, sagte Louis.

»Mit wem ist er denn zusammen?« sagte Natalie.

»Wenn er nicht allein ist, ist er mit jemandem zusammen, der dir nicht paßt«, sagte Louis.

Aber Natalie hörte ihn gar nicht. Sie rannte ins Haus. Dann klingelte das Telefon wieder, und es klingelte weiter, bis Natalie den Hörer abnahm.

Sie hielt ihn Louis hin. »Es ist ein Mann namens Turley Whitman«, sagte sie. »Er sagt, er ist einer deiner Polizisten.«

»Stimmt was nicht in der Fabrik?« sagte Louis und nahm den Hörer. »Hoffentlich eine Feuersbrunst?«

»Nein«, sagte Natalie, »so ernst ist es nicht.« Ihrem Gesichtsausdruck entnahm Louis, daß etwas viel Schlimmeres passiert war. »Es scheint, daß unser Sohn irgendwo mit Mr. Turleys Tochter unterwegs ist, daß sie schon vor Stunden hätten wieder dasein sollen. Mr. Turley ist naturgemäß sehr besorgt wegen seiner Tochter.«

»Mr. Turley?« sagte Louis ins Telefon.

»Turley ist mein Vorname, Sir«, sagte Turley. »Turley Whitman lautet der vollständige Name.«

»Ich werde am Telefon im ersten Stock mithören«, flüsterte Natalie. Sie raffte die Falten ihres Negligés und lief wie ein Mann die Treppe hinauf.

»Sie kennen mich wahrscheinlich nur vom Sehen«, sagte Turley. »Ich bin die Wache auf dem Parkplatz vor dem Hauptgebäude.«

»Natürlich kenne ich Sie – vom Sehen und mit Namen«, sagte Louis. Es war eine Lüge. »Und was ist jetzt mit meinem Sohn und Ihrer Tochter?«

Turley war noch nicht soweit. Noch stellte er sich und seine Familie vor. »Sie kennen meine Frau wahrscheinlich sehr viel besser als mich, Sir.«

Der leise, überraschte Ausruf einer Frau war zu hören.

Einen Augenblick lang wußte Louis nicht, ob der Ausruf von seiner eigenen oder von Turleys Frau stammte. Aber als er hörte, wie jemand den Hörer aufzulegen versuchte, wußte er, daß der Ausruf an Turleys Ende der Leitung ausgestoßen worden sein mußte. Turleys Frau wollte offenbar nicht, daß ihr Name hineingezogen wurde.

Turley war jedoch entschlossen, ihn hineinzuziehen, und er setzte sich durch. »Sie kannten sie natürlich unter ihrem Mädchennamen«, sagte er. »Milly – Mildred O'Shea.«

Bei Turley erstickten alle Laute des Protests. Das Ersticken von Protest schockierte Louis. Der Schock verstärkte sich noch, als er sich an die junge, zärtliche und hübsche, rätselhafte Milly O'Shea erinnerte. Er hatte seit Jahren nicht mehr an sie gedacht, hatte nicht gewußt, was aus ihr geworden war.

Und doch war es bei der Erwähnung ihres Namens, als hätte Louis ständig an sie gedacht, seitdem sie ihm vor so langer Zeit den Abschiedskuß gegeben hatte.

»Ja, ja«, sagte Louis. »Ja, ich ... Ich erinnere mich gut an sie.« Er hätte am liebsten geweint über das Altwerden, über das miese Ende, welches tapfere junge Liebende nahmen.

Nachdem er Millys Namen erwähnt hatte, lief Turleys Gespräch mit dem großen Louis C. Reinbeck so, wie er, Turley, es sich vorgestellt hatte. Das Wunder der Gleichheit war geschehen. Turley und Louis sprachen von Mann zu

Mann, von Vater zu Vater, und Louis entschuldigte sich, murmelte zuungunsten seines eigenen Sohnes.

Louis dankte Turley dafür, daß er die Polizei angerufen hatte. Louis wollte sie ebenfalls anrufen. Sollte er irgendwas erfahren, wollte er umgehend Turley anrufen. Louis nannte Turley »Sir«.

Turley war in Hochstimmung, als er auflegte. »Schönen Gruß«, sagte er zu Milly. Er drehte sich um und stellte fest, daß er mit Luft gesprochen hatte. Milly hatte still das Zimmer verlassen, auf bloßen Füßen.

Turley fand sie in der Küche. Sie machte Kaffee auf dem neuen Elektroherd heiß. Der Herd hieß Globemaster. Er war mit einer lächerlich komplizierten Schalttafel versehen. Der Globemaster war ein sehnsüchtiger Traum von Milly, der in Erfüllung gegangen war. Nicht viele ihrer schönen Träume waren in Erfüllung gegangen.

Der Kaffee kochte und brachte den Topf zum Prasseln und zum Spucken. Milly bemerkte nicht, daß der Kaffee kochte, obwohl sie den Topf furchtbar konzentriert anstarrte. Der Topf spuckte und versengte ihr die Hand. Sie brach in Tränen aus und führte die versengte Hand zum Mund. Und dann sah sie Turley.

Sie versuchte, sich geduckt hinter ihm aus der Küche zu schleichen, aber er ergriff sie am Arm.

»Schatz«, sagte er benommen. Mit der freien Hand drehte er die Kochplatte des Globemasters aus. »Milly«, sagte er.

Milly wollte verzweifelt fliehen. Dem starken Turley fiel es so leicht, sie festzuhalten, daß er kaum merkte, wie er sie festhielt. Schließlich gab Milly nach, ihr süßes Gesicht rot und verzerrt. »Willst ... Willst du mir nicht sagen, was los ist, Schatz?« sagte Turley.

»Mach dir um mich keine Sorgen«, sagte Milly. »Mach dir Sorgen um Leute, die in Straßengräben sterben.«

Turley ließ sie los. »Habe ich etwas Falsches gesagt?« Er war ernsthaft verwirrt.

»Ach, Turley, Turley«, sagte Milly, »ich hätte nie gedacht, daß du mir jemals so weh tun würdest – und so sehr.« Sie machte die Hände hohl, als hielte sie etwas Wertvolles. Dann ließ sie es – was es in ihrer Phantasie auch gewesen sein mochte – fallen.

Turley sah zu, wie es fiel. »Nur weil ich deinen Namen gesagt habe?« sagte er.

»Als ... Als du ihm meinen Namen gesagt hast, hast du ihm noch so vieles andere gesagt.« Sie versuchte, Turley zu verzeihen, aber es fiel ihr schwer. »Ich nehme nicht an, daß du wußtest, was du ihm noch alles gesagt hast. Du konntest es gar nicht wissen.«

»Ich habe ihm nur deinen Namen gesagt«, sagte Turley.

»Und alles, was es Louis C. Reinbeck bedeutet hat«, sagte Milly, »war, daß eine Frau unten in der Stadt vor zwanzig Jahren zwei lächerliche kleine Rendezvous mit ihm gehabt hat und seitdem von nichts anderem mehr redet. Und ihr Mann weiß ebenfalls über diese beiden lächerlichen kleinen Rendezvous Bescheid – und er ist genauso stolz darauf wie sie. Sogar noch stolzer als sie!«

Milly legte den Kopf schief und zeigte aus dem Küchenfenster, zeigte auf einen Spritzer weißen Lichts in einer oberen Ecke des Fensters. »Da oben«, sagte sie, »ist irgendwo der große Louis C. Reinbeck in all dem Licht und glaubt, ich hätte ihn all die Jahre geliebt.« Die strahlenden Lichter gingen aus. »Jetzt ist er irgendwo dort oben im Mondschein – und denkt an die arme kleine Frau und an den armen kleinen Mann und deren arme kleine Tochter hier unten.« Milly schauderte zusammen. »Na ja, immerhin sind wir nicht arm! Zumindest waren wir es bis heute nacht nicht.«

Der große Louis C. Reinbeck kehrte zu seinem Drink und zu seinem weißen schmiedeeisernen Gartensessel zurück. Er hatte die Polizei angerufen, und die hatte ihm gesagt, was sie bereits Turley gesagt hatte – daß keinerlei Autounfälle gemeldet seien.

Natalie setzte sich wieder neben Louis. Sie suchte seinen Blick, wollte, daß er ihr mütterliches, gleichwohl spöttisches Lächeln bemerkte. Aber Louis sah gar nicht hin.

»Du ... Du kennst doch die Mutter dieses Mädchens, oder?« sagte sie.

»Kannte«, sagte er.

»Bist du in Nächten wie dieser mit ihr ausgegangen? Vollmond und alles?«

»Wir könnten einen zwanzig Jahre alten Kalender ausgraben und nachsehen, wie damals die Mondphasen waren«, sagte Louis schroff. »Vollmond läßt sich nicht immer vermeiden, weißt du. Einmal pro Monat kommt es zwangsläufig zu so was.«

»Wie war der Mond in unserer Hochzeitsnacht?« fragte Natalie.

»Voll?« sagte Louis.

»Neu«, sagte Natalie. »Nagelneu.«

»Frauen sind bei so was sensibler«, sagte Louis. »Sie kriegen Sachen eher mit.«

Es überraschte ihn selbst, daß er mürrisch klang. Sein Gewissen spielte seiner Stimme einen Streich, denn er konnte sich an kaum etwas von den Flitterwochen mit Natalie erinnern.

Er konnte sich an fast alles aus der Nacht erinnern, in der

er mit Milly O'Shea über den Golfplatz gewandert war. In der Nacht mit Milly war der Mond voll gewesen.

Jetzt sagte Natalie etwas. Und als sie fertig war, mußte Louis sie bitten, es von vorn bis hinten noch einmal zu sagen. Er hatte kein Wort gehört.

»Ich sagte: ›Wie ist das?‹« sagte Natalie.

»Wie ist was?« sagte Louis.

»Ein junger Reinbeck zu sein – heißblütig und voller Träume, der vom Hügel herniederstößt, sich ein hübsches Stadtmädel schnappt und es in den Mondschein zaubert.« Sie lachte, foppte ihn. »Da muß man sich doch fast wie der liebe Gott vorkommen.«

»So war es aber nicht«, sagte Louis.

»Es war nicht gottähnlich?«

»Gottähnlich? Ich habe mich mein ganzes Leben lang nie so sehr als Mensch gefühlt!« Louis warf sein leeres Glas in Richtung Golfplatz. Er wäre gern stark genug gewesen, das Glas genau auf die Stelle zu werfen, an der Milly ihm den Abschiedskuß gegeben hatte.

»Dann wollen wir hoffen, daß Charlie dies scharfe kleine Mädchen aus der Stadt heiratet«, sagte Natalie. »Keine weiteren kalten, unmenschlichen Reinbeck-Gattinnen wie mich.« Sie stand auf. »Es ist doch so: Du wärst tausendmal glücklicher gewesen, wenn du deine Milly O'Shea geheiratet hättest.«

Sie ging zu Bett.

»Wem willst du was vormachen?« fragte Turley Whitman seine Frau. »Du wärst eine millionmal glücklicher gewesen, wenn du Louis C. Reinbeck geheiratet hättest.« Er hatte wieder seinen Posten beim Schlafzimmerfenster bezogen, wieder mit einem großen Fuß auf dem Heizkörper.

Milly saß auf dem Bettrand. »Keine millionmal, keine zweimal, keine noch-so-kleine-Zahl-mal glücklicher«, sagte Milly. Sie war todunglücklich. »Turley – bitte sag so etwas nicht mehr. Ich ertrage es nicht, es ist so verrückt.«

»Na ja, du hast da unten in der Küche das Kind beim Namen genannt«, sagte Turley, »und mich runtergeputzt, weil ich dem großen Louis C. Reinbeck deinen Namen genannt habe. Dann laß mich hier oben auch das Kind beim Namen nennen, und laß es mich aussprechen: Keiner von uns beiden möchte, daß unsere Tochter den gleichen Fehler macht wie du.«

Milly ging zu ihm, umarmte ihn. »Turley, bitte, das ist das Schlimmste, was du mir sagen konntest.«

Seine Gesichtsfarbe wechselte zu störrischem Rot, er war so unnachgiebig wie ein Standbild. »Ich weiß noch, was für große Versprechungen ich dir gemacht habe, wie großspurig ich war«, sagte er. »Wir wissen doch beide, daß Firmenbulle nicht der tollste Job ist, den ein Mann bekleiden kann.«

Milly versuchte, ihn wachzurütteln, ohne Erfolg. »Mir ist egal, was für einen Job du machst«, sagte sie.

»Ich wollte mehr Geld verdienen als der große Louis C. Reinbeck«, sagte Turley, »und ich wollte alles ohne fremde Hilfe schaffen. Weißt du noch, Milly? Das hat dich dann endgültig überzeugt, stimmt's?«

Sie löste sich aus der Umarmung, ließ die Arme fallen. »Nein«, sagte sie.

»Mein berühmtes gutes Aussehen?«

»Hatte viel damit zu tun«, sagte Milly. Sein Aussehen hatte sehr gut zum Aussehen des hübschesten Mädchens der Stadt gepaßt. »Mehr als alles andere«, sagte sie, »hatten der große Louis C. Reinbeck und der Mond damit zu tun.«

Der große Louis C. Reinbeck war in seinem Schlafzimmer. Seine Frau lag im Bett und hatte sich sämtliche Decken über den Kopf gezogen. Das Schlafzimmer war voller List so konzipiert, daß es die Illusion von Romantik und immerwährender wahrer Liebe hervorrief, gleichgültig, was dort wirklich vorging.

Bisher war fast alles, was in dem Raum vorging, ziemlich angenehm gewesen. Nun schien es, als wäre die Ehe von Louis und Natalie am Ende. Als Louis sie zwang, sich die Bettdecken vom Gesicht zu ziehen, als Natalie ihm zeigte, wie tränenverquollen ihr Gesicht war, war die Sache eindeutig. Dies war das Ende.

Louis war elend zumute; er konnte nicht verstehen, wie alles so schnell in Scherben gegangen war. »Ich ... Ich habe seit zwanzig Jahren nicht an Milly O'Shea gedacht«, sagte er.

»Bitte nicht. Nicht lügen. Nichts erklären«, sagte Natalie. »Ich verstehe es sowieso.«

»Ich schwöre«, sagte Louis. »Ich habe sie seit zwanzig Jahren nicht gesehen.«

»Ich glaube dir«, sagte Natalie. »Das macht es doch so sehr viel schlimmer. Ich wünschte, du hättest sie gesehen, sooft du nur irgend wolltest. Das wäre besser gewesen, besser als all dies – dies ...« Sie setzte sich auf und durchwühlte ihren Kopf auf der Suche nach dem passenden Wort. »All dies schreckliche, leere, schmerzhafte, zehrende Bedauern.« Sie legte sich wieder zurück.

»Wegen Milly«, sagte Louis.

»Wegen Milly, meinetwegen, wegen der Schmirgelfirma, wegen all der Dinge, die du wolltest und nicht gekriegt hast, wegen all der Dinge, die du gekriegt hast und nicht wolltest. Milly und ich: Genauso läßt sich das ausdrücken. Das sagt so ziemlich alles.«

»Ich ... Ich liebe sie aber nicht. Ich habe sie nie geliebt«, sagte Louis.

»Du mußt aber das eine und einzige Mal gemocht haben, als du dich als Mensch fühltest«, sagte Natalie. »Was auch im Mondschein geschehen ist, muß schön gewesen sein – schöner als alles, was du und ich je hatten.«

Louis' Albtraum verschlimmerte sich noch, weil er wußte, daß Natalie die Wahrheit gesprochen hatte. Es war nie etwas so schön gewesen wie damals, im Mondschein, mit Milly.

»Da war damals absolut nichts, keine Basis für Liebe«, sagte Louis. »Wir waren einander damals wildfremd. Ich habe sie damals sowenig gekannt wie jetzt.«

Louis' Muskeln verkrampften sich, und seine Worte kamen stockend, weil er fand, daß er sich gerade etwas entsetzlich Wichtiges abrang. »Ich ... Ich nehme an, sie ist ein Symbol für die Enttäuschung, die ich für mich selbst bin, für alles, was ich hätte sein können«, sagte er.

Er ging ans Schlafzimmerfenster, sah düster den untergehenden Mond an. Die Mondstrahlen kamen jetzt flach, warfen lange Schatten auf den Golfplatz und übertrieben die Spielzeug-Geographie. Hier und da wehten Wimpel und bedeuteten weniger als nichts. Hier hatte die große Liebesszene gespielt.

Plötzlich verstand er. »Mondschein«, murmelte er.

»Was?« sagte Natalie.

»Es mußte sein.« Louis lachte, denn die Erklärung war so explosiv simpel. »Wir mußten einfach verliebt sein, bei so einem Mond, auf so einer Welt. Das waren wir dem Mond schuldig.«

Natalie setzte sich wieder auf, ihre Gemütslage hatte sich sehr gebessert.

»Der reichste Junge der Stadt und das hübscheste Mädchen der Stadt«, sagte Louis, »da konnten wir doch den Mond nicht im Stich lassen, oder?«

Wieder lachte er, hieß seine Frau aufstehen, hieß sie mit ihm den Mond betrachten. »Und hier dachte ich nun, es wäre damals vor langer Zeit zwischen Milly und mir was Großes gewesen.« Er schüttelte den Kopf. »Dabei war es der schiere, schöne, mondbeschienene faule Zauber.«

Er führte seine Frau zum Bett. »Du bist die einzige, die ich je geliebt habe. Vor einer Stunde wußte ich das noch nicht. Jetzt weiß ich es.«

Es war also alles ganz prima.

»Ich werde dich nicht anlügen«, sagte Milly Whitman zu ihrem Mann. »Ich habe den großen Louis C. Reinbeck eine Zeitlang geliebt. Da draußen auf dem Golfplatz im Mondschein mußte ich mich einfach verlieben. Kannst du das verstehen? Daß ich mich in ihn verlieben mußte, obwohl wir uns gar nicht so sehr mochten?«

Turley räumte ein, er könne sich so etwas vorstellen, aber sehr wohl war ihm nicht dabei.

»Wir haben uns nur einmal geküßt«, sagte Milly. »Und wenn er mich richtig geküßt hätte, könnte ich, glaube ich, wirklich heute nacht Mrs. Louis C. Reinbeck sein.« Sie nickte. »Da wir heute nacht das Kind beim Namen nennen, können wir das ruhig auch beim Namen nennen. Und kurz bevor wir uns dort oben auf dem Golfplatz geküßt haben, dachte ich, was für ein armer kleiner reicher Junge er doch war, und wieviel glücklicher ich ihn machen könnte als irgend so ein olles, kaltes, hochnäsiges Country-Club-Mädchen. Und dann hat er mich geküßt, und ich wußte, daß er nicht verliebt war, sich nie verlieben konnte. Also habe ich diesen Kuß zum Abschiedskuß gemacht.«

»Und da hast du deinen Fehler gemacht«, sagte Turley.

»Nein«, sagte Milly, »denn der nächste Junge, der mich küßte, hat mich richtig geküßt, hat mir gezeigt, daß er wußte, was Liebe ist, obwohl der Mond gar nicht schien. Und ich lebte glücklich bis ans Ende aller Tage, jedenfalls bis heute nacht.« Sie schlang die Arme um Turley. »Jetzt küß mich noch mal wie beim erstenmal, und dann geht's mir heute nacht auch wieder ganz prima.«

Turley küßte sie, und dort war also auch alles ganz prima.

Etwa zwanzig Minuten später klingelten die Telefone in beiden Häusern. Der Kehrreim der Benachrichtigungen lautete, daß es Charlie Reinbeck und Nancy Whitman ganz prima ging. Sie hatten den Mondschein jedoch auf ihre eigene Weise interpretiert. Sie hatten beschlossen, daß Aschenputtel und der Prinz die gleiche Chance hatten wie andere Leute auch, glücklich bis ans Ende ihrer Tage zu leben. Also hatten sie geheiratet.

Es gab also jetzt einen neuen Haushalt. Ob auch dort alles ganz prima war, mußte sich erst noch herausstellen. Der Mond ging unter.

Hal Irwins Wunderlampe

Hal Irwin baute seine Wunderlampe in seinem Keller in Indianapolis, im Sommer 1929. Sie sollte aussehen wie Aladins Wunderlampe. Sie bestand aus einer alten blechernen Teekanne, in deren Schnabel als Docht ein Stückchen Watte stak. Hal bohrte ein Loch in die Kanne. Dort kam dann eine Türklingel hin, und die schloß er an zwei Taschenlampenbatterien und einen Summer im Innern an. Wie viele Ehemänner damals hatte Hal eine Werkstatt im Keller.

Der Witz war, daß man damit prima nach den Dienstboten läuten konnte. Man rieb die Teekanne, als wäre sie eine Wunderlampe, und drückte auf den Knopf an der Seite. Der Summer summte, und der Dienstbote, falls man einen hatte, kam und fragte, was man wünschte.

Hal hatte keinen Dienstboten, aber er wollte sich einen von einem Freund ausborgen. Hal war Kundenbetreuer in einer Maklerfirma, und er kannte sein Geschäft aus dem Effeff. Er hatte an der Börse eine halbe Million Dollar verdient, und niemand wußte etwas davon. Nicht einmal seine Frau.

Er bastelte die Wunderlampe als Überraschung für seine Frau. Er wollte ihr sagen, daß es eine Wunderlampe war. Und dann wollte er an ihr reiben und sich ein großes neues Haus wünschen. Und dann wollte er ihr beweisen, daß es wirklich eine Wunderlampe war, denn jeder Wunsch sollte in Erfüllung gehen.

Als er die Lampe bastelte, beendete der Innenarchitekt gerade seine Arbeit an einem großen neuen französischen Château, das Hal sich in der North Meridian Street hatte bauen lassen.

Als Hal diese Lampe beendete, wohnten er und Mary in einer Bruchbude in all dem Schmutz und Ruß an der Ecke Seventeenth und Illinois Street. Sie waren seit zwei Jahren verheiratet, und Hal war nicht häufiger als fünf- bis sechsmal mit ihr aus gewesen. Er war dabei nicht geizig. Er sparte, um ihr all das Glück zu kaufen, das sich ein Mädchen nur wünschen konnte, und er wollte es ihr auf einen einzigen gewaltigen Haps überreichen.

Hal war zehn Jahre älter als Mary, deshalb war es für ihn leicht, sie in vielen Dingen hinters Licht zu führen, und eins der Dinge war Geld. Er sprach mit ihr nicht übers Geld, zeigte ihr nie eine Rechnung oder einen Kontoauszug, sagte ihr nie, wieviel er verdiente oder was er mit dem Geld machte. Marys einziger Anhaltspunkt war ihr lächerliches Haushaltsgeld, sie nahm also an, daß sie so arm waren wie die Kirchenmäuse.

Mary machte das nichts aus. Das Mädchen war so gesund wie ein Pfirsich mit einem Glas Milch. Arm zu sein gab ihr die Möglichkeit, mit Frömmigkeit zu prunken. Wenn das Monatsende nahte, und sie hatten nicht sehr gut gegessen, und sie hatte Hal um keine zusätzlichen zehn Cent gebeten, dann kam sie sich vor wie ein kleines Lämmlein, weiß wie Schnee. Und sie dachte, daß Hal, obschon pleite, glücklich war, schenkte sie ihm doch Liebe im Gegenwert von hundert Millionen Dollar.

Nur eins am Armsein machte Mary echt zu schaffen, daß nämlich Hal immer zu glauben schien, sie wolle reich sein. Sie tat ihr Bestes, ihn davon zu überzeugen, daß dies nicht stimmte.

Wenn Hal sich darüber ausließ, wie gut es andere Leute hatten – wie hoch es in den Country Clubs und an den Seen herging –, sprach Mary über die Millionen von Menschen in China, die kein Dach über dem Kopf oder was zu essen hatten.

»Mil geht es sehl gut fül einen Chinamann«, sagte Hal eines Abends.

»Dir geht es sehr gut für einen Amerikaner oder für einen Sonstwas!« sagte Mary. Sie umarmte ihn, um ihn stolz und stark und froh zu machen.

»Dein erfolgreicher Chinamann hat dir etwas zu sagen«, sagte Hal. »Morgen bekommst du eine Köchin. Ich habe bei einer Stellenvermittlung eine bestellt.«

Die Frau, die am nächsten Tag erschien, hieß Ella Rice, kam in Wirklichkeit gar nicht zum Kochen zu ihnen, und sie war auch nicht von einer Stellenvermittlung geschickt worden. Sie hatte bereits einen Job bei einem von Hals Freunden, den Mary nicht kannte. Der Freund hatte ihr den Tag freigegeben, damit sie einen Lampengeist spielen konnte.

Hal hatte mit ihr im Hause des Freundes geprobt, und er wollte sie gut dafür bezahlen. Sie brauchte das zusätzliche Geld. Sie erwartete in etwa sechs Wochen ein Baby. Sie brauchte nur aufs Stichwort hin einen Turban aufzusetzen, wenn nämlich Hal Mary seine Wunderlampe zeigte, die Lampe rieb und den Summer betätigte. Dann sollte sie sagen: »Ich bin der Geist aus der Lampe. Was ist Euer Begehr?«

Danach wollte Hal anfangen, sich teure Sachen zu wünschen, die er bereits besaß und die Mary noch nicht gesehen hatte. Als erstes würde er sich einen Marmon wünschen, eine viertürige Limousine mit gläserner Trennscheibe zum Chauffeur hin. Der Marmon sollte bereits vor dem Haus geparkt stehen. Jedesmal, wenn er einen Wunsch äußerte, und die Limousine sollte der erste sein, sollte Ella Rice sagen: »Es« – oder »sie« oder«er«, je nachdem – »ist Euer.«

Aber das war morgen, und heute war heute, und Mary dachte, daß Hal nicht schmeckte, was sie ihm kochte. Sie war eine wunderbare Köchin. »Liebling«, sagte sie, »ist es denn so furchtbar, was ich dir auftische?«

»Es ist ganz wunderbar. Ich habe nicht das geringste daran auszusetzen.«

»Warum sollen wir uns dann eine Köchin anschaffen?«

Er sah sie an, als wäre sie taubstumm, blind und begriffsstutzig. »Denkst du nie an meinen Stolz?« fragte er sie. Er hielt ihr den Mund zu. »Schätzchen, erzähl mir nicht schon wieder, daß in China die Menschen wie die Fliegen dahinsterben. Ich bin, wer ich bin, wo ich bin, und ich habe auch meinen Stolz.«

Am liebsten hätte Mary geweint. Da hatte sie gedacht, sie heiterte Hal auf, und statt dessen ging es ihm noch schlechter.

»Was glaubst du denn, woran ich denke, wenn ich sehe, wie Bea Muller oder Nancy Gossett in der Innenstadt im dicken Pelzmantel die Kaufhäuser leerkaufen?« sagte Hal. »An dich denke ich dann, wie du in diesem Haus versauerst. Ich denke: ›Das darf doch wohl nicht wahr sein, immerhin war ich mal Vorsitzender in der Studentenverbindung der Ehegatten dieser beiden Schnepfen! Das darf doch wohl nicht wahr sein, ich und Harve Muller und George Gosset waren mal das Groß-Triumvirat.‹ So haben sie uns drei auf dem College genannt: das Groß-Triumvirat! Wir haben das ganze College geschmissen, und das ist kein Witz. Wir haben den Eulenklub gegründet, und ich war Obmann. Sieh dir an, wo die wohnen, und sieh dir an, wo wir hausen«, fuhr Hal fort. »Genau da, Ecke Siebenundfünfzigste und North

Meridian sollten wir auch wohnen! Und genau da, wo die eine Wochenendvilla haben, sollten wir am Lake Maxinkuckee auch eine haben! Da ist es doch wohl das mindeste, wenn ich meinem Frauchen eine Köchin besorge.«

Ella Rice kam wie geplant am nächsten Tag um drei Uhr ins Haus. In einer Tüte hatte sie den Turban dabei, den Hal ihr gegeben hatte. Hal war noch nicht zu Hause. Ella sollte so tun, als wäre sie die neue Köchin und kein Lampengeist, bis Hal um halb vier dazustoßen wollte. Was sie auch tat.

Womit Hal jedoch nicht gerechnet hatte, war, daß Mary Ella ausgesprochen liebenswert fand, aber auch ausgesprochen mitleiderregend, sie nicht als Köchin wahrnahm, sondern als einen Mitmenschen in schrecklicher Not. Er hatte erwartet, daß die beiden in die Küche gehen und über dies und das schwatzen würden, was Hal gern aß und so weiter. Aber Mary befragte Ella nach ihrer Schwangerschaft, die man ihr ansah. Ella, die keine Schauspielerin und sowieso am Ende war, brach in Tränen aus. Die beiden Frauen, die eine weiß, die andere schwarz, blieben im Wohnzimmer und sprachen statt dessen über ihr Leben.

Ella war nicht verheiratet. Der Vater ihres Kindes hatte sie zusammengeschlagen, als er herausfand, daß sie schwanger war, und sich mit unbekanntem Ziel davongemacht. Sie hatte an mehreren Stellen Schmerzen und Beschwerden und keine Verwandten, und sie wußte nicht, wie lange sie noch Hausarbeit verrichten konnte. Sie wiederholte, was sie Hal bereits gesagt hatte, daß sie in etwa sechs Wochen niederkommen werde. Mary sagte, sie wünsche sich ja so sehr ein Kind, könne aber keins bekommen. Das war auch keine Hilfe.

Als Hal den neuen Marmon draußen parkte und das

Haus betrat, war keine der beiden Frauen in der richtigen Stimmung, seine geplante Vorstellung zu genießen. Sie waren in einem fürchterlichen Zustand! Aber er glaubte, seine Wunderlampe würde sie aufheitern. Er holte sie aus dem Wandschrank im ersten Stock, in dem er sie versteckt hatte, brachte sie dann ins Wohnzimmer und sagte: »Ja, du meine Güte! Sieh nur, was ich gerade gefunden habe. Ich glaube doch fast, das ist eine Wunderlampe. Vielleicht, wenn ich sie reibe, wird eine gute Fee aus dem Morgenland erscheinen, und sie wird mir einen Wunsch erfüllen.« Er hatte gar nicht erst erwogen, einen männlichen Schwarzen zu mieten, der den Lampengeist spielen sollte. Er hatte Angst vor schwarzen Männern.

Ella Rice erkannte ihr Stichwort und stand von der Couch auf, um den Quatsch zu machen, den der weiße Mann bezahlen wollte. Für Geld alles. Das Stehen tat ihr sehr weh, nachdem sie eine halbe Stunde gesessen hatte. Sogar Hal konnte das sehen.

Hal wünschte sich einen Marmon, und der Lampengeist sagte: »Er ist Euer.« Die drei gingen hinaus zum Wagen, und Hal sagte ihnen, sie sollten einsteigen, es wäre seiner, voll bezahlt. Die Frauen setzten sich hinten hinein, und Mary sagte zu Ella, nicht zu Hal: »Vielen Dank. Ein wunderschönes Auto. Ich glaub, ich schnapp über.«

Hal fuhr zur North Meridian Street und wies zur Linken und zur Rechten auf tolle Häuser hin. Jedesmal sagte Mary, sie wolle es nicht, daß Hal seine Wunderlampe aus dem Fenster schmeißen könne, soweit es sie betreffe. Was sie wirklich bestürzte, war der erniedrigende Gebrauch, den Hal von ihrer neuen Freundin Ella machte.

Hal hielt vor einem französischen Château, dem Bauarbeiter gerade noch den letzten Schliff gaben. Er stellte den Motor ab, rieb die Lampe, summte mit dem Summer und sagte: »Lampengeist, gib mir ein neues Haus, und zwar unter der Adresse North Meridian Street 5644.«

Mary sagte zu Ella: »Das brauchst du nicht zu tun. Hör einfach gar nicht hin.«

Jetzt wurde Ella wütend auf Mary. »Ich werde dafür *bezahlt*!« Alles, was Ella sagte, war in einem Dialekt, der damals typisch für einen Menschen ihrer Rasse und Klasse und Schulbildung war. Jetzt stöhnte sie. Die Wehen hatten eingesetzt.

Sie fuhren Ella ins Städtische Krankenhaus, das einzige, das Schwarze aufnahm. Sie bekam einen gesunden Buben, und Hal zahlte.

Hal und Mary brachten sie und das Baby wieder mit in ihr neues Haus. Das alte Haus stand zum Verkauf. Und Mary, die selbst kein Baby bekommen konnte, machte eins der sieben Schlafzimmer für Mutter und Kind zurecht, mit niedlichen Möbeln und Tapeten und Spielsachen, für die das Baby noch nicht alt genug war. Mutter und Kind hatten ihr eigenes Badezimmer.

Das Baby wurde in einer schwarzen Kirche getauft, und Mary war dabei. Hal war nicht dabei. Er und Mary sprachen kaum noch miteinander. Ella ließ das Baby auf den Namen Irwin taufen, zu Ehren der Leute, die so gut zu ihr waren. Sein Nachname war derselbe wie ihrer. Er war Irwin Rice.

Mary hatte Hal nie geliebt, es war ihr aber gelungen, ihn zu mögen. Es war ein Job. Es gab damals nicht viele Möglichkeiten für Frauen, eigenes Geld zu verdienen, und sie hatte nichts geerbt und würde auch nichts erben, bevor Hal starb. Hal war auch nicht dümmer als die meisten Männer, die sie kennengelernt hatte. Auf jeden Fall wollte sie nicht allein sein. Sie hatten einen Schwarzen für draußen und eine schwarze Wäscherin und ein weißes Dienstmädchen aus Irland, das im Herrenhaus wohnte. Mary bestand darauf, selbst zu kochen. Ella Rice bot an, das zu übernehmen, zumindest für sich selbst. Aber außer Mary durfte im Haus North Meridian Road 5664 niemand kochen.

Sie haßte das Haus so sehr, und erst das Riesenauto, das sie so peinlich fand, daß sie nicht einmal Hal mehr mögen konnte. Das war sehr hart für Hal, extrem hart, wie Sie sich wohl vorstellen können. Nicht genug damit, daß er keine Liebe oder etwas, was wie Liebe aussah, von der Frau bekam, die er geheiratet hatte, nein, sie schenkte einem Baby zehnmal mehr Liebe, als er je empfangen hatte, und das Baby war so schwarz wie ein Pikas!

Im Maklerbüro erzählte er nichts von seiner häuslichen Situation, denn dadurch hätte er wie ein Schwächling ausgesehen. Das Dienstmädchen aus Irland behandelte ihn wie einen Schwächling, als wäre Mary der eigentliche Boß, wie einen Schwächling und Spinner.

Ella Rice machte natürlich selbst ihr Bett und hielt ihr Schlaf- und ihr Badezimmer sehr sauber und ordentlich. Ihr kam das alles auch nicht ganz korrekt vor, aber was sollte sie machen? Ella stillte das Baby, das war also auch versorgt. Ella aß nicht unten mit den Irwins zusammen. Nicht einmal Mary zog das ernstlich in Betracht. Ella aß aber auch nicht mit den Dienstboten in der Küche. Sie brachte sich das, was Mary speziell für sie zubereitet hatte, mit nach oben und aß es in ihrem Schlafzimmer.

Im Büro verdiente Hal jedenfalls mehr Geld denn je, er handelte für andere mit Aktien und festverzinslichen Wertpapieren, investierte selbst aber auch heftig in Aktien, in festverzinslichen Wertpapieren sowieso, und zwar auf Nutzen. »Auf Nutzen« bedeutete, daß er nur einen Teil des vollen Preises einer Aktie zahlte und den Rest der Maklerfirma, in der er arbeitete, schuldete. Und dann ging der Wert der Aktie nach oben, weil andere Leute sie wollten, und dann verkaufte Hal die Aktie. Danach konnte er der Maklerfirma seine Schulden zahlen, und den übrigen Profit konnte er behalten. So daß er noch mehr Aktien auf Nutzen kaufen konnte.

Drei Monate nach der Episode mit der Wunderlampe brach der Börsenmarkt zusammen. Die Aktien, die Hal auf Nutzen gekauft hatte, wurden wertlos. Plötzlich fand jeder, daß sie zu jedem Preis zu teuer waren. Was also Hal Irwin seiner Maklerfirma schuldete und was seine Maklerfirma wiederum einer Bank schuldete, war mehr als alles, was er besaß – das neue Haus, das unverkaufte alte Haus, die Möbel, das Auto, und und und. Alles Plunder!

In dem Haus hatte man ihn selbst in guten Zeiten nicht geliebt, deshalb verließ Hal ein anderes Haus durch ein Fenster im sechsten Stock, ohne Fallschirm. Im ganzen Land verließen seine ungeliebten Kollegen ohne Fallschirm Häuser durch Fenster. Die Bank kündigte die Hypothek auf beide Häuser und nahm auch den Marmon. Dann ging die Bank pleite, und jeder, der ein Sparkonto auf der Bank hatte, verlor seine Ersparnisse.

Mary hatte noch ein Haus, in das sie gehen konnte, die Farm ihres verwitweten Vaters in der Nähe der Stadt Crawfordsville. Die einzige Zuflucht für sich und ihr Baby, an die Ella Rice denken konnte, war die schwarze Kirche, in der das Baby getauft worden war. Mary ging mit ihnen dorthin. Dort schliefen viele Mütter mit Babys oder Kindern und alte Leute und Krüppel und sogar ganz gesunde junge Leute. Es gab was zu essen. Mary fragte nicht, woher. Das war das letztemal, daß Mary Ella und und Irwin Rice zu sehen bekam. Ella aß, und dann stillte sie das Baby.

Als Mary zur Farm ihres Vaters kam, leckte das Dach, und der Strom war abgestellt. Aber ihr Vater nahm sie auf. Wie denn auch nicht? Sie berichtete ihm von den Obdachlosen in der schwarzen Kirche. Sie fragte ihn, was wohl seiner Meinung nach in so schrecklichen Zeiten aus ihnen werden sollte.

»Um die Armen«, sagte er, »kümmern sich die Armen.«

Suche Traum, biete mich

Wenn die Kommunisten jemals erwarten, die Demokratien in der Produktion von Abflußrohren zu überholen, müssen sie sich ganz schön ranhalten – denn eine einzige Fabrik in Creon, Pennsylvania, produziert in sechs Monaten mehr Rohr, als Rußland und China zusammengenommen in einem ganzen Jahr herstellen könnten. Diese wunderbare Fabrik ist die in Creon ansässige Zweigstelle der Allgemeinen Gießerei- & Walzwerkbetriebe.

Als Geschäftsführer der Fabrik sagte Arvin Borders jedem jungen Ingenieur: »Wenn Sie keine Abflußrohre mögen, wird Ihnen Creon nicht gefallen.« Borders selbst, ein sechsundvierzig Jahre alter Junggeselle, war in der gesamten Branche als »Mr. Pipe« oder Arvin »Röhre« Borders bekannt.

Creon ist die Röhrenstadt. Die Footballmannschaft der High School heißt Creon Pipers. Der einzige Country Club ist der Pipe City Golf und Country Club. In der Eingangshalle des Klubs befindet sich eine Dauerausstellung zum Thema Abflußrohre, und die Band, die freitagabends im Klub zum Tanz aufspielt, heißt Andy Middleton and His Creon Pipe-Dreamers.

Eines Freitagabends im Sommer überließ Andy Middleton die Leitung der Kapelle seinem Pianisten. Er ging zum ersten Tee auf den Golfplatz hinaus, weil ihm nach etwas Frieden und frischer Luft zumute war. Dort draußen überraschte er eine schöne junge Frau. Sie weinte. Andy hatte sie noch nie gesehen. Damals war er fünfundzwanzig.

Andy fragte, ob er ihr helfen könne.

»Ich bin nur sehr albern«, sagte sie. »Alles ist in Ordnung. Ich bin nur albern.«

»Verstehe«, sagte Andy.

»Ich habe ziemlich nah am Wasser gebaut, und ich weine sogar, wenn ich gar keinen Grund zum Weinen habe«, sagte sie.

»Das muß doch für die Menschen, mit denen Sie zu tun haben, ein bißchen verwirrend sein«, sagte er.

»Verheerend«, sagte sie.

»Aber vielleicht ganz praktisch, wenn Sie je auf die Beerdigung von jemandem müssen, den Sie hassen«, sagte er.

»In der Röhrenbranche wird es nicht sehr praktisch sein«, sagte sie.

»Sind Sie in der Röhrenbranche?« sagte er.

»Ist in Creon nicht jeder in der Röhrenbranche?« sagte sie.

»Ich schon mal nicht«, sagte er.

»Und wie schaffen Sie es, nicht zu verhungern?« sagte sie.

»Ich stehe vor einer Band und wedele mit einem Stock ... gebe Musikunterricht ... so was in der Art«, sagte er.

»O Gott, ein Musiker«, sagte sie und wandte sich ab.

»Geht das jetzt gegen mich?« sagte er.

»Ich will bis an mein Lebensende keine Musiker mehr sehen«, sagte sie.

»In dem Fall«, sagte er, »schließen Sie bitte die Augen, und ich werde mich auf Zehenspitzen davonmachen.« Er ging aber gar nicht weg.

»Ist das Ihre Band, die da heute abend spielt?« sagte sie. Sie konnten die Musik ganz deutlich hören.

»Das ist richtig«, sagte er.

»Dann können Sie hierbleiben«, sagte sie.

»Wie bitte?« sagte er.

»Sie sind kein Musiker«, sagte sie, »sonst wären Sie beim Klang dieser Kapelle schon längst vor Scham im Boden versunken.«

»Sie sind der erste Mensch, der ihr jemals zugehört hat«, sagte er.

»Ich wette, das stimmt sogar«, sagte sie. »Diese Leute hören überhaupt nichts, was nicht mit Rohren zu tun hat. Wenn die tanzen, halten sie dann einigermaßen den Takt?«

»Wenn sie was?« sagte er.

»Ich sagte«, wiederholte sie, »wenn die tanzen.«

»Wie können die tanzen«, sagte er, »wenn die Männer den ganzen Abend im Umkleideraum verbringen und saufen und würfeln und über Abflußrohre reden, während sämtliche Frauen auf der Terrasse sitzen und über Sachen reden, die sie zufällig zum Thema Röhrengeschäft gehört haben, und über Sachen, die sie sich mit dem Geld aus dem Röhrengeschäft gekauft haben, und über Sachen, die sie sich gern noch mit dem Geld aus dem Röhrengeschäft kaufen würden?«

Sie fing wieder an zu weinen.

»Sind wir wieder ein bißchen albern?« sagte er. »Ist immer noch alles in Ordnung?«

»Alles in Ordnung«, sagte sie. Die demoralisierte kleine Behelfskapelle im leeren Ballsaal beendete eine Nummer mit Furzgeräuschen und Gequietsche. »O Gott, diese Band haßt ja die Musik regelrecht!« sagte sie.

»Aber nicht schon immer«, sagte er.

»Was ist denn passiert?« sagte sie.

»Sie haben gemerkt, daß sie nie woanders als in Creon spielen werden, und sie haben gemerkt, daß in Creon niemand zuhört. Wenn ich zu ihnen ginge und ihnen sagte, daß hier draußen eine schöne Frau zuhört und weint, würden sie vielleicht ein bißchen von dem zurückkriegen, was sie früher hatten, und es Ihnen zum Geschenk machen.«

»Was spielen Sie?« sagte sie.

»Klarinette«, sagte er. »Irgendwelche speziellen Wünsche, irgendwelche Melodien, die vom Klubhaus hier herüberwehen sollen, während Sie alleine weinen?«

»Nein«, sagte sie. »Das ist ganz süß, aber für mich bitte keine Musik.«

»Beruhigungsmittel? Aspirin?« sagte er. »Zigaretten, Kaugummi, Konfekt?«

»Was zu trinken«, sagte sie.

Andy drängelte sich bis zur umlagerten Bar durch, einer Bar namens The Jolly Piper, und lernte viel über das Abflußrohrgeschäft. Cleveland, erfuhr er, hatte bei einer anderen Firma viel billiges Rohr gekauft, und in etwa zwanzig Jahren würde das Cleveland ganz schön leid tun. Die Marine hatte, erfuhr er, ausdrücklich für all ihre Neubauten Rohrleitungen aus Creon bestellt, und niemandem würde etwas leid tun. Es war nicht allgemein bekannt, erfuhr er, daß die ganze Welt in Ehrfurcht vor der amerikanischen Kompetenz, was die Herstellung von Rohren betraf, erstarb.

Außerdem fand er heraus, wer die Frau beim ersten Tee war. Arvin Borders, unverheirateter Geschäftsführer der Röhrenfabrik Creon, hatte sie mit auf das Tanzvergnügen gebracht. Borders hatte sie in New York kennengelernt. Sie war Schmalspurschauspielerin, Witwe eines Jazzmusikers, Mutter zweier sehr junger Töchter.

Andy erfuhr all dies vom Barmann. Arvin Borders, »Mr. Pipe« persönlich, kam in die Bar und verrenkte sich den

Hals, suchte offenbar jemanden. Er trug zwei Highballs. Das Eis in beiden Gläsern war geschmolzen.

»Hab sie immer noch nicht gesehen, Mr. Borders«, rief ihm der Barmann zu. Borders nickte unglücklich und verließ die Bar.

»Wen haben Sie nicht gesehen?« fragte Andy den Barmann.

Und der Barmann berichtete ihm alles, was er über die Witwe wußte. Ferner teilte er Andy seine Meinung mit, aus dem Mundwinkel heraus, daß die Zentrale der Allgemeinen Gießerei- & Walzwerkbetriebe in Ilium im Staate New York von der Liebschaft wußte und nicht eben viel davon hielt. »Sagen Sie mir doch mal, wo in Creon«, sagte der Barmann zu Andy, »eine hübsche, junge New Yorker Schauspielerin hinpassen könnte!«

Die Frau lebte unter ihrem Künstlernamen, und der lautete Hildy Matthews, erfuhr Andy. Der Barmann hatte keine Ahnung, wer ihr Mann gewesen war.

Andy ging in den Ballsaal, um seinen Pipe-Dreamers zu sagen, sie sollten für eine weinende Dame auf dem Golfplatz ein bißchen besser spielen, und fand Arvin Borders, der bereits mit ihnen sprach. Borders, ein ernster, gedrungener Mensch, bat die Band, sie solle ganz laut »Indian Love Call« spielen.

»Laut?« sagte Andy.

»Damit sie es, egal, wo sie jetzt ist, hören kann und hierherkommt«, sagte Borders. »Ich kann mir gar nicht vorstellen, wo sie hin ist«, sagte er. »Ich habe sie kurz auf der Terrasse bei den Damen gelassen, und dann hat sie sich einfach in Luft aufgelöst.«

»Vielleicht hatte sie das ganze Gerede über Rohre satt«, sagte Andy.

»Sie interessiert sich brennend für Rohre«, sagte Borders.

»Man würde das einer Frau, die so aussieht, gar nicht zutrauen, aber sie kann mir stundenlang beim Fachsimpeln zuhören, ohne daß es ihr je zuviel würde.«

»Und der ›Indian Love Call‹ bringt sie zurück?« sagte Andy.

Borders murmelte etwas Unverständliches.

»Wie bitte, Sir?« sagte Andy.

Borders wurde rot und zog das Kinn ein. »Ich habe gesagt«, sagte er barsch: »›Das ist unser Lied.‹«

»Verstehe«, sagte Andy.

»Ihr Jungs könnt es genausogut jetzt schon erfahren: Ich werde das Mädchen heiraten«, sagte Borders. »Heute abend werden wir unsere Verlobung bekanntgeben.«

Andy deutete eine Verbeugung an. »Gratuliere«, sagte er. Er nahm Borders die beiden Highballs ab, stellte sie auf einen Stuhl und hob seine Klarinette auf. »›Indian Love Call‹, Jungs – richtig schön laut?« sagte er.

Die Band hatte es nicht eilig damit. Niemand schien wirklich spielen zu wollen, und jeder versuchte, Andy etwas zu sagen.

»Was gibt's denn für ein Problem?« sagte Andy.

»Bevor wir spielen, Andy«, sagte der Pianist, »solltest du vielleicht wissen, für wen wir spielen, für wessen *Witwe* wir spielen.«

»Wessen Witwe?« sagte Andy.

»Ich wußte ja gar nicht, daß er so berühmt war«, sagte Borders. »Ich habe ihn Ihrer Band gegenüber erwähnt, und die Jungs sind fast vom Stuhl gefallen.«

»Wer?« sagte Andy.

»Ein Drogensüchtiger, ein Alkoholiker, der seine Frau schlug, ein Schürzenjäger, der letztes Jahr von einem eifersüchtigen Ehemann abgeknallt wurde«, sagte Borders entrüstet. »Wie man irgendwas Wunderbares an einem solchen

Mann finden kann, werde ich nie kapieren«, sagte er. Und dann nannte er den Namen des Mannes, eines Mannes, der wahrscheinlich der größte Jazzmusiker war, der je gelebt hatte.

»Ich dachte schon, Sie kommen nie zurück«, sagte sie aus den Schatten beim ersten Tee heraus.

»Ich mußte einen Sonderwunsch spielen«, sagte Andy. »Jemand wollte, daß ich, so laut ich kann, ›Indian Love Call‹ spiele.«

»Oh«, sagte sie.

»Sie haben es gehört und sind nicht angewetzt gekommen?« sagte er.

»Hat er das von mir erwartet?« sagte sie.

»Er hat gesagt, es wäre Ihrer beider Lied«, sagte er.

»Das war seine Idee«, sagte sie. »Er findet es den schönsten Song, der je geschrieben wurde.«

»Wie haben Sie zwei sich kennengelernt?« sagte er.

»Ich war total pleite und suchte Arbeit, egal, was«, sagte sie. »In New York war eine Veranstaltung für die Vertreter der Allgemeinen Gießerei- & Walzwerke. Die wollten einen Sketch inszenieren. Sie brauchten eine Schauspielerin. Ich habe die Rolle gekriegt.«

»Welche Rolle haben sie Ihnen gegeben?« sagte er.

»Sie haben mich in Goldlamé gekleidet, mir eine Krone aus Abflußröhrenzubehör aufgesetzt und mich als ›Miss Rohr – die Zuwachsbranche der goldenen Sechziger‹ vorgestellt«, sagte sie. »Arvin Borders war auch da«, sagte sie. Sie leerte ihr Glas. »Kismet«, sagte sie.

»Kismet«, sagte er.

Sie nahm ihm seinen Highball ab. »Tut mir leid«, sagte sie. »Den werde ich auch brauchen.«

»Und dann noch mal zehn?« fragte er.

»Wenn noch mal zehn nötig sind, um mich zurück zu all diesen Leuten, all diesen Lichtern, all diesem Rohr zu kriegen«, sagte sie, »trinke ich gern noch mal zehn.«

»Ist der Trip so schlimm?« sagte er.

»Wenn ich nur nicht hier herausgewandert wäre«, sagte sie. »Wenn ich nur da oben geblieben wäre!«

»Einer der übelsten Fehler, die man manchmal begehen kann, glaube ich«, sagte er, »ist, wenn man versucht, sich von Leuten zu absentieren und nachzudenken. Das ist unschlagbar, wenn man die Fähigkeit zur Fortbewegung einbüßen will.«

»Die Band spielt so leise, daß ich die Musik kaum hören kann«, sagte sie.

»Sie wissen, wessen Witwe zuhört«, sagte er, »und am liebsten wäre ihnen, wenn Sie sie gar nicht mehr hören könnten.«

»Ach«, sagte sie. »Die wissen Bescheid. Sie wissen Bescheid.«

»Er ... Hat er Ihnen gar nichts hinterlassen?« sagte er.

»Schulden«, sagte sie. »Zwei Töchter ... für die ich wirklich sehr dankbar bin.«

»Das Horn?« sagte er.

»Das hat er bei sich«, sagte sie. »Bitte, könnte ich noch einen Drink haben?«

»Noch einen Drink«, sagte er, »und Sie müssen auf Händen und Knien zu Ihrem Verlobten zurück.«

»Ich bin vollständig dazu in der Lage, mich um mich selbst zu kümmern, vielen Dank«, sagte sie. »Sie brauchen überhaupt nicht auf mich aufzupassen.«

»'tschuldigung«, sagte er.

Sie stieß leise und melodisch auf. »Wie schrecklich, daß das gerade jetzt passiert«, sagte sie. »Mit Trinken hat das gar nichts zu tun.«

»Ich glaube Ihnen«, sagte er.

»Sie glauben mir nicht«, sagte sie. »Machen Sie doch irgendeinen Test mit mir. Lassen Sie mich auf einer geraden Linie gehen oder was Kompliziertes sagen.«

»Ach Quatsch«, sagte er.

»Sie glauben auch nicht, daß ich Arvin Borders liebe, stimmt's?« sagte sie. »Dann will ich Ihnen mal sagen, daß das, was ich so ziemlich am besten kann, lieben ist. Ich meine nicht, daß ich nur so tue, als liebte ich. Ich meine richtig lieben. Wenn ich jemanden liebe, halte ich mich nicht zurück. Dann mache ich es gründlich, und im Augenblick liebe ich zufällig gerade Arvin Borders.«

»Hat der Mann ein Glück«, sagte er.

»Möchten Sie haarklein hören, wieviel ich schon über Röhren gelernt habe?« sagte sie.

»Nur zu«, sagte er.

»Ich habe ein ganzes Buch über Rohre gelesen«, sagte sie. »Ich bin in die Öffentliche Bücherei gegangen und habe mir ein Buch über Rohre und nichts als Rohre besorgt.«

»Was stand in dem Buch?« sagte er.

Von den Tennisplätzen im Westen kamen dünne, einschmeichelnde Rufe. Borders durchstreifte jetzt das Klubgelände auf der Suche nach seiner Hildy. »Hildyyy«, rief er. »Hildy?«

»Wollen Sie, daß ich huhuuu schreie?« sagte Andy.

»Psst!« sagte sie. Und sie stieß wieder leise und melodisch auf.

Arvin Borders wanderte davon, auf den Parkplatz, und seine Rufe verklangen in der Dunkelheit, die ihn einhüllte.

»Sie wollten mir was über Rohre erzählen«, sagte Andy.

»Sprechen wir lieber über Sie«, sagte sie.

»Was würden Sie denn gern über mich wissen?« sagte Andy.

»Muß man Ihnen Fragen stellen? Können Sie sonst nicht sprechen?« sagte sie.

Er zuckte die Achseln. »Mickriger kleiner Musiker. Noch nie verheiratet. Früher mal große Träume. Alle großen Träume weg.«

»Große Träume wovon?« sagte sie.

»Halb so ein Musiker zu werden, wie Ihr Mann war«, sagte er. »Wollen Sie mehr hören?«

»Ich liebe die Träume anderer Leute«, sagte sie.

»Also gut – Liebe«, sagte er.

»Das hatten Sie noch nie?« sagte sie.

»Hätt ich, glaub ich, gemerkt«, sagte er.

»Darf ich Ihnen eine sehr persönliche Frage stellen?« sagte sie.

»Über meine Fähigkeiten als großartiger Liebhaber?« sagte er.

»Nein«, sagte sie. »Ich glaube, das wäre eine sehr alberne Frage. Ich glaube, jeder junge Mensch ist im wesentlichen ein großartiger Liebhaber. Alles, was man dazu braucht, ist die Gelegenheit.«

»Stellen Sie die *persönliche* Frage«, sagte er.

»Verdienen Sie überhaupt Geld?« sagte sie.

Andy antwortete nicht sofort.

»Ist das zu persönlich?« sagte sie.

»Die Antwort wird mich wohl nicht umbringen«, sagte er. Er stellte im Kopf einige Berechnungen an und gab ihr dann einen ehrlichen Bericht über seine Einkünfte.

»Aber das ist doch sehr gut«, sagte sie.

»Mehr als ein Schulmeister, weniger als ein Schulhausmeister«, sagte er.

»Wohnen Sie in einer Wohnung oder was?« sagte sie.

»In einem großen alten Haus, das ich von meiner Familie geerbt habe«, sagte er.

»Sie sind ja wirklich ganz schön wohlhabend, wenn man nicht mehr weiter drüber nachdenkt«, sagte sie. »Mögen Sie kleine Kinder – kleine Mädchen?«

»Meinen Sie nicht, Sie sollten jetzt besser zu Ihrem Verlobten zurück?« sagte er.

»Meine Fragen werden immer persönlicher«, sagte sie. »Ich kann nichts dafür; schon mein eigenes Leben war sehr persönlich. Ständig passiert mir was Verrücktes, Persönliches.«

»Ich glaube, wir hören jetzt besser damit auf«, sagte er.

Sie ignorierte ihn. »Zum Beispiel«, sagte sie, »bete ich darum, daß eine bestimmte Sorte von Menschen zu mir kommt, und dann kommen sie zu mir. Einmal, als ich noch sehr jung war, habe ich darum gebetet, daß ein großer Musiker kommt und sich in mich verliebt – und so kam es dann auch. Und ich habe ihn auch geliebt, obwohl er der schlechteste Ehemann war, den eine Frau nur haben konnte. So gut bin ich im Lieben.«

»Hurra«, sagte er leise.

»Und dann«, sagte sie, »als mein Mann starb und es nichts zu essen gab und ich die wilden und wahnsinnigen Nächte und Tage nicht mehr ertrug, habe ich darum gebetet, daß ein solider, vernünftiger, reicher Geschäftsmann kommt.«

»Und so kam es dann auch«, sagte Andy.

»Und dann«, sagte sie, »als ich hier herauskam und vor all den Leuten wegrannte, die so scharf auf Rohre sind – wissen Sie, worum ich da gebetet habe?«

»Nö«, sagte er.

»Um einen Mann, der mir einen Drink mitbringt«, sagte sie. »Das war alles. Ich gebe Ihnen mein Ehrenwort, das war alles.«

»Und ich habe Ihnen zwei Drinks mitgebracht«, sagte er.

»Nicht genug damit«, sagte sie.

»Ach ja?« sagte er.

»Ich glaube, daß ich Sie sehr lieben könnte«, sagte sie.

»Das ist aber ziemlich schwer«, sagte er.

»Für mich nicht«, sagte sie. »Ich glaube, Sie könnten ein sehr guter Musiker sein, wenn sie jemanden hätten, der Ihnen Mut macht. Und ich könnte Ihnen die große und wunderschöne Liebe geben, die Sie wollen. Das könnte ich Ihnen garantieren.«

»Ist das ein Heiratsantrag?« sagte er.

»Ja«, sagte sie. »Und wenn Sie nein sagen, weiß ich nicht, was ich machen soll. Ich werde hier unter die Rabatten kriechen und still sterben. Ich will nicht zu all diesen Röhrenmenschen zurück, und woanders *kann* ich nicht hin.«

»Dann soll ich wohl ja sagen?« sagte er.

»Wenn Ihnen danach ist, ja zu sagen, sagen Sie ja«, sagte sie.

»Na gut –«, sagte er schließlich, »ja.«

»Wir werden beide so glücklich sein, daß dies passiert ist«, sagte sie.

»Was wird mit Arvin Borders?« sagte er.

»Wir tun ihm einen Gefallen«, sagte sie.

»Wirklich?« sagte er.

»O ja«, sagte sie. »Vorhin auf der Terrasse kam eine Frau heraus und sagte, es würde Arvins Karriere ruinieren, wenn er eine Frau wie mich heiratete – und wissen Sie was, genau das wäre wahrscheinlich der Fall.«

»Und das hat Sie hier heraus in den Schatten getrieben?« sagte er.

»Ja«, sagte sie. »Es war sehr traurig. Ich wollte doch keine Karriere gefährden.«

»Wie rücksichtsvoll von Ihnen«, sagte er.

»Ihnen dagegen«, sagte sie und nahm seinen Arm, »kann ich, glaube ich, nur ganz viel Gutes tun. Warten Sie's ab«, sagte sie. »Warten Sie's einfach ab.«

Inhalt

T. C. Boyle
Ein Freund der Erde
Roman
Aus dem Amerikanischen von Werner Richter
2001. 360 Seiten

... einer der größten zeitgenössischen Schriftsteller Amerikas ... T. C. Boyle kann schreiben – so poetisch wie ein Engel und so zynisch wie der Teufel.

Markus Götting, Süddeutsche Zeitung

T. C. Boyle läuft zur gewohnten Hochform auf ... man schaudert vergnügt aufs Neue, den Meister am Werk zu sehen.

Joachim Scholl, Die Welt

Kurt Vonnegut
Zeitbeben
Roman
Aus dem Amerikanischen von Harry Rowohlt
1998. 232 Seiten

Diese Achterbahnfahrt durch Vonneguts Leben, Schreiben und Denken mit ihren Kurven voller Komik, den Loopings ins Philosophische und auch den rasanten Sturzfahrten in banale Witzabgründe ist eine Tour de force der literarischen Sonderklasse.

Michael Becker, Nürnberger Nachrichten

... spaßig und kunstvoll, banal und klug, spannend, phantastisch und real.

Dieter Schneider, Ostdeutscher Rundfunk Brandenburg

Vonnegut ist einer der geistreichsten und witzigsten Autoren des Jahrhunderts.

Michael Schulte, Die Woche